El cielo está vacío

El cielo está vacío

Sara Jaramillo Klinkert

Lumen

narrativa

Papel certificado por el Forest Stewardship Council®

MIXTO
Papel | Apoyando la silvicultura responsable
FSC® C117695

Penguin Random House Grupo Editorial

Primera edición: septiembre de 2025

Printed in Spain – Impreso en España

ISBN: 978-84-264-3136-3
Depósito legal: B-10.010-2025

Compuesto en M. I. Maquetación, S. L.
Impreso en Unigraf, S. L., Móstoles (Madrid)

H 4 3 1 3 6 3

A María Adelaida Tamayo

Y al inglés

Necesito un padre. Necesito una madre.
Necesito un ser viejo y sabio a quien llorarle.
Hablo con Dios pero el cielo está vacío.

SYLVIA PLATH

Si solo fuera una historia de amor,
no habría valido la pena contarla.

ALESSANDRO BARICCO

El mismo lobo tiene momentos de
debilidad en que se pone del lado
del cordero y piensa: Ojalá que huya.

ADOLFO BIOY CASARES

Recibo el mensaje justo cuando he dejado de esperarlo.

Dice: «Tal vez me recuerde. Deseo verla. Llego en dos días».

Hace años no tengo noticias de él. Ignoro si sigue viviendo en Inglaterra, si aún es profesor universitario, si todavía usa sombreros aterciopelados de copa alta, si carga dentro del bolsillo secreto de su abrigo un pañuelo con las iniciales de su nombre bordadas. Supongo que perdió las pocas pelusas blancuzcas que ondeaban alrededor de su cabeza, hasta debió haber olvidado los poemas de Lord Byron que recitaba de memoria para llamar la atención. Una vez soñé que había muerto y lo enterré en algún recoveco de mi memoria, en dos palabras: lo olvidé. Hasta hace un instante, cuando llegó su mensaje dejando en evidencia tres verdades: está vivo, me recuerda, desea verme. ¿Desea verme o me desea? Cuando no se domina un idioma, la comunicación puede llegar a ser ambigua. Me devuelvo la pregunta: ¿Deseo verlo? ¿Lo deseo? No tengo respuesta. Necesitaría verlo para saber si lo deseo. Hago cuentas con mis dedos. Debe rondar los setenta. Un hombre de setenta es viejo para una mujer recién llegada al cuarto piso. Después de él todas mis parejas han sido mucho mayores que yo, sin embargo, nunca me he acostado con alguien de setenta, si acaso de cincuenta y muchos, puede que de sesenta, no estoy segura. Mi curiosidad se despierta. ¿Tendrá barriga? ¿Estará calvo?

¿Olerá a viejo? ¿Necesitará Viagra? ¿Tendrá pelos asomados por la nariz y las orejas?

En lo que a él respecta, dudo que se conforme solo con verme. Es el tipo de hombre que estira la mano y agarra aquello a lo que cree tener derecho sin preguntarse jamás si acaso hay algo que no le pertenezca. Como buen hijo de su generación le dijeron que el mundo era suyo y salió a tomarlo sin pedirle permiso a nadie. Quizá no sabe que estoy casada. O, peor aún, quizá lo sepa y no le importa. A hombres como él esas cosas no les importan. Tal vez sabe que mi marido está de viaje. ¿Por qué estoy pensando si sería capaz de serle infiel? Amo a mi marido. En diez años de matrimonio jamás se me ha cruzado por la cabeza acostarme con otro hombre.

Ahí está la posibilidad flotando en el aire, tan cerca que bastaría estirar la mano para alcanzarla, tan fácil como agarrar una manzana y devorarla a mordiscos. Ignoro si quiero verlo o que me vea, que vea a la mujer en la que me convertí. Ya no soy aquella niñita a la que puede atraer con un chupete. *Not anymore.* A lo mejor tan solo busco comprobar si aún me encuentra atractiva. Yo no reconfirmo mi belleza en el espejo, sino en los ojos de los hombres que me miran. Mi vanidad se alimenta de elogios y miradas.

En estos días vi un halcón y recordé la vez que fuimos a Somerset a avistar los nidos de los halcones peregrinos. No tengo fotos ni plumas de aquel paseo, en realidad, no tengo más que las imágenes guardadas en mi memoria. El halcón pudo ser una premonición o quizá tan solo una coincidencia. Creo en la telepatía, a menudo ocurre que entra una llamada de mi marido justo cuando tengo el teléfono en la mano para llamarlo o pienso en alguna amiga y me la encuentro al día siguiente en el supermercado comprando aguacates. A lo mejor verlo de nuevo, después de tantos años, me ofrece una perspectiva diferente de lo que pasó entre nosotros. Esta es mi confesión: nunca me han gustado las historias de amor. Te acostumbran a esperar un tipo de final feliz que rara vez ocurre en las vidas normales de personas normales, como yo. No me gustan porque, apenas terminan, te quedas pensando en qué estarás haciendo mal para que a ti no te pasen esas cosas maravillosas que les ocurren a los protagonistas. Para la mayoría de la gente, las palabras felices y perdices no riman y, antes de que los separe la muerte, hay un montón de cosas que podrían separarlos. La trampa de las historias de amor está en que no logran capturar por completo un sentimiento tan complejo como ese. Pretenden hacerte sentir bien pero, al final, te hacen sentir como una mierda. Esta no es una historia de amor. Hace años nos separa un océano entero. Ocurrió así: él a un lado, yo al otro y, en el medio, el océano salvaje y agitado. Él no quería nadar y yo tampoco. Él porque estaba cansado y yo porque no quería cansarme.

«Veámonos», escribo.

, borro.

«Veámonos», vuelvo a escribir.

La palabra veámonos titila frente a mis ojos. Siento un vacío en el estómago y un ligero temblor en los labios. Trago saliva. Leo y releo pensando en cómo el hecho de dar esa respuesta podría desacomodar mi vida. Aun así tomo aire, deslizo el cursor con el dedo corazón de mi mano izquierda, vuelvo a leer una vez, dos veces, tres veces y, antes de quedarme sin aire, le doy a enviar. Mi corazón palpita con fuerza advirtiéndome el peligro.

A veces me aterro de mí misma. Hoy es una de esas veces.

Mi marido también me lleva muchos años. Igual que el novio de antes y el de antes de antes y el de antes de antes de antes. Viéndolo bien, todos ellos tendrían que agradecerle al inglés. Él me inició. No fue mi primer hombre, no lo amé, si acaso lo quise un poco, sin embargo en asuntos de cama sí fue el más determinante. De un hombre experimentado no se vuelve. Te enseña que una cosa es el sexo y otra es el amor y que la una no necesariamente tiene que ver con la otra. Te enseña a ejercer tu libertad.

Yo creía conocer el significado de esa palabra a los doce años cuando anunciaba con certeza que iba a ser una mujer libre, sin marido y sin hijos. Pero una cosa era anunciar la libertad y otra muy diferente ejercerla, sobre todo cuando veía a mis compañeras del colegio poner tanto esmero en jugar al matrimonio, la cocinita y las mamitas. Todo con tal de poder envolverse en una sábana blanca y usar las cortinas de tul de la sala para simular el vestido de boda. La dificultad era encontrar alguna niña que quisiera hacer el papel de novio. Esta era la cuestión: el novio era tan aburrido y tan prescindible, salvo para la escena de la iglesia, que todas rechazábamos el papel. La solución fue incluir novios imaginarios. La que hacía el rol de sacerdote se pintaba la barba y luego casaba a la novia con un novio invisible que todas fingíamos ver, luego lo olvidábamos por completo. Ninguna pensó que podría ser necesario después para engendrar los bebés con los que jugaríamos a las mamitas, cómo íbamos a pensarlo si vendían muñecas listas para sacar de la caja, vestidas, peinadas y bien comportadas. Muñecas que no lloraban ni había que cambiarles el pañal, hasta incluían el cochecito y cuando una se cansaba de ellas podía meterlas en el baúl de los juguetes y olvidarlas días, semanas, meses o el resto de la vida.

El mensaje estaba claro desde el principio, pero ninguna lo vio y las que lo vimos lo olvidamos después en algún lugar del trayecto. Hoy miro hacia atrás y me sorprende la facilidad con la que me dejé convencer: una escapada romántica en Cartagena de Indias, unas copas de más, un anillo de piedra brillante y ahí estaba yo, tirando por la borda mis planes de libertad. ¿Qué sabía esa niña de doce años que luego olvidó la mujer de veintiocho aquella noche en Cartagena? Le pido perdón por haberle fallado. Reconozco que todavía me giro por las noches para el otro lado de la cama cuando la oigo preguntar por qué me casé. ¿Por qué me casé? Mi marido es arquitecto y cree que todo en la vida debe construirse basado en un plan meticulosamente diseñado. Él piensa en la familia como si fuera un proyecto en desarrollo, por eso insistió en lo del matrimonio. Quería sentar desde el inicio una buena estructura que sostuviera el engranaje de la que sería nuestra vida conjunta. La casa donde vivo está a mi nombre. Él lo dispuso así porque sabe que mi obsesión por buscar un papá refleja mi obsesión por buscar seguridad y para un arquitecto el símbolo de la seguridad es tener una casa propia. Accedí a casarme porque su abogado dijo que era la mejor forma de proteger el patrimonio en caso de que alguno de los dos faltara. Y por «faltara» entendimos que podíamos morirnos, incluso siendo jóvenes. A él la idea de morirse jamás se le había pasado por la cabeza, yo en cambio crecí mirando la muerte a la cara. Cuando pierdes a tu padre a una edad temprana entiendes que morirse es una posibilidad tan factible como cortarte el pelo, ver marchitarse una orquídea o perder un arete. Lo tienes, no lo tienes. En mi caso fue así: un día tenía papá, luego sonó el teléfono y ya no tenía papá.

El tema de los hijos ni siquiera fue negociable. Nunca lo ha sido. Mi regla era mencionar mi negativa a tenerlos desde la primera salida y no dejar ni un solo hueco para la duda, la posibilidad o el arrepentimiento. No quiero hijos hoy, ni voy a quererlos mañana, les dije a todos los hombres con los que salí desde la primera cita. No voy a cambiar de opinión a los treinta, no se me va a despertar el instinto maternal, no creo que una mujer sin hijos sea un ser incompleto, al revés: llegas completa al mundo, tienes hijos y entonces debes repartirte entre ellos. Te devoran a pedazos: primero tu cuerpo, luego tu tiempo, tu profesión y tu dinero, más tarde tus intereses. Casi sin darte cuenta, tu vida gira exclusivamente en torno a ellos y entonces se sacian de ti, crecen y se van sin dar las gracias; en dos palabras: quedas vacía. Estabas llena y luego estás vacía. ¿Por qué lo sé? Porque entre mis hermanos y yo devoramos a nuestra madre. Cuando el papá faltó nos la consumimos entera hasta casi hacerla desaparecer, la diferencia es que ella no estaba jugando a los maridos invisibles, el suyo era tan real como lo fue después su ausencia.

Muchos prospectos salieron corriendo cuando mencioné que no quería ser mamá. Otros dijeron: «Ya se te pasará». O: «Te vas a arrepentir». Antonio, mi novio de ese entonces, dijo: «Congela los óvulos antes de que envejezcan, no quiero hijos defectuosos», como si no fuera demasiado obvio que no iba a ser propiamente él quien renunciaría a sus privilegios para cuidarlos. El que sería mi marido dijo: «Lo que tú quieras». A partir de esa frase supe que me quedaría con él y sería feliz y fiel. ¿Fiel? Reviso el email constantemente esperando del inglés una respuesta a mi respuesta. No me extraña que se demore en enviarla. Es profesor de Literatura y dramaturgo, por lo tanto, maneja conceptos como tensión dramática, suspenso y creación de expectativa. Sabe que las cosas buenas se hacen esperar y que no hay nada más deseable que lo que parece a punto de perderse. Cometí un error de principiante: contesté demasiado pronto a su email. Debe estar imaginando que ya me tiene, que me tiene otra vez, así como me tuvo durante el año del lobo, el año del dolor de espalda, el año del cansancio, el año de la orquídea, el año de las telarañas, el año del sexo en cuartos de hotel. Riego las plantas y reviso. Me tomo un café y reviso. Me asomo a la ventana y reviso. Me pinto las uñas de rojo y reviso. Pero no hay nada en mi mail.

Aún no tengo claro quién fue el ganador y el perdedor de esta historia, quién ostentó el poder, quién se aprovechó de quién. Sin duda quiero averiguarlo y para ello necesitaría verlo de nuevo, decirle a la cara lo que nunca fui capaz de decirle y escuchar de su boca lo que él no fue capaz de decirme a mí, aquellas palabras que yo misma lancé al río después de nuestra última noche juntos para que la corriente se las llevara, por eso me levanto, camino hasta la biblioteca, abro el mail y reviso otra vez.

Cada minuto de espera rejuvenezco. Cuando leí el mensaje esta mañana tenía cuarenta y dos años, luego treinta, después veintiocho, ahora tengo veintitrés y estoy a punto de aullar, de andar en cuatro patas y agitar la cola como cuando era libre y salvaje y nadie me había domesticado.

Invierno

Tengo veintitrés años y mis ojos centellean como chispas de fuego. Puedo ver en la oscuridad. Mi clan es una manada de lobos, todos aullamos y tenemos los dedos medio y anular igual de largos. Paso horas analizándome frente al espejo, de cerca, muy de cerca hasta que me convierto en un cíclope. Por suerte, la mayoría de las personas andan ocupadas mirando su propio reflejo y por eso no lo notan, excepto alguna que se ha quedado mirándome fijamente entre los dos ojos, tratando de adivinar el misterio de mi entrecejo. Una vez me picó una abeja y la mano izquierda se me quedó paralizada con los dedos contraídos, luego se puso negra y se convirtió en una araña a la que muerdo constantemente las patas. Y con esa mano de araña intento escribir y quitarme los nudos del pelo; mi padre era el que me los quitaba pero ya está muerto. Paso la noche entera tejiendo telarañas como si fueran historias macabras.

A veces me llegan visiones premonitorias, pero aún estoy aprendiendo a descifrarlas. No sé cómo explicarlo, de repente se enquistan en mi mente y me envían señales que debería poder interpretar, aunque no siempre lo consigo. El viaje a Inglaterra se gestó de esa manera. Simplemente supe que tenía que ir y, a partir de ese momento, comencé a planear mi año allá. Sueño con ver nevar. Supongo que de eso se componen los sueños, de cosas que, por alguna razón, no están a tu alcance porque si lo estuvieran no tendría sentido desearlas.

Oigo, a menudo, el sonido de mis tripas avisándome que coma. Soy un poco anoréxica. Me considero desordenada pero Antonio dice que la palabra se queda corta, que yo no soy desordenada sino caótica. Por zurda confundo la derecha con la izquierda. Estoy segura de que cuando huya a Londres un bus va a pasar zumbándome en la cara por mirar para el lado erróneo. La vida fue fácil hasta que algo en mi interior empezó a agitarse de manera salvaje, ignoro para qué me crecieron los pechos. No me interesa alimentar a nadie. Tengo cinco loras que no se alejan pese a que jamás les hemos cortado las alas. Los sitios encerrados me dan alergia, los estornudos me recuerdan que lo mío es andar a campo abierto, perseguir cocuyos, correr bajo el cielo límpido por lugares donde el horizonte se extienda mucho más allá de adonde llegan mis pasos, mi vista y mi olfato.

Por mi culpa, por mi culpa, por mi gran culpa, recé en el colegio desde los siete años. La primera vez que las monjas me hicieron meter a un confesionario no había cometido ningún pecado y entonces tuve que ponerme a tejer telarañas para recolectar moscas que me ayudaran a inventarme alguno. Mi madre dice que las moscas siempre están donde está la podredumbre de las personas; dice que las moscas son pequeñas y pueden volar y meterse en cualquier parte y que esa es la razón por la cual conocen todos los secretos; dice que como buena loba tengo que aprender su lenguaje en vez de espantarlas con la cola. Si me gradué de mentirosa fue por las monjas y por las moscas. El castigo llegaba en forma de padres nuestros y aves marías, pero yo, poco a poco, fui añadiendo mi propia cosecha de sufrimientos: no comer, no dormir, bañarme con agua helada. También me arranco la piel del borde de las uñas hasta que me sale sangre, luego me trago la piel y me chupo la sangre. Me estoy comiendo a mí misma. Perdóname, Dios, no sé lo que hago. Olvidaba decir que hablo con Dios y con el fantasma de mi padre, pero ninguno de los dos me contesta.

Antes de convertirse en fantasma mi padre era defensor de hormigas, peinador de pelo y elevador de globos. «Las hormigas —decía— parecen pequeñas e insignificantes, su poderío radica en que son muchas, son organizadas y son trabajadoras». Los globos le gustaban porque él era un hombre al que le gustaban las cosas sencillas. Esa es la mejor herencia que me dejó. Adoraba mi pelo simplemente porque era mío, aunque se mantuviera lleno de enredos que él, ante la imposibilidad de deshacerlos, terminaba cortando con su navaja afilada. A menudo subíamos hasta la cima de la montaña a elevar los globos que nosotros mismos hacíamos con cuartillas de papel pegadas con Colbón. La mecha eran pedazos de camisas viejas que enganchábamos en un alambre después de empaparlas con el aceite que robábamos de la cocina sin que la mamá se diera cuenta. A veces creo que mi padre me estaba acostumbrando a las despedidas, cada globo que elevas supone desprenderte de él, entregarlo al cielo y admirarlo hasta asistir a su propia desaparición. «Las cosas hay que dejarlas ir», decía cuando los perdíamos de vista o se incendiaban o se quedaban engarzados en la rama de algún árbol. Yo pensaba que se refería a dejar ir los globos o los cadejos de pelo enredados, estaba lejos de imaginarme que el que estaba a punto de irse al cielo era él.

Sin líder, la manada perdió el rumbo. Fue por esa época cuando empezaron las visiones premonitorias. Se supone que son un don, un regalo de los animales del bosque, pero a mí no hacen sino atormentarme. El lobo gris de la manada se la pasa fumando hierba, pronto se convertirá en un fantasma al que los perros ladran y los felinos observan sin siquiera parpadear. En mi visión aparecen larvas dando vueltas sobre su cabeza. Duerme de día y aúlla de noche, adelgaza. Pela los colmillos y, cuando los ojos se le encienden, mira sin llegar a ver nada, se le escurre la babaza. Según las moscas perdió la cola en una pelea de hienas y él cree que la hierba le ayudará a recuperarla. Otro miembro del clan es un lobito rojo al que no le gusta bañarse y para algo tan simple como acordarse de comer tiene que poner una alarma. En su flacura podrías estudiar todos los huesos y las venas de un cuerpo. No hay que engañarse, te sorprenderías de ver la fuerza sobrenatural que tiene. Jamás sale de casa. Sobre su cabeza caminan tortugas despaciosas que te hacen preguntar si acaso se dirigen a alguna parte. El lobo azul contempla su reflejo sobre la superficie de los charcos de la quebrada, vive embelesado consigo mismo y no percibe a nadie más, ni siquiera a las mariquitas que revolotean sobre su cabeza y eso que son rojas, llamativas y brillantes como gotas de sangre. Hay un lobo blanco que nunca sabemos dónde está porque ni viéndolo lo vemos. Es como si no estuviera. Tiene el don de la invisibilidad y seguramente por eso no logro ver nada sobre su cabeza. La madre loba se encierra en el vivero a hablar con las orquídeas, a regarlas con sus lágrimas y a hacer siestas de ciento veinte días para desentrañar el secreto de la florescencia. Mis loras, parapetadas en los guayabales, no paran de gritar imitando nuestras voces. En conjunto, somos una manada que grita y que espanta.

Nuestra casa era inmensa pero, desde que el padre es fantasma, comenzó a empequeñecerse y nosotros también. Poco a poco, hemos ido reduciéndonos, vendiendo los objetos que teníamos. Ahora vivimos en una carcasa vacía en donde resuenan los ecos de nuestros aullidos y los lamentos de nuestros muertos. La humedad gotea desde el techo y el musgo se está comiendo las paredes. De la sala pende una araña gigante con ocho patas que nadie se atreve a tocar. Las raíces nervosas brotan a ras de suelo como si fueran los dedos verrugosos de un gigante. La uña de gato cubrió los muros y las abejas hacen panales de los cuales penden hilos de miel que atraen más hormigas. Estamos condenados a ellas y ellas a nosotros.

Los murciélagos son miedos que entran y salen de mi cabeza. A veces, anidan en mi pelo y se quedan indefinidamente hasta que son reemplazados por otros nuevos. Antes, cuando mi padre me peinaba, no anidaba ni uno solo. Temo a los duendes del bosque y a la creciente de la quebrada. Temo a los rayos y los aguaceros de siete días. Temo quedarme quieta, cuando vives en el bosque sabes lo que ocurre. Los dedos de los pies comienzan a alargarse, a perforar la tierra, y cuando menos piensas se han convertido en raíces que empiezan a absorber los minerales del suelo y a formar la savia que luego te inmovilizará el tronco y las demás extremidades. Expuesta al sol y al agua es cuestión de tiempo que te empiecen a salir ramas que se tupirán de hojas, de frutos, de flores y de pájaros. No es una mala vida si lo tuyo es la tranquilidad, el problema es que no hay vuelta atrás. Conozco muchos árboles que alguna vez fueron personas y muchas raíces que alguna vez fueron dedos, pero no conozco ni un solo árbol ni un solo dedo que haya recuperado su humanidad. El papá solía medirnos los pies cada noche antes de acostarnos. Si encontraba un milímetro de más, nos obligaba a caminar tres días y tres noches; a trepar las piedras, ida y vuelta, hasta el nacimiento de la quebrada. Decía que estaba bien convertirse en árbol cuando te agarraba la vejez, el cansancio y el desencanto por la vida, lo que ocurriera primero. Por supuesto ignoraba que una bala lo aquietaría a él y que sus dedos no demorarían en volverse raíces. Mi padre ahora es un fantasma con el que hablo, es una foto gastada de tanto mirarla, es un árbol de mangos custodiando el cementerio municipal.

Pronto comenzamos a asfixiarnos, a dejar de respirar, cada uno hace lo que puede para obtener una pequeña bocanada que le permita escapar, aunque a veces parezca que no hay hacia dónde, que la vida no tiene sentido, que no va a ninguna parte, que no hay bosque para tantos lobos. Los de mi manada cazan pájaros, diseccionan sapos, coleccionan cucarrones, recolectan hongos y les enseñan malas palabras a mis loras. Mi plan es diferente. Planeo cruzar el océano para comprobar si al otro lado del mundo también llueven ranas, si florecen las orquídeas, si sobreviven manadas de lobos.

La idea es ir a donde nació Shakespeare aunque, la verdad, cualquier camino que me aleje de casa me serviría. En una casa llena es imposible tener pensamientos propios. La mamá no hace sino insinuar que ya soy adulta y debo trabajar para colaborar con los gastos familiares. «Ustedes creen que a mí me regalan el mercado y que las facturas se pagan solas», dice. Y también dice «Aquí todos gastan y nadie produce y de donde se saca y no se echa se acaba la cosecha». Tiene razón. El presupuesto se ha ido apretando cada vez más, los fantasmas no pueden trabajar. La casa se desmorona un poco cada día y, en vez de arreglarla, nos limitamos a esconder los escombros para que nadie los vea. Como buena familia lavamos la ropa sucia en casa. O no la lavamos. Pasamos tardes enteras quitándonos los piojos y los nudos del pelo con cepillos que tienen más dientes de los que tenemos en las fauces, también nos lamemos las heridas, aunque la mayoría de las veces nos las propinemos nosotros mismos. En los rincones se amontonan partículas de polvo que nadie barre. La araña del techo está perdiendo sus bombillos y sus patas. El mercado, de repente, se compone de lo estrictamente necesario. Los lobos han dejado de cazar.

Soy adicta a la cafeína y mis noches son de trecientos días, por eso alcanzo a tejer kilómetros de telarañas que nadie sacude y nadie lee. Cada vez que tomo café lo hago pensando en cómo nos define lo que bebemos. Conozco gente que bebe leche, gente que bebe aguardiente, gente que bebe agua y gente que bebe sangre. Lo que me gusta del café es que me mantiene vigilante, me quita el hambre y el sueño, es oscuro como el abismo, casi como un recordatorio de que una cosa es asomarse a él y otra muy diferente es lanzarse. Líbrame, Dios, de malos pensamientos, quítame estas ganas de ir a la cima de la montaña a aullarle al vacío.

Yo lo único que quiero es respirar tranquila, tomar fotos, conocer la nieve y contar historias. Necesito un cuarto propio y un computador, el que tenemos aquí debo compartirlo y no soy tan tonta como para saber que no debo volcar la intimidad de mis pensamientos en un sitio tan inseguro como un computador compartido. La cámara de fotos es mi única posesión valiosa, la excusa para evadirme dentro del cuarto oscuro, por eso me niego a cambiarla por una cámara digital. Todos en casa creen que me mantengo en la oscuridad revelando fotos y están equivocados. Me encierro a teñir mis pensamientos de rojo, a huir de la bulla y la brusquedad. A veces también me encierro para estar con Antonio, pero todo siempre ocurre demasiado rápido y yo me quedo preguntándome si eso es amar.

Sé andar erigida, aunque a veces el dolor me obligue a andar en cuatro patas. La parte baja de la espalda no para de dolerme, mi familia insiste en que somatizo mis problemas. «Tienes que respirar y relajarte», dicen. Sí, claro, ellos creen que respirar es tan fácil como pararse frente a una ventana a inhalar y exhalar aire; como si uno pudiera decirle al cuerpo: deja de somatizar y el cuerpo instantáneamente obedeciera. A veces me levanto adolorida sin más, a veces basta un mal movimiento para quedar tiesa tres días y entonces tengo que volver a andar en cuatro patas para sentir un poco de alivio. El año pasado era capaz de hacer un salto mortal, después preguntan por qué no paro de llorar. El fisiatra dice que tengo un disco desplazado y, en vez de abrir la espalda con un bisturí para reacomodarlo, recomendó una solución tan sencilla, tan dolorosa y con resultados a tan largo plazo que, de haberla sabido antes, habría llorado un poco más. La solución es esperar. Esperar. Suena simple, pero a mi edad la espera es un imposible, a mi edad se quiere todo ya, a mi edad vivir es equivalente a moverse, hasta un árbol conoce las consecuencias de la inmovilidad. Asegura el fisiatra que el disco rozará el nervio tantas veces que llegará el día en que se forme un callo y entonces dejará de dolerme. La espalda es como la vida: las cosas que nos joden no siempre se curan, a veces, solamente nos acostumbramos a ellas. Comprendo que la única forma de vencer mi dolor es aguantándomelo. Dame fortaleza, Señor, hace siglos la gente dejó de curar lobos heridos, en el mundo de hoy a nadie le interesa aquello que no puede domesticar.

Londres significa huir de casa, evadir las responsabilidades, alejarme de Antonio, buscar lo que no se me ha perdido, en una palabra: escapar. Aterricé llena de expectativas al otro lado del océano. Al tocar tierra obtuve una consciencia impresionante de estar pisando otro continente por primera vez. Y aquí estoy en Heathrow con mis cincuenta kilos y mi uno setenta de estatura, nada de lo que me va a suceder me ha sucedido todavía. Acuérdate de que la luz te pareció tristemente opaca. Acuérdate de las voces del altoparlante y de la angustia de no entenderlas. Acuérdate de que no podías ver la luna a causa de la neblina. Acuérdate de los labios agrietados, de que te ardían los ojos y querías aullar, pero te contuviste. Acuérdate de las luces largas reflejadas sobre el pavimento mojado. Acuérdate de que la gente a tu alrededor te pareció demasiado blanca, demasiado grande y demasiado ocupada en sus cosas mientras que tú no eras más que una fiera pequeña y asustada y cuando abrías la boca te salían gruñidos que nadie entendía.

Lo que sigue será traumático, una señal adicional encadenada a la anterior que no tardará en encadenarse con la siguiente. Tres señales titilando y no veré ninguna de ellas. Ignoro cuántas señales necesitaré antes de espabilar, antes de darme cuenta de que las leyes del bosque no funcionan en esta ciudad. Ni siquiera se ven las estrellas, no sé cómo voy a ubicarme. Hay más pavimento que tierra, nadie deja huellas por donde camina, estamos tan cerca unos de otros que los olores se confunden. Me retienen en un cuarto diminuto dentro del aeropuerto, allí comienzan a desbaratar mi maleta. El guarda asignado a mi inspección se dispone a ejercer su ritual de poder, el mismo que ha ejecutado miles de veces antes y que ejecutará miles de veces después intentado parecer, en todas ellas, lo menos violento posible. Veo pirañas dando vueltas sobre su cabeza y entonces sé que no desaprovechará ninguna oportunidad de arrancarme un pedazo de carne. Enfunda sus manos en unos guantes blancos, asépticos y ajustados. Luego, con gran meticulosidad, desdobla cada prenda, abre y cierra cada compartimento, hurga aquí y allá. Por primera vez comprendo que un hombre puede ser violento incluso siendo delicado. De vez en cuando me mira de reojo y sigue hurgando, sigue buscando algo que solo está en su cabeza. Las pirañas abren y cierran los dientes, ávidas de enterrarlos en alguna parte. Al cabo de un rato, como si fuera un trofeo, extrae el estuche en donde guardo mis pastillas para el dolor de espalda y con una voz autoritaria me pregunta si llevo una fórmula que las respalde. Me quedo callada porque no llevo fórmula y él, convencido de que mi silencio se debe a que no entiendo el idioma, vuelve a repetir la pregunta, esta vez exagerando la pronunciación y el movimiento de los labios; deteniéndose en cada sílaba, como si le estuviera hablando a una retardada: «*Do you have a formula?*». Le respondo que en Colombia las compro sin fórmula. «*This is not Colombia*», dice. Y veo cómo las mete dentro de una bolsa y las arroja a la basura después de comprobar que no tienen cocaína entre sus componentes. Recién llegada y ya me han hecho comprender que soy de todo, menos bienvenida en este país. Las pirañas han sido alimentadas.

En el aeropuerto debería estar esperándome un amigo que conocí a través de Skype. Llevamos meses chateando y creo que le gusto, que me va a ofrecer vivir en su casa, que nos enamoraremos y seremos felices juntos. Fin de la historia. Debo conocer hombres diferentes a Antonio a ver si logro olvidarme de él, presiento que la mayoría de las veces creemos amar a una persona, simple y llanamente, por falta de referentes con los cuales compararla. Obviamente solo he visto la foto del perfil, sobra decir que es el típico inglés rubio, soso y desabrido con la pizca de encanto necesaria para que cualquier loba proveniente de un país tercermundista le eche mano, aunque sea para agarrar papeles. Tiene los ojos azules, la verdad, no esperaba que fuera la excepción del estereotipo, pero tampoco que encajara de forma tan precisa. Se llama Alister. Días antes del viaje mencioné en la cena que Alister me recogería en Heathrow. «Los ingleses no hacen eso por nadie —se burlaron mis hermanos—, los ingleses no hacen nada por nadie y menos por una desconocida». Las loras se rieron con esa risa estridente y brujil que se parece tanto a la mía. La mamá leyó el fondo del café y dijo que tuviera cuidado, que era demasiado bueno para ser verdad, a la borra del café siempre hay que hacerle caso, traza unos caminitos similares a los de las líneas de la mano, complementa el mensaje de los arcanos del tarot. Yo traté de minimizar el comentario, pero he vivido con mi madre el tiempo suficiente para saber que no siempre tiene la razón, pero casi siempre. Más le vale a ese hombre no dejarme plantada en el aeropuerto, pensé aquella noche durante la cena, sin saber que, de haberme plantado, me habría hecho un gran favor. Su carta: el colgado.

Cuando la policía aeroportuaria me deja salir del cuarto de sospechosos lo veo a lo lejos esperándome, levanta la mano con timidez, seguro piensa que si por equivocación está saludando a otra, el engorro será menor. Respiro del puro alivio que siento y, sin pensarlo, me abalanzo en un abrazo. Noto su contrariedad. Mi retención le causa extrañeza y la efusividad del saludo también. Qué esperabas, soy latina, mis abrazos son largos y demorados y mis retenciones en los aeropuertos también. Ya todos los demás pasajeros se han ido y nosotros dos nos quedamos solos, mirándonos con atención, contrastando la imagen que nos habíamos formado el uno del otro; nos quedamos solos y descubrimos que la comunicación tendrá que ser básica, no tenemos un lenguaje común para entendernos y, la mayoría de las palabras que albergo en mi cabeza no sé pronunciarlas ni él entenderlas. Cuando hablábamos por Skype era más fácil, siempre contaba con un diccionario de inglés-español a la mano, ahora solo poseo las pocas palabras que retengo en mi memoria. Lo miro de arriba abajo: los mismos ojos de la foto, el mismo pelo, debería ver los gusanos sobre su cabeza y recordar lo que significa que vivan bajo tierra, pero no lo hago. Estoy demasiado ocupada observando otras cosas. Me sorprende su complexión: es alto y delgado como un junco, su andar es nervioso como el de un potro, con ambos pies un poco torcidos hacia adentro. Los potros siempre les han temido a las lobas. Lleva jeans viejos, con medias viejas y zapatos viejos que no le combinan. Yo siempre me fijo en los zapatos y en las medias, para un buen observador es mucha la información que proporcionan. Mirar con detalle los zapatos permite saber si una persona es aseada, si es atrevida, si gasta dinero en sí misma, si sigue la moda, si privilegia la comodidad o el estilo, si sus pisadas son suaves o fuertes, si es del campo o la ciudad. Mirar en conjunto los zapatos y las medias da información, ni más ni menos que sobre el universo estético del portador, lo cual me lleva a concluir que Alister carece absolutamente de él o, al menos, eso pienso yo, que he vivido descalza unos cuantos siglos y, por lo tanto, mi percepción debe ser incorrecta. Intento ignorar la señal y convencerme de que no está tan mal, lo que necesita es una buena mano que lo organice, yo podría tener esa mano, estoy dispuesta a tenerla, a salir de compras, a ayudarle a renovar el ropero que parece ser el mismo desde los ochenta. Con solo pensarlo mi vida comienza a reorganizarse, la ruta que habré de transitar parece despejada. Entonces ocurre algo terrible. Alister sonríe. Sonríe y el resto de mi vida vuelve a ser incierto. Sonríe y, de ahí en adelante, no veo el pelo rubio ni los ojos azules ni la nacionalidad inglesa, ni la ruta despejada, hasta dejan de importarme las motas de sus medias porque lo único que puedo ver es que tiene los dientes de adelante montados uno encima del otro. Ver el desperfecto de los dientes me hace querer correr y, si en ese momento hubiera podido ver los gusanos, con seguridad habría corrido más rápido. Parece una ardilla. Aclaro que no tengo nada en contra de ellas, hasta dejé de cazarlas cuando hice el pacto con los animales del bosque, me gustan los dientecillos con los que ruñen aguacates y corozos, lo que pasa es que una cosa es ser ardilla y tener dientes de ardilla y otra es ser un hombre con pie bípedo y dientes de ardilla. Sobra decir que no solo me fijo en los zapatos, sino también en los dientes. Adiós, resto de mi vida feliz. Mi madre, como siempre, tenía razón: era demasiado bueno para ser verdad y yo demasiado tonta para habérmelo creído. No subestimes jamás las dotes premonitorias de una madre con las orejas erigidas y el hocico afilado porque seguramente ha vivido mil vidas y conoce el final de todas las historias.

Intento ser simpática todo el trayecto hasta West Hampstead, donde me está esperando la señora que me alquiló un cuarto. Alister no para de hablar y yo no paro de mirar por la ventana del carro. Se abre ante mí todo un mundo nuevo que debería devorarme, los seres del bosque somos curiosos por naturaleza, sin embargo, por extraño que parezca, los árboles desnudos son lo único en lo que puedo reparar, jamás había visto algo igual. Saco mi cámara y me paso parte del trayecto sacándoles fotos. Una cosa es que te lo cuenten y otra es saber que en la vida real existen árboles que no tienen hojas. Primero pensé que lo más grave de un árbol sin hojas es que no puede dar sombra, en unos días caeré en cuenta de algo que degradará el problema de la sombra a un hecho sin importancia, porque el verdadero problema de Inglaterra es la ausencia del sol. Entiendo que se puede llegar a mi edad convencida de que el sol brilla doce horas todos los días y de que el mundo es tan verde y exuberante como yo siempre lo he visto y hasta ahora vengo a darme cuenta de que también puede ser lo contrario. El sol permanece oculto una parte del año y los árboles pierden las hojas por la sencilla razón de que esta vida consiste en ganar y en perder algo cada día, pero cómo voy yo a saberlo si en mi bosque los árboles siempre tienen hojas en las que se refleja el sol y siempre tienen ramas en las que se enganchan líquenes y melenas de plata y orquídeas trepadoras y nidos con huevos de colores. Ramas en las que se parapetan mis loras a carcajearse y a lanzar conjuros que se lleva el viento.

De pronto miro por el vidrio panorámico y pego un brinco, siento que voy en el lado erróneo de la vía y no puedo evitar preguntarme si acaso hay un lado correcto por el cual avanzar, el bosque no tiene lados y uno aprende a moverse por el puro olfato y el instinto. Alister sigue hablando con una grandilocuencia que empieza a parecerme anormal, hasta me pregunto si está medicado por la forma como atropella las palabras y por la incoherencia de sus frases, quizá tan solo se trata de que mi conocimiento de su idioma y su cultura es tan pobre que no entiendo su discurso, así que pongo un gran empeño en seguir ignorándolo, excepto, de vez en cuando, para ver otra vez sus dientes de ardilla y preguntarme si una simple ortodoncia no haría todo más fácil entre nosotros.

Llevo puesta una chaqueta fucsia que me prestó la amiga de una amiga. Al lado del corazón tiene un pequeño agujero redondo que alguien hizo con la punta de un cigarrillo encendido. Cuando me la medí en Colombia me pareció caliente y adecuada, sin embargo, incluso con la calefacción del carro puesta, noto que estoy muerta de frío y noto también que debo ser el único bulto fucsia en toda Inglaterra. Fucsia sobre gris. Resalto a kilómetros. Titilo como una luz de navidad puesta a propósito en la cima del arbolito para que todos la miren. Una estrella. Un hongo luminiscente. Una mariposa adherida a la pared recién pintada de blanco. Las advertencias de la mamá resuenan en mi cabeza: «Aliméntese mejor, evite lugares cerrados para que no se le alborote la alergia, coma banano para el potasio, tome el sol para fortalecer los huesos». El año pasado me diagnosticaron baja densidad ósea, falta de vitaminas, bajos niveles de grasa corporal y deficiencia de aminoácidos y otros elementos esenciales. Tiene razón mi madre en preocuparse, tiene las mismas carencias que yo, solo que a una escala mayor. Ya sabemos quién la consumió a ella, lo grave es que soy yo quien se empeña en consumirse a sí misma. Dije antes que mi madre no siempre tiene la razón, pero casi siempre, y me retracto. Ella siempre, siempre de todos los siempres tiene la razón. Es una bruja. Te mira y sabe lo que estás pensando; te oye tomar aire y sabe lo que vas a decir; te siente rugir el estómago y sabe cuántas calorías te faltan; te olfatea y sabe dónde has estado. Cuando anuncié el viaje comentó: «No tengo plata para darle, va a pasar muchas incomodidades, va a despertar, va a crecer y no propiamente en estatura».

La casa en West Hampstead es grande, tiene seis cuartos y todos los alquilan, sin embargo, yo nunca veré a nadie y nadie me verá a mí. Nadie, excepto la casa. Nos olfateamos, nos reconocemos, nos tocamos. Desde que llegué no ha parado de observarme, en la madera aguardan los espíritus de árboles convertidos en columnas, escaleras, vigas, puertas, ventanas y camas. La madera se aferra a su alma aunque haya sido aserrada hace cien inviernos. Me detallo las vetas, en cada una de ellas puedo adivinar el pasado. Las vetas se ensanchan en los años buenos y se retraen en los malos. Muestran la longitud de los inviernos y de los veranos. Sabes por qué lado exactamente recibió el viento y el poniente, si hubo incendios, sequías o pestes. Si miras bien, puedes calcular la edad aproximada de un árbol. Hago cuentas: los que componen esta casa son tan antiguos que provoca ponerme de rodillas y adorarlos. Crujen mis pasos, las puertas se abren solas para que yo entre, las vigas se quejan del cansancio de sostener el techo, dicen que era mejor cuando sostenían ramas y aves. La casa conserva la memoria de un bosque primario, cuando el mundo era nuevo y nosotros no lo habíamos habitado. Alister alaba la casa, esta casa tan vieja que merece más respeto que alabanza, esta casa llena de historias y fantasmas. Me toma tiempo entender que en Latinoamérica todo se ve nuevo porque aún estamos en construcción, esa es una de las razones por las cuales nos llaman países en desarrollo. Europa se cae a pedazos, las casas acumulan historias, muertos y espantos, nosotros, en cambio, apenas estamos juntando los primeros ladrillos.

Hace un par de días encontré una nota de la casera recordándome que solo tengo un mes pagado al término del cual debo desocupar el cuarto porque llega una estudiante francesa. No tiene que decir nada más, es obvio que prefiere a una francesa desconocida que a una colombiana conocida. Igual pienso mudarme a un *flat* más barato. Me empiezo a fijar en los papelitos de colores que ofrecen cuartos para la renta. Los clavan con un chinche en los corchos de la biblioteca, del instituto de idiomas y de los supermercados. Jamás llamo por teléfono, me da pena no entender, pero me da más pena que oigan mi acento. En muchos de los papelitos dejan saber de una buena vez quiénes son los indeseados: No negros. No latinos. No chinos. No gays. No mascotas. Solo escribo a los que tienen email y no especifican sus preferencias sobre los posibles inquilinos. Como nadie me contesta, creo que siempre hay alguien más rápido y más necesitado que escribe primero que yo. Me demoro en entender que yo soy una de las indeseadas. Asúmelo de una buena vez: los ingleses no quieren vivir contigo ni ser tus amigos, solo te quieren para que vayas unas horas a la semana a limpiarles la casa o en las noches a cuidarles los hijos mientras ellos están de fiesta y consumen la cocaína que se produce en tu país. Es curioso que te rechacen por pertenecer justo al lugar en donde se cultivan las drogas que ellos anhelan. Te quieren para que prepares los cafés y les sirvas té con *scones*, para que madrugues a limpiar las oficinas, a brillar las copas en las que tomarán vino, a atender las mesas de los restaurantes, te quieren para muchas cosas, excepto para compartir la vivienda.

El instituto de idiomas es pequeño e improvisado. Alguna vez debió ser una casa de cuatro cuartos que hoy son salones; cada salón tiene un letrero escrito a mano pegado en la puerta que dice: «*Basic. Intermediate. Upper Intermediate. Advanced*». La recepción queda donde antes debió quedar el comedor y es atendida por una rubia desabrida que se mantiene limándose las uñas, ostentando una posición de superioridad nada más porque domina el idioma que todos los estudiantes del instituto nos esforzamos por aprender. Me señala un salón vacío y me dice que me encierre a tomar el examen para determinar mi nivel de inglés. Quedo en *Upper Intermediate*, pero me siento en *Intermediate*, solo entiendo la mitad de lo que me dicen. Yo lo que mejor entiendo es el idioma de los aullidos, aquí alguna vez existieron lobos pero hace más de cinco siglos fueron exterminados y ni aullando mil noches seguidas conseguiré que alguno me responda. Aprovecho para quedarme en mi primera clase, necesito hacer amigos, el problema es que la mayoría son asiáticos y con tanta mezcolanza de acentos no conseguimos entendernos, ni siquiera soy capaz de pronunciar sus nombres ni diferenciar sus caras.

Cuando salgo, la rubia desabrida me entrega el horario de clases y me pide un contacto al cual llamar en caso de una emergencia. Le digo que aquí no conozco a nadie y se limita a poner una equis en el lugar donde debería haber puesto un nombre y un número telefónico. Hasta antes de que ella me lo preguntara no había pensado en lo sola que estoy y ese pensamiento descargó un corrientazo a lo largo de mi espalda. Nadie me saca la equis de mi cabeza. Regreso caminando en cuatro patas, aúllo de dolor. La casa me mira con fascinación, hace siglos no ve criaturas como yo. Me paso el resto del día acostada, con una bolsa de agua caliente en las lumbares, asimilando la catástrofe de no tener pastillas ni nadie a quien llamar. La cama de madera cruje por pura solidaridad cada vez que me giro ¿Y si me pasa algo grave? Equis. ¿Y si me atropella un bus por mirar al lado erróneo antes de cruzar la calle? Equis. ¿Y si me da una crisis lumbar de esas que me dejan tumbada tres días? Equis. Nadie me visitaría en el hospital, es más, ¿quién diablos va a llevarme a un hospital? Solo encontrarían mi cuerpo cuando empezara a podrirme y a llenarme de gusanos y el olor se tornara molesto para los vecinos. En un bosque es distinto: gallinazos, zorros, águilas, buitres y halcones disponen de tu carne. La tierra siempre está dispuesta a recibirte.

Abrir una cuenta de banco es imposible. La lista de requisitos parece meticulosamente diseñada para que los inmigrantes no podamos hacerlo. Mis ahorros permanecen escondidos dentro de mi maleta. Había vendido todas mis pertenencias para comprar libras y, sinceramente, pensé que serían suficientes para vivir el año entero. Cuando cerré la venta y me entregaron el sobre con la plata pensé que era millonaria. Recuerdo abrir el sobre con ansiedad por conocer físicamente cómo lucían las libras esterlinas y al ver tan pocos billetes creer que en la casa de cambio se habían equivocado. Me senté en una banca a hacer cuentas y no, no había errores, la única equivocada era yo, solo una semana después de llegar a Londres me percaté de mi realidad. Mi realidad es que soy pobre. Soy aprendiz de un nuevo idioma, no tengo trabajo y, por consiguiente, ningún sueldo. «Ahora no empiece a pedir plata que estoy haciendo maromas con la poca que nos queda», me advierte mi madre cada vez que la llamo y nota mi voz angustiada, casi a punto de aullar. «Póngase a trabajar, diga que tiene experiencia como niñera o como cocinera». Pronto le haré caso y seré mesera y niñera y entonces me preguntaré qué hago brillando copas, haciendo sánduches, esquivando las manos que quieren tocarme el trasero, limpiando vómitos y cuidando niños ajenos en vez de estar escribiendo. Se supone que vine a eso, pero una cosa es lo que una quiere y otra lo que le toca.

Mi última opción son los trabajos de limpieza. Dios mío, que no me toque hacerlo. Hay que madrugar mucho, cuando aún está oscuro, los charcos de la calle congelados y la bruma suspendida sobre el pavimento; hay que salir de casa cuando las ratas escarban los contenedores de basura, los fantasmas acechan en los callejones vacíos y los adictos se congelan en las bancas del parque. Cualquier limpiadora sabe que tiene que ser más fuerte que sus miedos, más fuerte que su agotamiento. Yo todavía no soy tan valiente. Lo que tengo de loba lo tengo de cobarde, sigo sin morder a nadie. Tendría que salir de casa antes de que los ejecutivos lleguen a las oficinas, los niños a los colegios, los médicos a los hospitales, los chefs a los restaurantes para que encuentren todo mejor de lo que lo dejaron el día anterior y no alcancen a preguntarse quién hizo el sacrificio por ellos. Pero eso no es lo peor, lo peor es que hay que agacharse demasiado y mi espalda no aguantaría el trajín. Aquí no puedo darme el lujo de sufrir una crisis. No tengo a nadie que oiga mis quejas, tampoco tengo dinero suficiente para pagar el hospital, ni siquiera un buen seguro, para sacar la visa tomé el más barato y no hay que ser experta para saber que no van a responderme en caso de un reclamo. Debí leer la letra menuda del contrato pero me salía más barato no leerla y mi problema no era solo de espalda sino también de dinero.

Tengo varias razones para hacer el viaje. Una es sensata, fácil de explicar y de entender para el común de la gente, aprender inglés es una excusa que nadie podría objetar, todos sabemos que no se puede vivir a punto de gruñidos. Otra razón es la que le dije a mis amigas: me estoy dando un tiempo con Antonio, quiero tomar distancia sin terminar con él, responder a mi eterna pregunta de si estoy enamorada. Qué tal que no encuentre a otro que me quiera con mis telarañas, mis colmillos afilados y mi pelo lleno de murciélagos y nudos. La siguiente razón parece una tontería pero para mí es importante: quiero conocer la nieve, quiero tocarla con mis manos, ver cómo cae del cielo. Hay otra razón más que admito solo ante mí misma y, por lo tanto, es la más verdadera y también las más vergonzosa de todas: quiero escribir una novela. En mis planes imaginé vivir sola en una buhardilla en Bayswater, según mis cálculos, si escribía una página al día, al cabo de un año tendría una novela de unas trescientas páginas. Fui generosa en mi plan. Tuve en cuenta un día de descanso a la semana, sin embargo, pasan los días y no he escrito ni media línea y no hay que ser muy tonta para saber que jamás voy a tener con qué vivir en Bayswater.

Me miento diciéndome que no he podido escribir debido a mis preocupaciones, las veo manifestarse en la forma como se me encalambran las extremidades, se me cae el pelo, se me escurren los pantalones, hasta la regla dejó de venirme. Pensar que la extrema delgadez era un desorden digno de admirar cuando estaba en el colegio y era una lobita desnutrida que se negaba a crecer. Competíamos por ser la que menos comiera en los recreos. Pasaba la jornada de estudio entera con un paquete de galletas de soda, una manzana y un termo de agua. Dije antes que lo único que aprendí en el colegio fue a capturar moscas para inventarme mentiras que pudiera contar en el confesionario, ahora me veo obligada a añadir que también aprendí a solucionar mis problemas dejando de comer.

Ahora, como no tengo bosque, ni apartamento fijo, ni trabajo, ni cuenta bancaria, ni amigos, ni dominio del idioma, ni abrigo, ni paraguas, ni pastillas para la espalda, ni contactos de emergencia, voy bajando de peso, como si alivianando mi cuerpo se alivianaran mis problemas, como si quisiera desaparecer para no tener que enfrentarlos.

Veo una niebla espesa y algodonosa al pie del río. Me acerco para tocarla y resulta que la niebla no es niebla, es un caballo blanco que me observa con ojos llenos de misterio. O mi tacto tiene poderes o estoy teniendo una visión. A menudo sueño con caballos cuando alguien va a llegar a mi vida. Mi padre los adoraba por su inmensa capacidad de guiar a los jinetes aun en la más tremenda oscuridad. «Dos ojos de caballo permiten ver a treinta días de viaje», decía. Por lo tanto, este caballo que antes de mi caricia era niebla ya vislumbra al hombre viejo y sabio que vendrá después del aguacero, al hombre tras el cual vendrá la acechanza o la fatalidad. Los ojos premonitorios del caballo tienen que haber visto a ese hombre, ¿o acaso se transformará en él? Hay caballos que se convierten en hombres y hombres que se convierten en caballos. Hay también seres con una asombrosa mezcla de lo anterior.

Mientras ocurre el encuentro con el hombre que fue caballo, que fue niebla, sigo perdida deambulando por las calles, echando en falta poder caminar descalza sobre la hierba. Aún me sorprenden los árboles sin hojas, durmiendo un sueño profundo del cual no puedo despertarlos. ¿Seré acaso yo la que duerme? Entro a algún museo o biblioteca por falta de amigos, de planes, de calefacción, pero sobre todo entro porque son gratis. Las bibliotecas son un refugio ideal para calentarse, llorar, descansar, leer y ver gente rara, no necesariamente en ese mismo orden. El otro día vi a una anciana con cara de pájaro que tenía los dedos retorcidos como si fueran las ramas secas de un árbol y entonces pasaba las páginas del libro que estaba leyendo con la lengua. Me recordó a los canarios de la mamá. Solía criarlos y enseñarles a silbar hasta que los pichones empezaron a nacer deformes, sus patas retorcidas les impedían percharse. Luego se les retorció el pico y no podían cantar. Solo hasta que nació uno con tres cabezas decidió suspender la crianza y jamás volvimos a tener canarios en casa. En otra ocasión me senté al lado de un señor que leía y susurraba números al mismo tiempo que zapateaba de manera sincrónica y rítmica, como si tuviera la lengua desconectada del cerebro y el cerebro conectado al pie. Parezco ser la única persona que se detalla la gente que tiene alrededor. Si alguien me mirara notaría mis colmillos afilados, pero aquí nadie lo hace. Estoy acostumbrada a mirar y que me miren, a hablar y que me hablen, a opinar sobre la vida de los demás y que los demás opinen sobre la mía. Ahora no. He sido cubierta por el manto de la invisibilidad. Debo alinearme con las nuevas reglas del juego, ser partícipe de mi propia desaparición. He de camuflarme con el paisaje lo cual, por supuesto, sería más fácil si tuviera una chaqueta menos llamativa. Una que no fuera fucsia ni tuviera un hoyo a la altura del corazón.

A menudo me pregunto si estoy iniciando una nueva vida o lanzando la que tengo por una ventana a la que me asomo para ver cómo aquellas cosas que me eran tan familiares salen volando y se estrellan contra el pavimento: ahí va Antonio, van los miembros de la manada, plas, plas. Va el diploma de grado, va el español, va la madre con todas sus orquídeas florecidas, plas, plas, plas. Abran paso, ahí van las certezas y la valentía y la foto del fantasma y el dinero ahorrado, plas, plas, plas, plas. Ahí van volando las cinco loras que luego regresarán, plas, plas, plas, plas,

plas. Al principio me asustaba perderme, luego di por hecho que esa iba a ser la constante durante todo el año así que me dediqué a la observación y la fotografía. Acuérdate del cielo cuadriculado por las estelas de tantos aviones. Acuérdate de la impresión que te produjo que oscureciera temprano. Acuérdate de tu asombro por oír hablar tantos idiomas diferentes. Acuérdate de que viste un *homeless* leyendo a Proust y cuando te acercaste a tomarle una foto te gritó: «*I know you*». Acuérdate de lo que es tener que sacar mercado del carrito antes de pasar por la caja registradora. Acuérdate de la primera vez que soñaste en inglés. Acuérdate de que un día tomaste la Bakerloo Line y el vagón estaba lleno de globos porque la línea cumplía cien años y sacaste fotos mientras pensabas que hace cien años en Colombia la gente todavía se transportaba en mula. Acuérdate de que viste un caballo blanco y supiste que un hombre iba a llegar galopando a tu vida.

En mi mochila cargo mis papeles, dinero, el pase semestral para tomar el metro que cuesta más de lo que, en mi país, costaría un burro o una mula. Cargo también un termo grande de café que siempre preparo antes de salir de casa. Podría decir que en esa pequeña mochila cabe mi vida entera. Mi vida actual. No tengo nada más y tampoco lo necesito.

Llevo hojas de vida a varios restaurantes, imagino que sería una excelente cocinera. Metida en la cocina desde los trece años algo tengo que haber aprendido. En algunos lugares reciben las hojas de vida sin siquiera mirarme y las amontonan con otras en algún rincón olvidado antes de que me vaya. En otros ni las reciben, ni me miran, solo dicen que no tienen vacantes o que ya encontraron a alguien. Termino presentándome ante unas monjas españolas que manejan el mercado de las niñeras. Me observan de arriba abajo y comentan que a las familias inglesas les gustan las chicas latinas porque son buenas trabajadoras, necesitan dinero y pueden enseñarles español a los niños. Un pececito de madera colorada me observa, suplicante, desde el escritorio donde la madre superiora lo tiene esclavizado como pisapapeles. En un descuido lo agarro y lo escondo en mi boca con la idea de liberarlo después en el río. Las monjas dicen que como no soy oscura podría encontrar fácil una casa en la cual trabajar. Oscura, qué palabra tan rara cuando es usada para describir a alguien, pareciera que debo alegrarme de no ser así, que es un privilegio, una ventaja cuya utilidad no he descubierto y, por lo tanto, no le he sacado el debido provecho. También dicen que tengo buena presencia y yo me esfuerzo por esconder la cola y mantener los colmillos ocultos, evito sacar la mano izquierda del bolsillo de la chaqueta aunque siento mis dedos arácnidos moverse con sigilo. Que si me gustan los niños, preguntan. Sí, claro, me encantan y los papás también. Miro a las monjas con cara de cachorrita indefensa y les digo que duermo poco porque me paso las noches escribiendo. También les digo que estudié en un colegio religioso y que, gracias a las monjas y a las moscas, sé contar historias. Sonríen porque imaginan que una mujer que escribe en las noches conoce el don de la paciencia y saben también que a los niños les gustan las historias.

Cuando están a punto de asignarme familia, una de las monjas me pide el pasaporte con el objetivo de asegurarse de que mis papeles estén en regla. No demora en codear a la otra y susurrarle que soy colombiana. Ambas se quedan calladas. Su silencio duele como la punta de un puñal en mi corazón. Sobre sus cabezas veo revolotear decenas de cigarras de esas que se chocan, insistentemente, contra los bombillos encendidos. Carraspean, me miran, se miran entre ellas como incitándose la una a la otra a darme una razón para rechazarme, una razón que ninguna se atreve a dar. Pero hay silencios que dicen más que mil razones y yo sé interpretarlos, eso lo aprendes cuando creces en el bosque. Sé interpretar las burbujas que emanan del agua quieta del lago y los caracoles adheridos a las piedras y las mariposas nocturnas esparciendo el polvo de la muerte y los relámpagos que anuncian los rayos y los olores putrefactos que emanan de las plantas carnívoras. Conozco el mensaje callado de las espinas, de los ajíes, del fuego, del viento y de las nubes negras. «Te llamaremos si resulta algo», dicen, lo cual se me hace francamente imposible ya que ni siquiera me han pedido el número de teléfono. Las cigarras son tan tontas que se chocan una y otra vez contra el bombillo encendido y terminan quemándose las alas.

Derrotada, me siento en una banca de Russell Square a ahogar el fracaso dentro de mi termo de café. Quiero llorar, pero tengo demasiado frío para hacerlo, un problema a la vez, apenas me caliente volveré a preocuparme por conseguir empleo. Nada que cae nieve, tendría sentido congelarme si al menos pudiera admirarla. Obtengo lo peor del invierno —el frío— y sigo sin cumplir mi sueño —ver nevar—. Soy un bulto fucsia con el corazón herido por la punta de un puñal, tengo un pececito colorado y tembloroso aferrado al paladar. Yo sabía que el hueco en la chaqueta no podía presagiar nada bueno. Estoy perdida en el tiempo y en el espacio, antes era capaz de adivinar la hora por la intensidad de la luz y por lo sonidos que me rodeaban. Para qué reloj si en el bosque clarea el día con el kikiriki del gallo y oscurece con los alaridos de las loras. Las guacharacas anuncian la lluvia, las serpientes las inundaciones, las ranas la noche. Con la sequía brotan los escorpiones por debajo de las piedras. Todos encontramos la forma de comunicarnos. Ahora no tengo lenguaje y me embarga una especie de frío desconocido, presiento que ninguna chaqueta podría calmarlo porque viene de adentro y, al encontrarse con el frío de afuera, resulta imposible de apaciguar. Las sombras revolotean a mi alrededor como si fueran golondrinas, todas son negras, todas vuelan a ras del suelo siguiendo una coreografía idéntica a causa de ensayarla en cada invierno. Olfateo el aguacero y recuerdo que aún no tengo un paraguas. Tomo sorbos largos de café, los paladeo sin gastar afán, principalmente, porque no tengo ningún lugar adonde ir. Cuando termino me quedo mirando el fondo, leyendo los caminitos de la borra tal y como mi madre me ha enseñado. Veo que mi vida está a punto de un eclipse. Veo al caballo blanco a punto de llegar. Veo sus cascos chispeando al chocar contra las piedras. Veo su furia, su ímpetu y su brío.

Primero una gota, luego otra y otra más. La lluvia se desata acelerando el ritmo del mundo. Yo, en cambio, permanezco tan quieta como una piedra. Corren las sombras, corre el viento, corre el polvo de la calle, corren las nubes negras, corren los cochecitos acarreando niños y detrás de ellos corren mujeres con abrigos llenos de plumas de patos que no dejan de graznar. No entiendo tanta algarabía por una lluvia tan floja, es más, la palabra lluvia le queda grande a unas gotas sin voluntad propia, unas cuantas gotas que caen por inercia, porque no tienen nada más interesante para hacer que estrellarse contra el pavimento. En el bosque nadie le tiene miedo a la lluvia. Estoy acostumbrada a que el agua caiga feroz como una bestia indómita. A que caiga con fuerza y forme charcos, que forme lagunas, que forme arroyos, que forme quebradas. Cercene árboles con el latigazo de sus truenos, árboles que chispean y crujen y caen sacudiendo el bosque entero y luego se convierten en guarida de larvas, insectos y hongos llenos de esporas y de vida. Persiste horas y días lavando cada rincón, cada piedra, cada minúsculo grano de tierra. Caen del cielo las ranas y también brotan de la tierra y se multiplican y dormimos al son de los conciertos orquestados con su canto. La lluvia levanta el aliento putrefacto de debajo de la hojarasca y conforma densas nubes de mosquitos y jejenes. Alimenta el musgo de las piedras, abullonándolas para que crezcan mil especies diferentes de insectos que nadie ha clasificado. Danzan los helechos. Danza el caudal. Danzan los lotos del lago. Si te quedas mirando fijamente ves llover al revés porque la lluvia del bosque no cae a gotas, cae a chorros que no se sabe si van de abajo arriba o de arriba abajo. Si el viento interviene entonces cae de lado y golpea las paredes de la guarida y todos los lobos juntos nos volvemos una gran bola peluda y caliente, se acompasan las respiraciones y los latidos de nuestros corazones y somos uno, somos todo, guarnecidos de la lluvia, ahorrando energía para no tener que movernos ni salir a buscar alimento; para no mojarnos ni coger frío ni empantanarnos las patas. Dormimos unos encima de otros, tan juntos que soñamos lo mismo.

Mientras el aguacero arrecia, yo continúo estática, sentada sobre la banca del parque, intentando descifrar por qué la lluvia aquí es tan diferente y tan ácida. Todos alrededor corren como huyendo de una avalancha, de un huracán, de un meteorito, de un jaguar; corren buscando un lugar donde escamparse. Y yo sigo aquí, mojada, sintiendo los dedos de los pies apretados dentro del zapato, moviéndose como si fueran raíces a punto de sembrarse. Sigo aquí, inquieta, preguntándome si la borra del café tiene razón y mi vida dará el giro anunciado por el brioso presagio de la niebla.

Entro al British Museum solo porque lo tengo en frente. Mi interés es la calefacción y no el arte. Finjo una atención que no tengo en un cuadro cualquiera. Traslado el peso de mi propio cuerpo de un pie al otro para aliviar el dolor de espalda. Sé que necesito un abrigo, pero sé también que es un gasto innecesario, pronto vendrá la primavera. Para el invierno siguiente ya no estaré aquí y en Colombia un abrigo gordo solo sirve para acumular polvo, para recordar viajes pasados y prometer viajes futuros que solo tendrán lugar dentro de muchos años, cuando haya regalado el abrigo porque ocupaba demasiado espacio dentro del ropero y le estaba dando moho y mal de tierra. De mi pelo se deslizan gotas de agua que van a dar contra el suelo y forman pequeños charcos. Estoy tiritando, mis hileras de dientes castañean el puro el lenguaje del frío. Una voz desconocida relincha a mis espaldas, no puede estar hablándome a mí, en Londres nadie habla con nadie. La voz no se calla, habla y habla sin que llegue a entender la retahíla que sale de su boca. Supongo que es un guía diciéndome algo sobre el cuadro que estoy mirando o un guarda de seguridad regañándome por estar goteando el suelo, debí escurrirme mejor antes de entrar. Reviso mis bolsillos con la absurda idea de asegurarme de que no lleve dentro de ellos nada que me inculpe. Late mi corazón. Tiembla el pececito de mi boca. La araña dentro de mi bolsillo mueve sigilosamente las patas.

La voz sigue hablándome. No puedo decirle que se calle. No puedo pelar los dientes ni erigir las orejas en señal de alerta, si resulta ser un guarda, seré culpable de lo que él diga, sea lo que sea. Giro la cara y veo una sombra negra, corpulenta y alargada, sigo sin entender lo que dice. Mi inglés está en un punto en que debo concentrarme bien, poner todos los sentidos en mi interlocutor, de lo contrario no comprendo el mensaje. Necesito ver la cara de quien habla, el movimiento de los labios, aislar otras posibles fuentes de sonido, de manera que solo queden los gestos y la voz, esa es una de las razones por las cuales evito hablar por teléfono.

Lo primero que percibo es un sombrero aterciopelado de copa alta, luego unos ojos azules, desabridos como el cielo invernal, apagados por el propio peso de sus párpados. Veo las líneas profundas que se forman alrededor de ellos, mi madre sabría leerlas. Soy mala para calcular la edad, aun así me doy cuenta de que ese señor me lleva varios siglos. Los labios, pienso, necesito concentrarme en los labios. Son delgados. Dos rayitas de las que, sin embargo, emana un vozarrón. Me pregunta de dónde soy. Dos veces en un mismo día esa maldita pregunta es un exceso. ¿Le pareceré oscura? Comparada con su palidez ya no tengo tan claro el rango en el que me ubica mi color de piel. Antes del viaje adoré al sol con la idea de conservar mi bronceado y guardar calor suficiente dentro de mi cuerpo. Lo adoré tumbada horizontalmente con la misma devoción con la que adoro a Dios. Ahora no estoy segura de si me falta sol o me sobra frío. Desde que llegué a Londres no estoy segura de nada. Callo un instante. Definitivamente es un guarda que me encuentra oscura y sospechosa. Si digo mi nacionalidad ya no seré sospechosa sino culpable. Al parecer nota mi cara de confusión e imagina que no le estoy entendiendo. Vuelve a preguntar más despacio, pone un gran énfasis en la pronunciación. Respondo: «*Southamerica*», después de mi experiencia con las monjas decidí seguir contestando así para ahorrarme enojos. Sus ojos se duplican de tamaño. Nada le cuadra con nada. Sus ideas preconcebidas acerca de cómo luce una latina no encajan con mi fisionomía. Se quita el sombrero para rascarse la cabeza, noto que en vez de pelo tiene dientes de león, bastaría soplarlos para dejarle el cráneo liso como un huevo o una piedra de río arrastrada y pulida por mil corrientes. Dicen que soplar los dientes de león te da derecho a pedir deseos y yo necesito tantas cosas que me acerco, tomo aire y justo cuando voy a soplar vuelve a ponerse el sombrero.

«Hablo español», dice en un intento por demostrar que en el *college* tomó un cursillo que no pasó del nivel intermedio. «¿Cuál país?», pregunta. Y dele con el país. Este señor es de los que no se conforma hasta llegar al fondo del asunto. «Adivine», respondo a sabiendas de que nunca va a adivinar. Empieza a enumerarlos como recitando una tarea de geografía. «Argentina, Perú, Chile». Me queda claro que no va a rendirse. Sigue: «Ecuador. Brasil. Venezuela». No tengo escapatoria: «Colombia», respondo y me quedo esperando las reacciones de siempre. La mano en la nariz mientras se aspira un pase imaginario de cocaína, los dedos índice y pulgar simulando un arma, las únicas dos palabras en español que los angloparlantes suelen conocer: Pablo Escobar. Que supiera que soy de Medellín. Pero él no es como los otros. Él se queda callado. Me mira con detenimiento, con una mirada tan fija que parece ser capaz de verme por dentro, una mirada con la que intenta desentrañar la información obtenida con el fin de clasificarla en algún compartimento de su cerebro. Percibo su confusión y, al mismo tiempo, el esfuerzo que hace para que yo no la note, pero la noto, estoy acostumbrada a que me juzguen con premura. Nos examinamos como se examina una mano de cartas antes de hacer una apuesta grande.

Ya no estoy tan segura de que sea un guarda de seguridad. Sus maneras son delicadas, quizá demasiado para los estándares que conozco, habla despacio prescindiendo de sus manos, de su torso, de sus hombros, lo único que mueve son los labios. A su cara le faltan gritos, chistes, asombro, caminitos de lágrimas. A su cara le faltan cicatrices y un mapa que permita navegarla, que permita adivinar lo vivido y lo no vivido. Si miras bien el conjunto entero de su humanidad, sabes que un hombre como él jamás ha trepado un árbol ni silbado a un ave ni nadado desnudo en el charco de una quebrada. Jamás se ha tumbado sobre la arena tibia de la playa a ver el cielo salpicado de estrellas. Él es puro aplomo, pura seriedad. Pronuncia cada palabra con una corrección desmedida y un volumen medio, tirando a alto. Pone un gran interés en hacerse entender. Es evidente que está acostumbrado a mandar, a hablar para ser oído, a que le hagan caso, le obedezcan. Nunca adivinaría que mis aullidos cubren el bosque, se oyen a kilómetros y ponen la piel de gallina. No lo adivinaría porque ahora mi voz es un hilito que me obligo a jalar desde muy adentro, más por educación que por ganas de entablar una charla. Mi madre me ha enseñado que si alguien te habla debes contestarle, si te saluda debes saludarlo de vuelta, en especial si es un hombre mayor. Se llama educación. Con esta vocecita, en cambio, nadie creería que soy la misma que hablaba tan duro en el colegio que las profesoras llegaron a pensar que tenía problemas de audición. Un día una llamó a casa a sugerir que me llevaran donde el médico. Me acusó de hablar tan duro como si viviera al pie de una quebrada. «Es que vive al pie de una quebrada», contestó mi madre.

No, no puede ser un guarda de museo. Hay algo en él que no encaja con mi idea de cómo debería ser un guarda de museo. Su abrigo es caro. No hay que tocarlo para percatarse de la calidad de la tela, los botones brillan como si fueran gemas. Entre el pantalón y los zapatos de cuero se asoman medias color turquesa que ningún guarda usaría jamás. En las gafas de pasta gruesa titilan pequeños detalles dorados. Las manos las tiene impecables: dedos largos, uñas a ras que me recuerdan lo mal que llevo las mías, no tiene ni una ampolla, se nota que jamás en su vida ha realizado ningún trabajo físico que lo obligue a usar otra cosa distinta a su cerebro. No puede ser un guarda. Los guardas no tienen estilo.

Sigue hablando. Sigo asintiendo como si me interesaran sus palabras, como si las entendiera. A veces muevo la cola sin que él se dé cuenta. Aún no comprendo la atención que me brinda, no me interesa el arte tanto como él cree, yo solo entré al museo porque era gratis y estaba lloviendo y pensé que iba a morirme de frío como los *homeless* que amanecen muertos sobre las bancas del parque y nadie extraña después. En la medida en que habla se va acercando de forma tan paulatina que alcanzo a olfatear el aroma que desprende, a ver las cejas tupidas y grisáceas, los pliegues en el cuello, los mofletes caídos. Se afinca en el borde, no duda, tiene claro cuál es borde, la frontera entre asustarme e imponerse. Sus ojos me intimidan al punto de hacerme desviar los míos, es entonces cuando comprendo mi error, no debí desviarlos porque instantáneamente él se engrandece y yo me vuelvo pequeña, él inmenso y yo diminuta, un insecto al que podría meter entre un frasco o aplastar con la punta del zapato, si quisiera.

Me pregunta algo que se me escapa y yo digo que sí. Digo que sí porque estoy tan aturdida que no entiendo bien lo que dice y cuando no dominas un idioma sonríes y asientes, esa es la táctica para que los demás no noten que andas completamente perdida, intentando armar un discurso coherente dentro de la cabeza con las pocas palabras que lograste captar. Yo entendí profesor, entendí arte, entendí teatro, entendí literatura, es decir, que lo poco que entendí me gustó. Él me intimida, me deslumbra, hay cierta contundencia en su postura. Además huele a madera añeja, me pregunto cómo serán sus vetas, en qué bosques se habrán endurecido. Tiene la actitud mandona de los papás que creen sabérselas todas y se ponen a darte consejos; papás que están convencidos de que pueden proporcionarte lo que necesitas.

Me pide que lo siga y yo lo sigo por esos corredores laberínticos llenos de cuadros, lo sigo atraída por un magnetismo que desafía mi capacidad de decisión, sigo sus pasos rítmicos y elegantes como de caballo fino. Imagino que va a mostrarme alguna obra en particular, pero no se detiene en ninguna, avanza por los corredores hasta que sale del museo sin dudar. Yo sí dudo. ¿A dónde quiere que vaya? Me detengo y lo veo alejarse rápido para evitar la lluvia, lo veo andar sin percatarse de que va solo, definitivamente no sabe andar en manada. O peor aún, se cree el líder al que todos persiguen sin cuestionar su rumbo. Al cabo de un rato, gira la cabeza y me ve ahí parada mojándome bajo la llovizna, empequeñecida en contraste con el gran museo que recién dejamos atrás. Nota mi confusión y señala al pub de la esquina como informándome que allá es hacia donde vamos. Me toma un instante sopesar mis opciones: puedo quedarme de pie, seguir mojándome y aguantando frío; puedo dar media vuelta y regresar al museo, puedo sentarme de nuevo en aquella banca de Russell Square a llorar mi dolor de espalda o puedo conocer a un inglés viejo y sabio y preguntarle por qué aquí no llueven ranas. Elijo la última opción sin saber que la borra del café acertaría sus presagios: ese señor tan viejo, tan sabio, tan pálido como un caballo entre la niebla, va a eclipsar mi vida, va a marcar un nuevo ritmo con su galope, va a contagiarme su brío, va a enseñarme muchas cosas y no propiamente sobre aguaceros y ranas.

No entiendo la fascinación de los ingleses con los pubs. Sin excepción son oscuros, bullosos y encerrados, por lo general les sobra gente y les falta aire fresco. Son dragones por cuyas venas no corre sangre sino humo y alcohol. En su interior no crecen hongos iridiscentes, ni cantan ranas, ni se forman charcos azul celeste con agua recién salida de la grieta de una piedra. Los pubs son sucios y huelen a guardado, a rancio, a sudor trasnochado, a esa vida bajo techo que me hace estornudar continuamente. La lluvia no ha cesado y el lugar está a reventar. Aun así el inglés logra abrirse paso con tal habilidad que los demás no notan que los aparta a codazos. Consigue una pequeña mesa en un rincón, tan pequeña, tan pequeña que quedamos muy cerca el uno del otro, hasta alcanzo a percibir el sonido de su respiración. Me escruta con sus ojos pálidos sin ocultar la curiosidad que le genero, como si yo fuera una flor azulada o una criatura recién salida de las profundidades del agua. «A usted realmente le gusta mojarse», comenta.

Sin preguntarme qué quiero va y viene de la mesa a la barra y de la barra a la mesa varias veces con la comida que ha elegido y una botella de algo que, supone, vamos a tomarnos juntos. Lo veo comer y beber sin medida mientras reparo en lo mucho que se puede saber de una persona por su forma de alimentarse: aspira ostras, mastica los cubos de papa fritos después de mojarlos en una salsa blanca y grasosa, desgaja con lujuria la carne de una jaiba, se chupa los huesos de las costillas hasta sacarles la médula, ingiere alcohol con la naturalidad de quien calma su sed con un vaso de agua fresca. En cambio yo ni siquiera miro la comida, mi desinterés le causa extrañeza, pero en vez de preguntar qué quiero vuelve a la barra por nuevas opciones para tentarme, opciones que igual él terminará devorando. Me ruega para que al menos tome algo y entonces pido un café. Luego pido una Coca-Cola y me río cuando él se ríe porque confieso que el café me gusta más que la Coca-Cola y la Coca-Cola me gusta más que el alcohol. Siento su pierna rozando la mía por debajo de la mesa y me pregunto si es acaso porque sus piernas son muy largas y la mesa muy pequeña. No necesito calcularle los años, a los veintitrés el resto del mundo es viejo sin importar la edad que tenga. Estoy aterrada. No tengo claro cómo diablos terminé ahí sentada con ese señor que me mira con insistencia, como tratando de averiguar a qué estoy dispuesta, como queriendo sorber mi juventud con el mismo ímpetu con el que sorbe las ostras de la concha, como intentando atajar sus pensamientos que ya llevan kilómetros de ida y vuelta cuando los míos ni siquiera se han producido, tampoco tengo claro por qué no he trazado un plan de huida en caso de ser necesario. El hecho de estar aquí me hace sentir como si tuviera que compensarlo. Hay algo que me atrae y, al mismo tiempo, algo que me aterra. Pienso que es un hombre provocador y vanidoso. Estar aquí alimentando su vanidad definitivamente alimenta la mía. Lo que me gusta no es él, lo que me gusta es sentir que le gusto, que ejerzo algún tipo de poder. Ignoro quién tiene más arrojo, si un caballo viejo que arrastra a una lobita a un pub o una lobita que acepta. Aún no sé que él ya sabe que me tendrá.

Me mira los labios, debo tenerlos morados porque me pregunta si tengo mucho frío, entonces me hace levantar de la silla, se para frente a mí y me pone su abrigo. Se esmera en cerrar cada uno de los botones con parsimonia, toda una excusa para tocarme, para acercar mi cuerpo hacia el suyo. El fucsia queda oculto por completo y, junto a él, el rasgo más preponderante de mi personalidad. Ahora soy una sombra como todas las demás. Un bulto oscuro e inadvertido. Noto sus manos rodeando mi cintura en un intento por anudar el abrigo, hasta alguien tan ingenua como yo puede darse cuenta de que la está midiendo, quiere asegurarse de que tengo el cuerpo que ha imaginado. Cuando volvemos a sentarnos percibo sus piernas aprisionando las mías. Me quedo quieta, como una cachorrita asustada que recién comprende que no es más que una presa a merced del cazador que le apunta con un extremo de su escopeta. Vuelvo a preguntarme qué hago aquí, cómo me dejé emboscar y si hay alguna mínima posibilidad de ganar usando una artimaña diferente a la huida.

No somos más que dos extraños en etapas completamente distintas de la vida, sin un idioma en común, sin un bosque común, en realidad sin nada en común. Jamás entendería por qué visto de fucsia en pleno invierno y no tengo ni un solo abrigo adecuado. En su cabeza dudo que quepa la idea de que una ciudad tenga el mismo clima todo el año y no haya que adelantar ni atrasar la hora jamás. Se rio cuando a las cinco miré por la ventana del pub y anuncié la llegada temprana de la oscuridad como si fuera el más grande de los acontecimientos. Cómo diablos va a entender mi impuntualidad, mi manera exagerada de gesticular, mi obsesión con el café, con ver la nieve, con los charcos congelados, con andar siempre abrazada a la mochila y verificar cada tres minutos que no me hayan robado la billetera. Tampoco puedo ver una paloma o un gato callejero sin pensar en cómo harán para sortear el frío.

Me explica que las palomas pierden los dedos a causa del congelamiento hasta que llega el día en que no pueden caminar y mueren, lo cual no importa, según él, porque son una plaga que daña las fachadas y los monumentos. Pregunto por qué no hay otras aves y me dice que sí las hay, que todo es cuestión de ir a los lugares correctos en la época correcta para avistarlas. También dice que conoce un lugar correcto en Somerset donde podríamos ver las crías de los halcones peregrinos, que la eclosión de los huevos ocurre a mediados de marzo con lo cual, en plena primavera, podríamos ver los polluelos emplumados y casi listos para volar. Mis ojos chispean ante la idea y hacen brillar los suyos. De esa manera, entre ambos, se instala una especie de electricidad. Le cuento que colecciono plumas y tengo cinco loras parlanchinas. Él me habla de Barney, su perro, el cual, pese a su ternura de peluche, enfrenta un juicio por haber mordido a un vecino desagradable y malencarado. Le digo que yo hubiera hecho lo mismo y, acto seguido, le muestro mis colmillos y doy una dentellada al aire para dejar en claro de lo que soy capaz.

La cicatriz en la frente se la hizo en un accidente de moto, le digo que me cuesta imaginarlo en una moto y me aclara que fue hace mucho tiempo. Lo que me cuesta, en realidad, cuando estoy frente a una persona mayor, es imaginar que alguna vez fue joven, que hizo cosas de joven y que tuvo un cuerpo y una cara de joven. Solo es posible imaginar a una persona de la edad en la que conocemos hacia adelante. La mente es una pésima imaginadora del pasado. La barba es rojiza pero nunca la veré pues se afeita compulsivamente a diario. Le teme a la ceguera y yo a las jaulas. No sabe qué es un zapote ni una guanábana y, aunque tiene una vaga referencia de las guayabas, nunca las ha probado. Su objeto más preciado es una primera edición de *El retrato de Dorian Gray* y el mío una pluma de quetzal verde y larga como una serpiente y una edición de *Cien años de soledad* firmada por García Márquez.

Me cuenta que escribe teatro y que da una cátedra sobre Oscar Wilde en Oxford. Su mayor área de interés es el dandismo. Recita versos de Lord Byron de memoria, sin duda quiere llamar la atención. Sin duda lo logra. «¿Usted sabía que Lord Byron sufrió de pie equino?», pregunta haciéndome acordar de la forma de caminar de Alister con sus patas de potrillo torpe. «Pudo haber sido un lisiado, pero decidió ser Lord Byron». Dicho esto se pone de pie y comienza a recitar, los comensales del lado lo miran y aplauden, mientras yo me quedo pensando que cuando se le hace demasiado caso a lo que dicen los demás se corre el riesgo de renunciar a ser uno mismo. Alguien se acerca a la mesa y lo felicita por sus obras, dice haber escuchado el programa de radio de la BBC en el cual habló sobre los dandis y su influencia estética durante la época victoriana. ¿Yo con quién estoy? En mí nadie repara, mi único talento es reírme como mis loras aunque, en realidad, son las loras las que se ríen como yo. No comprendo lo que ocurre, tampoco comprendo las líneas que recita de Lord Byron, sin embargo, hay algo en la musicalidad de las palabras, en la forma como están dispuestas una detrás de otra y en la teatralidad con la que las declama. Es su voz que parece un huracán. Podrían ser simples palabras pero ganan importancia en la medida en que salen de su boca, en la medida en que presta su voz para que el público las oiga. Cuando termina de declamar, agarro mi mochila y me dirijo al baño, con la mirada me pregunta si voy a marcharme. No, no, no, solo necesito salpicarme agua helada para quitarme de encima la cara de deslumbramiento que debo tener. Lo que jamás entenderá es por qué me llevo mi mochila: soy colombiana, querido, no me separo de mis pertenencias ni para ir al baño.

De regreso lo veo sentado en la mesa, rodeado de gente. Su ego no cabe en el pub, yo, en cambio, no puedo evitar sentirme como una hormiga. No das la talla, repite mi vocecita interna, una y otra vez. Quiero salir corriendo y meterme a un hormiguero. No das la talla. Necesito que alguien repare en mi presencia, pero ni siquiera él nota que ya he regresado del baño. No das la talla. Siempre me he considerado inteligente, saco buenas notas, me gusta leer y decir que voy a ser escritora, la gente de mi edad es fácil de impresionar. Ahora no doy la talla. Me hallo inmersa en una situación completamente distinta, por primera vez siento vergüenza de mí misma y no veo ninguna gracia en mis logros, ¿cuáles logros? Ni siquiera tengo logros dignos de reportar. Comprendo que la autopercepción es relativa, si vives rodeada de tontos puedes sobresalir con cualquier nimiedad, pero si te rodeas de gente que ha hecho cosas admirables, por comparación la tonta eres tú. Me pongo nerviosa, la conversación iba fluyendo, ahora me queda grande, no quepo en otra vida que no sea la mía. Mi vida insignificante y anodina. Mi vida sin emoción ni aventura. Es por eso que no puedo escribir. Cuál vida si no he vivido nada. Quisiera pensar que es por el frío o por la fase de la luna o porque llevamos mucho tiempo sentados, pero sé que la razón por la cual mi espalda comienza a protestar es por la terrible sensación de no dar la talla. Debo irme a casa antes de que no pueda sostenerme en dos piernas. Yo solo quiero estar en posición horizontal con una bolsa de agua caliente en las lumbares, oyendo el arrullo de las tablas de madera de la cama y tejiendo telarañas para atrapar historias que jamás escribo.

Paga la cuenta e insiste que me quede con su abrigo, no sin antes pedir mi número para que pueda producirse la devolución. Salimos a la calle e intento ubicar la estación de metro más cercana, pero él insiste en que me vaya en un taxi. Aprieto los dientes cuando lo veo detener uno de los negros, justo los que me han advertido mil veces que no tome porque son demasiado costosos. Me pide la dirección para asegurarse de que llegue a salvo a casa.

Suspiro de alivio cuando se saca unas libras del bolsillo del pantalón, no tengo que contarlas para saber que suman una semana de arriendo. Tres cuadras más adelante, le digo al taxista que olvidé algo urgente y entonces se detiene con un gruñido y una mueca de desaprobación. Me bajo y corro en cuatro patas hasta la estación de metro más cercana con la esperanza de alcanzar el último tren.

La casa me está esperando, la puerta de entrada se abre sola, las escaleras me dan un crujido de bienvenida, las vigas del techo susurran oraciones. Me recuesto en la cama a aliviarme la espalda, a contar el dinero ganado con mi artimaña y entonces llega un mensaje de texto, seguido de otro y otro más. Es el inglés preguntando si llegué bien, si disfruté la velada, si ya estoy dormida. No le respondo, no estoy segura de querer hacerlo, no estoy segura de nada. Sin embargo, él sigue escribiendo, sigue preguntando lo mismo en inglés, en español, en una mezcla de ambos idiomas. Esto es lo primero que descubro: mientras más desinterés demuestro hacia él, más interés demuestra él hacia mí. Dos horas después continúan llegando mensajes y yo permanezco afincada en mi decisión de no gastarme el saldo de mi teléfono, no pienso recargarlo con el dinero que me dio para el taxi. Hay que priorizar los gastos y yo necesito pagar la renta.

Alister llama los lunes y los viernes, sin falta, a las siete de la noche a preguntar cómo estoy. Yo le respondo que muy ocupada, tanto los dientes de ardilla como el desperfecto del pie me hacen querer evitarlo. Entre las clases de inglés, la búsqueda de un lugar para mudarme, la necesidad de encontrar trabajo, la novela que estoy escribiendo y que, en realidad, no he empezado, no me queda tiempo para nada. Cuando colgamos, por lo general, me quedo pensando en su pie equino, en sus zapatos y en sus dientes, también en que debería estudiar más inglés, ponerme en acción para no quedarme sin vivienda y sin dinero, devolver el abrigo o, al menos, contestar a los mensajes del inglés para que no piense que me lo robé. Debo evitar que a Antonio antes se le ocurra la catastrófica idea de una visita sorpresa. Lo conozco bien y, además de impetuoso, puede llegar a ponerse creativo. Debí ser clara y decirle que quería experimentar otras cosas, resolver la pregunta de si estoy enamorada de él. Soy una cobarde, tiendo a esperar que la vida decida por mí, a esperar que la gente a mi alrededor capte por sí sola el mensaje que deseo transmitir para evitar el engorro de tener que decir verdades difíciles en la cara. A mí siempre me ha costado hablar, lo mío es escribir y lanzar aullidos al aire para que los capte quien los tenga que captar.

En una de las llamadas Alister nota mi desespero y me dice que en su casa sobra un cuarto, si quiero puedo mudarme con él, hasta sugiere un monto acorde con mi presupuesto. Pienso que el hecho de poner un precio le da un carácter netamente comercial a nuestra relación. No me pide anticipo ni exige permanencia mínima, será una suerte de escampadero mientras encuentro algo más definitivo y con menos riesgo de suscitarle un ataque de celos a Antonio. No le haría ninguna gracia saber que estoy viviendo con otro hombre. Esto de compartir vivienda con alguien para ahorrar gastos es algo que él jamás ha experimentado y, por lo tanto, está fuera de su entendimiento. Como Alister vive en Stratford me emociono pensando en que mi primera novela la escribiré en el mismo lugar en donde nació y vivió Shakespeare. Tiene que ser un presagio. Me pongo a hacer cuentas y a imaginar mi vida en aquel apacible pueblecito rodeado de ovejas y casas estilo Tudor. Espero que las ovejas no me tengan miedo, sería una lástima con lo tiernas que son, con su mirada fija y su pelaje apretado. Termino dándole el sí porque no me quedan sino cuatro días de arriendo, no tengo ningún otro lugar adonde ir y todavía no he visto los gusanos retorciéndose sobre su cabeza.

A Stratford puede llegarse en metro. No recomiendo hacer una mudanza en metro pero no tenía otra opción diferente. Hago tres cambios de línea y camino casi veinte minutos con una maleta grande y pesada. Para mi sorpresa, durante la caminata no veo casas Tudor ni ovejas ni bosques ni asomo de un pueblo apacible. No he llegado al Stratford que tenía en mente, sino a un barrio feo, con casas feas y cientos de bloques de edificios feos, exactamente iguales los unos a los otros. Parecen viviendas subsidiadas. Están habitadas por ancianos solitarios y enfermos a los cuales el servicio social visita dos veces al año, o antes si los vecinos reportan olores putrefactos rasguñando por debajo de la puerta. También están habitadas por ingleses atontados por años de uso de drogas, jíbaros, africanos, indios, árabes, latinos y, en general, todos aquellos que la sociedad sana, rica y exitosa del centro excluye hacia la periferia. Por supuesto también estamos Alister y yo. ¡Protégeme, Dios!

No he terminado de desempacar y ya han tocado varias veces la puerta preguntando si vendo droga. Mis supuestos clientes son hombres temblorosos y esqueléticos con menos años de los que aparentan. A los veinte ya parecen de cuarenta, difícil saber cómo lucirán a los cuarenta porque, antes de llegar a esa edad, seguramente habrán muerto de una sobredosis, con la cabeza aturdida como un panal de abejas al que le han arrojado una pedrada. Quizá terminen pudriéndose en una cárcel acusados de un delito que no recuerdan haber cometido o tirados en una cuneta al pie de la carretera. Aunque me recuerdan al lobo gris de mi manada, me recrimino diciéndome que cómo se me ocurre pensar eso, que él solo consume hierba para recuperar la cola que perdió en la pelea de hienas, que le falta mucho para caer tan bajo. ¿Le falta mucho para caer tan bajo?, ¿cuál es el fondo? Es verdad que ya tiene lo esquelético y lo dientón y lo tembloroso y lo ladrón, pero lleva mi misma sangre y pertenece a una familia decente y a los miembros de las familias decentes no les pasa nada, deja de pensar en bobadas que él no es adicto, tan solo quiere llamar la atención. A la tercera vez que tocan la puerta Alister se levanta de su siesta y visiblemente irritado me pregunta si estoy segura de no ser una *dealer*. «Por supuesto que estoy segura», digo con cara de ofendida. Solo he visto cocaína en las películas y las únicas dos veces que he probado hierba han sido suficientes para concluir que es una droga aburrida, que en vez de excitar tu imaginación, la adormece. Me parece que el lobo gris está buscando su cola en el lugar equivocado, pero cada quien decide cómo equivocarse.

Mi explicación lo tranquiliza, recurro a la técnica de hacerme la víctima de un estereotipo que está lejos de representarme. Le explico que el lado malo del país que ve en las noticias existe, pero que también hay un lado bueno, lo que pasa es que las cosas buenas no son mediáticas y, por lo tanto, solo las conocemos quienes las hemos experimentado. Además, lo malo es tan malo que opaca lo bueno, esto por supuesto no lo verbalizo. Pronto entra en confianza y confiesa que su padre se suicidó hace un par de años colgándose de una de las vigas del techo. Él mismo lo encontró ondeando en círculos como si fuera un péndulo y, con una calma inexplicable, llamó al servicio social para que se llevaran el cuerpo. Imagino que la calma le vino al caer en cuenta de que, habiendo heredado el piso de su padre, sumado a una vida de austeridad, podría vivir sin trabajar. Comprendo entonces por qué no se ha enderezado los dientes de adelante y usa medias viejas que no le combinan con los zapatos viejos. Me pregunto si duerme gran parte del día para ahorrar dinero o para no exhibir la cojera que le impone su pie equino. Mi cuarto está atravesado por una viga de madera que rechina constantemente y no me atrevo a preguntar si es la misma de la que su padre se colgó, creo que hay cosas que es mejor no saber, aunque si las supiéramos, tal vez comprenderíamos qué terreno pisamos y podríamos andar con un poco más de cuidado. Me bastará un par de noches oyendo crujir la viga para responder mi pregunta y, si le hubiera prestado más atención a lo que decían los crujidos, me habría marchado de inmediato, aunque fuera a vivir a una banca del parque.

El lugar está tan desgastado como el que habité antes, el concepto de viejo continente sigue explicándose a sí mismo. Yo soy un ser nuevo en un continente viejo, por eso noto tanto la diferencia, por eso la madera me cruje y los fantasmas se me aparecen, todos necesitamos ser notados de vez en cuando. Con Alister como nuevo compañero de piso llegan nuevas reglas. Marca los compartimentos de la nevera con una cinta verde y me advierte que mi comida no debe sobrepasar un compartimento diferente al asignado. Revisa cada uno de mis frascos y, a manera de desaprobación, chasquea la lengua contra el paladar para hacerme saber que están mal cerrados. No debo llenar la bañera para no gastar agua ni energía calentándola. Mi día de usar la lavadora es los jueves, no puedo abrir la ventana del cuarto para que no entre la bulla ni las palomas, creo que teme a la histoplasmosis y la psitacosis, se moriría donde viera mi colección de plumas. Solo puedo prender el *heater* si el frío lo amerita, el problema es que su concepto de frío difiere por completo del mío. Si necesito salir de casa mientras aún está dormido no debo, bajo ninguna circunstancia, hacer ni el más mínimo ruido. Todavía ignoro la razón por la cual duerme todo el día. Pone especial énfasis en que aprenda a manipular la puerta principal para que no suene. El de la puerta es el ruido que menos tolera, imagino que su padre salía de casa dando un portazo cuando se enojaba y dos días después regresaba borracho dando otro. Dicho esto pasamos a la práctica: me hace abrir y cerrar la puerta unas cincuenta veces hasta que aprendo a hacerlo sin que suene. Luego se ensaña con los enchufes. Entra a mi cuarto y me señala el celular, la lámpara y el televisor. Me pregunta qué tienen todos esos electrodomésticos en común. Yo los miro fijamente pero no logro resolver el enigma. «*They are connected! It's dangerous!*». ¿Por qué diablos tengo enchufados el televisor, el celular y la lámpara si no los estoy usando?, ha preguntado con genuino interés y luego ha empezado a desconectarlos como un desquiciado pronunciando la palabra *dangerous* repetidas veces y diciéndome que si acaso no sé lo del incendio de 1666, por supuesto no lo sé, pero no voy a restregarle mi ignorancia en la cara. Sale de mi cuarto en medio de una perorata que, por fortuna, no entiendo. Las vulgaridades e insultos en inglés no me los ha enseñado nadie y es una lástima porque ya empiezan a ser necesarios.

Me quedo unos instantes de pie muy confundida, tengo ganas de llorar, me empieza a faltar el aire, siento la inminencia de un estornudo, es por lo encerrado del lugar, se me ocurre que podría abrir la ventana para airearlo pero recuerdo que no puedo. Quiero meterme en la bañera con agua caliente para relajarme, pero tampoco. Quiero hacerme un café y entonces recuerdo que ello significa conectar la cafetera lo cual, de repente, parece algo muy peligroso de hacer. La palabra *dangerous* ha quedado flotando en el aire como si fuera un enemigo denso al cual puedo tocar. Quiero encerrarme en mi cuarto con el *heater* a toda candela pero no creo que el frío de hoy esté dentro de los estándares que ameritan encenderlo. Tengo ropa por lavar y como apenas es viernes no puedo darme el lujo de esperar una semana entera, a mí me gusta lavar la ropa inmediatamente después de ponérmela y también me gusta bañarme a diario, de ser posible, en la mañana y en la noche. Decido salir a buscar una lavandería pública, me vendría bien tomar aire y calmar los ánimos. Eso sí, me aseguro de salir dando un portazo que le quede martillando a Alister en su cabezota. En el camino recuerdo que a Colombia no van turistas y, por consiguiente, no hay lavanderías públicas. Jamás he lavado mi ropa junto con la de personas desconocidas, con suciedades desconocidas. Ni siquiera estoy segura de cuál es la logística. ¿Debo comprar antes jabón y suavizante o lo venden allá? ¿Hay que esperar frente a la lavadora a que termine el ciclo? ¿O uno puede moverse del lugar? ¿Podría darse el caso de que alguien se robe la ropa? Debo ser la única usuaria de lavanderías a la que le preocupa un robo.

El barrio es aún peor de lo que había visto, la última vez que alguien le hizo mantenimiento a las fachadas de los edificios debió ser por allá en los cincuenta, puede que antes. Hay basura en las calles y charcos putrefactos y grupitos de muchachos andrajosos sentados en las aceras mirándome raro. Ya debieron perder la cuenta de cuándo fue la última ducha que tomaron, el olor agrio flota en el aire. Algunos me gritan cosas que no entiendo. Si me concentrara entendería, pero soy incapaz de hacerlo porque el estado de sus dientes se roba toda mi atención. Me atrevería a asegurar que muchos de ellos no se los cepillan desde que eran niños y sus padres los obligaban, aunque es posible que ni siquiera hayan tenido a nadie que los obligara a tal cosa. Apuro el paso, aterrorizada, mientras me digo no seas miedosa, creciste en la Medellín de los noventa, viste explotar bombas, viste muertos en el río y en las cunetas, viste cuerpos desmembrados dentro de bolsas de basura, viste sicarios matando para robarse los carros en los cuales cometerían las fechorías de la noche, viste desaparecer hectáreas enteras de bosque para sembrar plantas de coca. Te han apuntado varias veces con un arma para atracarte, alguien le disparó a tu padre y lo convirtió en un fantasma, en el árbol de mangos que custodia el cementerio, no te vas a llenar de mocos por unos muchachos que ni pueden correr de lo trabados que están, a que si apuestan una carrera los dejas atrás. Cálmate, la gente aquí no lleva pistolas encima, como mucho tendrán un puñal y no deben saber ni usarlo. No se metan con una colombiana, muchachos, les digo mentalmente, mientras pelo los dientes, erizo el pelaje y pongo una mirada de malosa que no debe asustar a nadie, ni yo me creo mi propia mentira, ¿a quién engaño? No sé defenderme, jamás he usado mis garras ni mis colmillos para herir a alguien. Dios mío, protégeme, comienzo a rezar, pero antes de terminar la oración siento un jalón de pelo que me manda de cara al suelo. Toda mi ropa queda desperdigada sobre el pavimento sucio de aguanieve. Maldita sea, seguro me partí un diente, pienso, porque yo siempre pienso en los dientes. Arreglarse un diente en Londres debe valer una fortuna. Giro la cabeza y veo un grupito de cuatro, es decir, ocho ojos mirándome con ese tipo de mirada que sale de los ojos que descubren frente a sí un manjar que no esperaban, pero que están dispuestos a tomar nada más porque lo tienen al alcance de la mano.

Miro a ambos lados buscando ayuda, pero la gente tan solo apura el paso. Nadie quiere problemas. El muchacho que me ha lanzado al suelo me pone su zapato sobre mi pecho y comienza a descargar peso. Me falta al aire. Me cruje la espalda, Dios mío, que no quede inválida. Reparo en la suela desgastada, la lona sucia, el olor a pecueca, los cordones que seguro están desamarrados desde hace varios meses porque agacharse a amarrarlos es demasiado trabajo. Un impulso desconocido me lleva a extender mis manos y comenzar a amarrarlos. Tengo la precaución de medir las puntas de manera que queden parejas, no sea que vuelvan a soltarse. El grupo ríe, chifla y le propina calvazos al hombre al que le estoy amarrando el zapato y mientras más duro suenan las risas, más fuerza aplica él contra mi pecho. Ahora no puedo respirar ni moverme ni tragar saliva, sin embargo, consigo terminar lo que he empezado. Observa con ojos de nostalgia su zapato perfectamente atado. Por un instante su mirada es la de un niño, demasiado lejano al hombre en el que se convirtió. El peso va cediendo hasta que se retira por completo y me ofrece la mano para ayudarme a levantar. Lo rechazo. No quiero esa mano ni ninguna. Me levanto por mis propios medios a pesar del dolor en la espalda, paso la lengua por el borde del diente y puedo sentir el despicado. Quisiera saberme todas las groserías en inglés para decírselas. Aunque sea en español no voy a quedarme con las ganas: gonorrea, malparido, hijueputa. El sonido de cada una de mis groserías me alivia enormemente. Uno de los muchachos se quita la capucha y me lanza una mirada llena de asombro con sus ojos redondos de búho. En medio de ellos le cuelga una nariz ganchuda como un pico.

—No haber dicho que usted es colombiana, se hubiera ahorrado esta molestia —dice en un español y un acento que reconozco como nadie—. ¿No será usted la que llegó a vivir al bloque de allá? Si necesita que le ayude a vender algo no es sino que diga. O si necesita algo, también —y enmarca la palabra «algo» con unas comillas imaginarias que elabora con sus dedos de garra.

—Ahora que lo pienso necesito que me consiga pastillas para el dolor de espalda.

—Cuente con ellas, Mona, la codeína alivia todos los dolores. Respecto al diente tengo un parcero que se lo puede arreglar, usted nomás dígale que va de parte de Milton, me debe un favor.

No puedo evitar notar que lleva puestos dos relojes finos, uno en cada mano. Al verme mirándolos, los sacude orgulloso y me muestra que lleva otro adicional pendiendo de una cadenita que sale del bolsillo derecho del pantalón.

—Soy un fanático del tiempo —dice.

—Ya me di cuenta.

Para más sorpresa se saca del bolsillo izquierdo un celular que resulta ser el mío. Ni idea de cuándo me lo robó. Antes de devolvérmelo me deja su número grabado, me ayuda a recoger la ropa sucia del suelo y hasta me ofrece mostrarme dónde puedo lavarla.

La lavandería resulta ser un pequeño paraíso. Es calientita y huele a jabón, las sillas son cómodas. El movimiento cíclico del tambor de la lavadora resulta ser hipnótico. La pantalla redonda es como un gran ojo de cíclope. Con solo mirarlo fijamente se me han ocurrido al menos seis pensamientos ingeniosos, uno de ellos es que debería pedir trabajo allá. La idea fue ingeniosa unos minutos, al término de los cuales miré alrededor y caí en cuenta de que la lavandería funciona sin empleados. No sé cuánto se demoró el ciclo de lavado de mi ropa, lo único que sé es que no quería que terminara nunca, me habría quedado gustosa a vivir allí. Debí zamparme unas cuarenta páginas de *En los mares del sur* de Stevenson y, por un instante, me sentí en Tahití. La lavandería es un lugar ideal: seguro, caliente, tranquilo, luminoso. Nadie me mira ni me habla.

Al salir al mundo real regresaron todos mis problemas. Doy vueltas en círculo cada vez más desubicada, la temperatura sigue bajando. Estoy temblando y no sé si por miedo o por frío o por ambas cosas. No paro de tocarme el diente despicado con la lengua, ojalá no se note, puedo soportar muchas cosas, pero un diente despicado, jamás. Eso me pasa por reírme del diente de ardilla de Alister. Como no soy capaz de encontrar mi propia casa decido marcarle a Milton, hay demasiados bloques y todos son idénticos. Me pregunta dónde estoy, cosa que evidentemente no sé, de lo contrario no lo estaría llamando. «*Where am I?*», le pregunto a la gente que pasa. Nadie me contesta, deben pensar que me volé de una institución mental. O que estoy trabada. Le describo a Milton lo que veo alrededor, le leo los avisos de las tiendas que me rodean. No demora ni diez minutos en rescatarme. Llegamos al bloque en el que vivo e insiste en subir, quiere asegurarse de que entre sana y salva hasta el apartamento. Por supuesto se lo impido de solo pensar en la cara que pondría Alister si me ve con él. No creo que los potros y los búhos se lleven bien.

Me encierro en mi cuarto, por un instante tengo once años, acabo de enterrar a mi padre y soy la niña más desamparada del mundo. Mi madre está muy lejos y no voy a llamarla llena de mocos a preocuparla por semejante tontería. ¿Qué voy a decirle? ¿Que se me despicó un diente? ¿Que Alister me regañó porque tenía los electrodomésticos conectados? ¿Que me perdí en el barrio? ¿Que el único amigo que he hecho es un ladrón que nació en la misma ciudad que yo y tiene cara de búho? ¿Que mi lugar favorito del barrio es una lavandería en la que vive una legión de cíclopes? Me sorbo los mocos, me limpio las lágrimas, intento consolarme por mi cuenta, es lo que procede cuando no tienes a nadie más que lo haga. Es consolarte o echarte en la cama a llorar por la falta de consuelo. Siendo honesta, lo del diente no es tan grave, casi ni se nota, tan solo debo ser cuidadosa y evitar morder cosas duras para que no se termine de despicar.

Abro al azar los diarios de Sylvia Plath, tan solo porque es el libro que tengo más cerca. Hay gente que consulta el tarot, hay gente que consulta el I Ching, hay gente que consulta a las plantas sagradas, yo, en cambio, suelo abrir un libro cada vez que me siento perdida y busco respuestas. Creo en la bibliomancia casi tanto como en la borra del café. Página 275: «Necesito un padre. Necesito una madre. Necesito un ser viejo y sabio a quien llorarle. Hablo con Dios, pero el cielo está vacío». Me quedo un instante procesando el mensaje. Un ser viejo y sabio parece una descripción adecuada del inglés. ¿Será una premonición? Tomo el celular y abro sus últimos mensajes.

Dice: «¿Cómo está?».

Dice: «¿Dónde está?».

Dice: «Pasé por West Hampstead y me dijeron que se mudó».

Dice: *«Are you alive?»*.

Dice: «¿Necesita algo?».

Dice: «Deseo verla».

Dice: *«Answer me»*.

Dice: *«Please»*.

Me sorprende comprobar lo que me alivia leer estos mensajes, de alguna manera, me hacen sentir menos sola. Quiero contestar que la vida en Londres está siendo más costosa y más hostil de lo que había previsto, que me siento todo el tiempo como un pajarito recién salido del huevo que no encuentra alas bajo las cuales resguardarse ni nidos en los cuales pueda meterse. En cambio, recojo la poca dignidad que me queda y escribo una sola frase sin saber que, a veces, una sola frase puede cambiar las cosas.

Escribo: «Necesito verte».

Y de inmediato borro la frase porque me doy cuenta de que suena a urgencia.

Mejor: «Quiero verte».

La verdad no estoy segura de querer verlo, pero es el único conocido que tengo a mano. No es porque sea él en concreto, cualquier compañía me serviría, por desesperaciones como esta es que una mujer se enreda con cualquier aparecido. No creo en almas gemelas ni esas tonterías de que todos los encuentros ocurren por alguna razón. No es así, a veces, uno se encuentra con gente con la que no debió toparse nunca. Creo en las casualidades. Cualquier día estás sola en un museo y terminas saliendo con el primer tipo que se atreve a hablarte, pudo ser otro, pero fue él quien estaba allí matando el tiempo antes de agarrar el tren de regreso a Oxford, fue él quien tomó la iniciativa, te siguió, te habló y eso te hizo sentir elegida, entonces saliste con él a falta de nada mejor para hacer y así comenzó una historia particular que pudo comenzar de cualquier otra manera, con cualquier otro hombre. No hay nadie predestinado para ti, tan solo hay alguien que tuvo el arrojo primero de mirarte y luego de hablarte en un país en donde nadie mira ni habla con nadie. No hay romanticismo, es una trampa de tu ego, de las circunstancias, puede incluso que de las hormonas; es una comprobación de tu vanidad, una burla del tiempo y su vana ilusión de sincronía. Por trampas menores se casa la gente y hasta engendra hijos. Líbrame, Dios.

Vuelvo a concentrarme en la redacción del mensaje: Quiero verte sigue sin convencerme, creo que tutearlo expresa una confianza que no le tengo.

Escribo: «Quiero verlo».

Definitivamente mucho mejor sin el tuteo, aunque él ni debe entender la diferencia. Fuera de eso empiezo a pensar en que el problema real está en la palabra «quiero», me parece que le da cierto sentido de deseo a la sentencia, querer algo es desear algo y una cosa es querer su compañía y otra que se note mi urgencia por obtenerla. Termino haciendo lo que tanto he evitado y es escribirle en inglés. Sin duda es un idioma más preciso, no te hace comer la cabeza pensando en los infinitos matices de las frases. *«Let's meet up»*, escribo y luego le doy enviar. Responde de inmediato. *«Tomorrow night»*. Acto seguido envía el nombre y la dirección de un restaurante en Soho. Ya hasta hizo la reservación. Yo me quedo pensando si acaso un incendio puede llevar a otro incendio. Uno no siempre es consciente del momento en que surge la llama que desencadenará el fuego, a no ser, por supuesto, que uno sea el pirómano.

Revuelco mi maleta y no encuentro ninguna prenda que me guste. Es muy frustrante, en mi guarida tengo más ropa de la que alguna vez podré ponerme y aquí no tengo nada. Cuando empaqué, sin duda, desestimé la posibilidad de tener una cita. ¿Tengo una cita? No estoy segura. De momento no quiero pensar aún en las consecuencias de esta salida, solo quiero comer bien y pasar un rato con un ser viejo y sabio a quien le importe mi vida, alguien que se preocupe por mí y me diga qué hacer mientras limpia mis lágrimas, tampoco pido tanto. Soy una conformista que no ha pensado lo suficiente acerca de cuál es el momento a partir del que no hay reversa. ¿Una cena? ¿Dos cenas? ¿Un agarrón de mano? ¿Un apretón de pierna bajo la mesa? ¿Un beso? Me pregunto cuántas cosas en mi vida han seguido adelante nada más porque no supe pararlas a tiempo.

Con Antonio fue un poco así: un amor de fin de semana que se extendió años solo porque él era atractivo, viéndolo ahora parece una tontería pero, a cierta edad, tener un novio lindo es lo único que importa. Durante la primera pelea que terminó en ruptura recuerdo la sensación de tranquilidad por haberme deshecho de la relación sin mucho traumatismo, pero entonces me fui de vacaciones y él hizo un viaje largo y absurdo hasta donde yo estaba con la ilusión de darme la sorpresa de su visita, apareció una tarde lleno de regalos y demostraciones de amor, absolutamente seguro de obtener el perdón. ¿Cómo se rechaza algo así? No se puede. Simplemente no se puede. Después de un frío beso de reconciliación recuerdo la mirada acusadora de los lobos como diciéndome: «Te casaste». Estaban en lo cierto, si me descuidaba ya no habría vuelta atrás y terminaría casándome antes de poder tomar yo la decisión con plena conciencia, sin presiones de por medio. Con otro numerito hasta me habría embarazado y con otro más habría permitido que me empacara un segundo hijo, quizá hasta un tercero. El asunto es que son muchas las decisiones que tomamos por complacer a los otros, por la incapacidad de entablar límites claros. Nadie nos enseña a decir que no. Creí haber asimilado la lección: Haz lo que te nazca hacer, no lo que otros esperan que hagas. Y, sin embargo, aquí estoy, vistiéndome para complacer, disimulando mi palidez con un toque de rubor, poniendo en marcha algo que después no voy a poder detener, como si no supiera que un galope avanza más rápido de lo que avanzan mis pasitos inseguros.

Termino poniéndome lo de siempre: el mismo jean, la misma chaqueta fucsia con un roto en el lado izquierdo del pecho y encima el mismo abrigo que, por cierto, le pertenece a él. Acicalo mi pelo, escondo mi cola, ensayo la sonrisa frente al espejo para que no se vea el despicado del diente. Abro el mapa, planifico el viaje, me doy cuenta de que estoy más familiarizada con *Los mares del sur* de Stevenson que con las calles de Londres. Debería leer menos y caminar más. Puedo ubicar Papúa, Tahití y Samoa, pero no Charing Cross, Knightsbridge y Marylebone. También me doy cuenta de que no sé leer un mapa. Rumbo al restaurante paso por la orilla del Támesis con la idea de liberar el pececito colorado. Me agacho, acerco la cara al río, abro la boca, pero nada ocurre. Aferrado a mi paladar se niega a saltar al agua, a ejercer su libertad. ¿Cuántas veces habré actuado como este pez? La comodidad extrema puede llegar a ser peligrosa.

Un aguacero me obliga a deambular perdida bajo la lluvia, tratando de encontrar la dirección del restaurante. A mí todas las calles me parecen iguales, definitivamente me cuesta ubicarme sin referentes naturales. El pavimento mojado es un espejo borroso y turbio en donde se mira el cielo borroso y turbio. Me demoro veinte minutos ubicando la calle y otros veinte andando para el lado opuesto lo cual significa otros veinte devolviéndome, una situación muy típica en mí. Hasta dudo si presentarme toda mojada y con una hora de retraso, algo impensable para un inglés. Seguro se cansó de esperarme.

Desde afuera el restaurante se ve tan lujoso que me quedo de pie junto a la puerta otros diez minutos sintiéndome indigna del lugar. Experimento una sensación bastante conocida, la de no pertenecer, no encajar, lo cual es un absurdo porque para no encajar tendría que haber encajado alguna vez. Nunca antes se me había pasado por la cabeza que no todos los lugares son para todas las personas, pues bien, aquí estoy yo frente a uno de esos lugares siendo una de esas personas. Las mujeres entran y salen con sus ropas costosas, aferrados a sus cuellos se lamentan mapaches, avestruces y zorritos que ellas parecen ignorar. En el *coat room* se oyen los graznidos de los patos cuyas plumas rellenan varias chaquetas. Los sombreros son otro cantar con plumas de faisanes y de pavos reales cuyos quejidos siniestros puedo oír con claridad. Siempre me ha impresionado el canto de los pavos reales, cuesta creer que un ave tan bella pueda emitir un sonido tan espeluznante. En casa hubo uno llamado Rodrigo que se mantenía peleando con otro pavo imaginario que no era más que su propio reflejo en las latas del carro. Aún conservo las plumas metálicas de su cola con ojos verdeazulados incapaces de parpadear.

El suelo está repleto de babillas y cocodrilos atrapados en las botas de piel. Camino con sigilo para no pisarlos. Las sillas forradas en cuero mugen lastimeramente como vacas recién llegadas al matadero. Veo los peinados de las mujeres armados en salones de belleza, sujetos con pinzas de carey que me recuerdan las tortugas marinas a punto de extinguirse. Duele pensar que algo tan gratuito como la belleza puede condenarte. Mi pelo, en cambio, no para de gotear haciendo un charco en el suelo que alguien se apresurará a secar antes de que un cliente se resbale y ponga una demanda. Soy la más sorprendida de estar aquí. Las luces tenues y cálidas, la música suave, las mesas repletas de comida, vino y conversaciones, un hombre esperándome con paciencia equina, todo es demasiado perfecto para aceptar que lo merezco y justo eso es lo que me hace querer dar media vuelta y salir corriendo hacia el frío, la lluvia, el remolino que forman los transeúntes, el aturdimiento general de la calle. ¿De dónde sale tanta gente? ¿Por qué siempre tienen afán?

Evito el *front desk* para que no me pregunten quién me está esperando. ¿Qué voy a decir? No recuerdo cuál es el apellido del inglés y no estoy segura de saber pronunciar su nombre de manera correcta. Camino entre las mesas intentando pasar desapercibida, hasta que lo veo al fondo mirando distraídamente por una de las ventanas. Los dientes de león se agitan con suavidad sobre su cabeza. Aprieto los labios para contener mis ganas de soplarlos, aún no decido qué deseos voy a pedir cuando lo haga. Hay sobre la mesa una botella que ya va por la mitad. No sé qué estará tomando, soy mala para el alcohol, incapaz de distinguir un licor de otro. Compraría esos pensamientos, no tengo ni la más mínima idea de qué puede estar cruzando por la cabeza de un hombre como él. ¿Estará enojado por mi tardanza? Quién lo manda a meterse con lobas, quién lo manda a meterse con niñas, quién lo manda a meterse con latinas, es lo que debe estar pensando. ¿De qué vamos a hablar durante la cena? ¿Sí voy a entenderle? ¿Se dará cuenta del desperfecto en mi diente? ¿Le parecerá muy informal mi pinta? Me hago esas preguntas y me provoca abrir un hueco en el suelo y desaparecer. Pero antes de que pueda llegar a cavarlo, él gira la cabeza y me ve ahí de pie, vacilando. Me ve con el pelo mojado como si me hubiera dado un chapuzón en una piscina; me ve tiritando de frío como un gatito recién parido; me ve enfundada en ese abrigo suyo que me queda dos tallas más grande y entonces con una enorme sonrisa exclama: «*You look miserable!*».

Se levanta de la silla, me ayuda a quitar el abrigo mojado y me pone el que trae puesto. No lo guardó en el *coat room* porque estaba seguro de que yo iba a necesitarlo. Abriga más que el otro debido a la calidad de la tela capaz de retener el calor corporal. «*Wet as usual*», comenta sonriendo mientras me mira. Se detiene en mi pelo mojado, mete los dedos entre las hebras y comienza a peinarlo haciendo gala de una delicadeza impropia en un hombre. Un corrientazo me sube por la nuca y explota en mi cabeza. Hace años que nadie me peinaba. Algo nota en mi cara, me pregunta qué pasa. Le digo que extraño mi guarida y, a causa de mi confesión, aprendo una nueva palabra: *Homesick*. Es de una precisión arrebatadora. Le doy vueltas, intento traducirla, encontrarle un equivalente en español, lo más cercano que se me ocurre es mamitis y no está ni medianamente próximo, la mamitis pone el foco en la madre como objeto de nostalgia, *homesick*, en cambio, extiende la nostalgia hacia todo lo que representa un hogar.

Pregunta qué es exactamente lo que extraño y yo me quedo callada, me conozco bien, no podría enumerar en voz alta todo lo que extraño sin que se me escurrieran las lágrimas. No quiero asustarlo con las tempestades que, a veces, manan de mis ojos. La pregunta me hace acordar de las orquídeas de mi madre, de la lámpara de araña gigante ondeando sobre nuestras cabezas vigilando la cotidianidad, de mi colección de plumas, de mi cuarto de revelado de fotos en donde me encerraba a tener pensamientos rojizos, de las fogatas nocturnas en donde nos contábamos los sucesos de día. Para mí el fuego no era un enemigo, ha sido aquí en donde me enseñaron a verlo de esa manera. Temo que, de ahora en adelante, mi visión del fuego esté sellada a la imagen de Alister y a la palabra *dangerous*. Cada cultura se forja sus propios enemigos y los transmite a las generaciones venideras sin que ellas se pregunten si vale la pena o no recibirlos. La mayoría de los miedos son heredados, bastó un solo ratón asustando a una sola persona hace miles de años y henos aquí a todos subiéndonos a las sillas. Con seguridad ha habido más accidentes por caídas que por ataque de ratones.

«¿Qué es lo que más extraña?», vuelve a preguntar. *«Any boyfriend?»*. Para evitarlo doy una respuesta fácil. *«Everything»*. Él se queda callado, supongo que intenta descifrar lo que esconde una palabra tan amplia. En la palabra *everything* cabe todo, hasta el novio. Ya los dos sabemos que la única forma de entendernos será a punto de silencios y suposiciones. Nuestro idioma común es el malentendimiento. A nuestro diálogo le faltan años de acuerdos y desacuerdos; peleas y reconciliaciones. Le faltan anécdotas comunes, teorías totalizantes, resúmenes de los libros que nos hemos leído. Le faltan sueños premonitorios, pesadillas y traumas. Su primera vez y mi primera vez. Sus mentiras y mis mentiras. Le faltan monstruos, chistes, anécdotas vergonzantes, referentes comunes. Programas de televisión, películas de cine, obras de teatro. Planear algo juntos, lo que sea, pero algo. Que él se encariñe con mis mascotas y yo me encariñe con las suyas. Le falta pasado, presente y perspectiva de futuro. A nuestro diálogo le faltan palabras y le sobran miradas. En unos años olvidaré el sonido de su voz, pero no el color de sus ojos y la forma de dirigirlos hacia mí, con el mismo interés y curiosidad con la que se mira una flor exótica o una oveja disfrazada de loba. La mayoría del tiempo siento que me mira como si estuviera descubriendo en mí una rareza de la que yo no me he enterado. *«I'm sure you miss your boyfriend»*, dice con la cara que pone cuando cree tener la razón, es decir casi siempre. Sí, pienso, lo extraño tanto que no he abierto ninguno de los mails que me ha enviado, sin embargo, asiento porque es más fácil para mí explicar y para él entender que mi tristeza se deba a un novio. De esa manera evito contarle que provengo de una manada de lobos enloquecida y furiosa que aún no encuentra contra quién desfogar la rabia, a quién reclamarle por todo aquello que la vida nos ha arrancado con tanta violencia. Mi madre se encierra en su vivero cuando la realidad la agobia, cuando nosotros la agobiamos es allí donde se esconde. No le gusta que la interrumpamos, teme que infectemos las plantas, aunque, en el fondo, lo que teme es que la veamos llorando. Evito contarle que siempre he querido ser una orquídea para recibir su atención y sus cuidados, ser una especie única y rara de esas que los indígenas del monte bajan a ofrecerle y que ella cuida con esmero atraída por la promesa de poseer una flor exótica y rara; una orquídea que tras meses de cuidado un día, así sin más, florece y la hace sonreír. ¿Cómo se cuentan estas cosas en una lengua que no es la tuya?

Al final ocurre lo que tanto traté de evitar, el solo recuerdo me ha inundado los ojos de lágrimas y él se apresura a contenerlas. Hay cierta torpeza estremecedora en el gesto. Si le revelara mi herida, a él que es profesor de literatura, entendería la inmensa soledad que esconde una madre que se encierra en un vivero a cuidar sus plantas y la de una hija que la descubre, mientras el mundo afuera se cae a pedazos sin que ninguna de las dos pueda hacer nada para remendarlo. Evito contarle que todos los lobos teníamos celos de sus plantas y, en vez de ayudarle a cuidarlas, más fácil habríamos incendiado el vivero para no tener que competir con ellas. Al final se trataba de quién lograba llamar la atención de la madre, quién florecía más. No podía convertirme en una orquídea pero sí podía enfermarme. Cada tanto me daban unos ataques de asma que me dejaban sentada tres días en la cama. Incluso algo tan básico como reacomodarme me quitaba el aire. De mi cama al baño había tres metros que me dejaban tan asfixiada como si hubiera corrido trescientos kilómetros. A veces me ponía morada como los muertos antes de ser enterrados, como mi padre cuando se desangró camino al hospital. Que falte el aire no importa, si lo que recibes a cambio es la atención y los cuidados de la mamá. Nada como tenerla unos minutos al pie de mi cama, tenerla para mí sola, tenerla mirándome, poniéndome el inhalador en la boca, analizando los tonos morados de las uñas para calcular cuánto más podría aguantar antes de tener que correr a urgencias. Pasados los trece años el asma se me curó por arte de magia y entonces dejé de comer. Tener a mi madre orbitándome, intentando seducirme con bocados que ella sabía que me gustaban, me generaba más placer que la comida misma.

Le cuento que cuando tenía ocho años sufrí una picadura de abeja que me dejó la mano tiesa y ennegrecida durante varios días al término de los cuales se convirtió en araña. Me mira extrañado, como tratando de descifrar si está entendiendo bien lo que le estoy contando. Saco lentamente la mano izquierda del bolsillo y la sostengo a la altura de sus ojos para que la vea, que se vaya enterando de una buena vez de mis rarezas, que huya si es del caso, aún está a tiempo de hacerlo. No dice nada, no muestra sorpresa, ni siquiera entiende qué le estoy mostrando. ¿Acaso no puede verla? La giro frente a sus ojos pálidos, agito las patitas como si lo estuviera hipnotizando. De pronto su mano inmensa la agarra al aire, se la lleva a la boca y la besa. Luego la deja reposar sobre el mantel blanco y almidonado. Pero no la abandona del todo. Sus dedos comienzan a merodearla, una araña acercándose a otra, una araña encima de otra, tanteando el terreno, investigando si podrían tejer algo juntas.

Examina el menú y no solo pide su plato, sino el mío. Su misión es encontrar algo con que tentarme: alcachofas, champiñones, espárragos. He comido tan mal los días anteriores que tengo que esforzarme para masticar y tragar. Extraño tanto los aguacates. Si alguien me pidiera una razón para vivir en Colombia no mencionaría los pájaros, ni las mariposas, ni las infinitas quebradas, ni los árboles, ni los dos mares, ni el clima, creo que, por encima de todo lo anterior, mencionaría la suerte de poder comer aguacate todos los días. Sales a la esquina y siempre hay alguien vendiendo. A veces, ni siquiera tienes que salir, los vendedores recorren todas las calles de todos los barrios gritando siempre lo mismo: «Aguacate, aguacate, aguacate maduro». Mi estómago no está preparado para comer otras cosas y mi mente tampoco. Me gusta la sensación de vacío, de liviandad. Pide para él un trozo de carne prácticamente crudo, lo corta con el cuchillo y mana del interior un jugo rojizo que me hace pensar en una herida. Hay gente que las propina, gente que las padece, gente que las sana y gente que se las come. Mastica con avidez su bocado mientras dice que vino desde Oxford solo para verme, no sé de qué se jacta si Oxford queda a la vuelta de la esquina. «Vaya esfuerzo», le digo. Sonriendo, me aclara que no es Oxford Circus sino Oxford City. Caigo por segunda vez en la trampa de confundir calles y barrios con ciudades del mismo nombre. Le cuento que esa fue la razón por la cual terminé viviendo en Stratford. Tras burlarse un rato, promete que me llevará al verdadero Stratford-upon-Avon, que allá sí hay ovejas y casas estilo Tudor y, además, están los restos de Shakespeare.

Al preguntarme por mi nueva vivienda, le cuento sobre la viga de madera que cruje por las noches, sobre las absurdas reglas de Alister y lo mucho que duerme. Me quejo de su intolerancia a los ruidos y mis dificultades para moverme por la casa sin emitirlos. Me quejo también de su obsesión por mantener desenchufados los aparatos eléctricos porque, de lo contrario, sería *dangerous*. Hasta ahí el inglés fue todo risas, ahora le ha cambiado el gesto y asegura que desconectar todo es importante para evitar otro incendio como el de 1666, acto seguido se explaya en un monólogo sobre *The Great Fire of London*, hasta existe un monumento que rememora el incendio. Me pregunta si quiero verlo, por supuesto, le digo que no.

Su mano sigue aprisionando mi mano. Sus dedos se detienen en los bordes de mis uñas, especialmente aquellos que están llenos de sangre. Toma mi dedo más herido y se lo mete dentro de la boca para chupar la sangre encunetada en los bordes. Yo no hago nada por repelerlo, estoy paralizada y justo es mi inmovilidad la que le da impulso para atreverse a más. Deja mi mano sobre la mesa y la cubre por completo con la suya. *«Do you still miss your boyfriend?»*, pregunta con un tono desafiante mientras la aprieta con fuerza. Yo me quedo callada, no porque lo extrañe, sino porque me falta el aire. Además, solo hay dos posibles respuestas y me parece que pierdo con ambas. Si digo que lo extraño se tomará nuevos atrevimientos para imponerse sobre él; si digo que no lo extraño creerá que ya tiene allanado el camino hacia aquello que tanto desea. Siento pequeñas y placenteras corrientes encendiéndose a lo largo de mi cuerpo. Bajo la mesa sus rodillas tocan las mías y esta vez no se debe a que la mesa sea pequeña. Tocarlas es un acto deliberado de su parte y permitirlo es un acto deliberado de la mía. Flota un aire enrarecido entre ambos, cesan los sonidos del restaurante, las voces de los demás comensales y el repiqueteo de la lluvia. El mundo se detiene para que nos miremos sin distracciones y entonces nos miramos como si no hubiera nada más que mirar, como si no existiera el tiempo, ni el espacio, ni las reglas que lo rigen. Estamos aquí y estamos en todas partes a la vez. Si me preguntan cuál es la duración de la eternidad, diría que el instante en que dos se observan seriamente mientras la cabeza se les llena con quimeras preciosas. A menudo miramos; observar, en cambio, es otra cosa. Un verbo de mayor intensidad. En especial, cuando es conjugado al mismo tiempo por dos personas. Yo observo, tú observas, nosotros observamos. Y si lo que observamos es al otro observándonos, entonces ocurre la magia. O el horror.

Él avanza despacio para que yo no me asuste, para que no salga corriendo a buscar dónde esconderme, para que no tenga tiempo de pensar en mi novio y en los cachos que podríamos ponerle juntos sin que se enterara. Por años he sido una lobita fiel, una lobita ingenua que jamás se había alejado del bosque conocido ni se había dado la oportunidad de conocer a alguien más. Es fácil ser fiel cuando no tienes tentaciones, cuando no amas sino que te dejas amar. Se llama comodidad. El inglés, en cambio, es un cazador experimentado que domina al dedillo el terreno que está pisando y no tiene reparos en usar las armas que posee. Tengo todas las de perder. Casi he entrado a su trampa pero aún no ha cerrado la puerta, se mueve despacio, recula, no quiere ponerme nerviosa, sabe que aún estoy a tiempo de salir corriendo y una presa asustada difícilmente regresa. Esta fase de la cacería es delicada, cualquier mínimo avance significa una gran conquista, en cambio, un retroceso, por pequeño que sea, podría apresurar un final. Yo observo, no dejo escapar detalle, alguna vez aprendí que demostrar menos consciencia de la que se tiene es una gran ventaja. Me dejo llevar por el encanto hacia lo desconocido, no se me olvida que estoy aquí por curiosidad, por divertimento, puede incluso que por comer gratis en un restaurante lujoso; estoy aquí porque tengo veintitrés años y un arrojo que no volveré a tener jamás.

Después de la cena, después del café, después de mirar el reloj, menciono que debo irme, no quiero perder el tren a Stratford. Dice que me pagará un taxi y yo acepto, principalmente, por quedarme con el dinero, como la vez pasada. Alcanzo a comerme otra ración de postre, tomarme todo el café que no puedo tomar en casa, poner más quejas de Alister, hablar de mi dolor de espalda, de los bancos que siguen sin abrirme una cuenta, de los terribles trabajos a los que solo puedo aspirar con mi nacionalidad y mi nivel de inglés, de lo feo que es el barrio en el que vivo, del libro que no soy capaz de escribir, en parte porque ni siquiera tengo un computador, de lo frustrante que es acumular toda una vida de léxico que ahora no puedo exhibir. Imposible usar palabras como *vicisitud*, *vehemente*, *elucubrar* o *barahúnda*, en primer lugar porque no sé cómo se dicen en inglés y en segundo lugar porque si las dijera en español, él no las entendería.

Puedo verle la cara de conmiseración mientras hablo de los problemas que a mí me parecen tan grandes e irresolubles. Parece que se divierte oyéndome, como recordándose a sí mismo cuando tenía mi edad y lo agobiaban esos mismos problemas que al final resultaron no ser ni tan grandes ni tan irresolubles. La diferencia es que él debió solucionarlos hace tanto tiempo que ya olvidó la angustia que le generaron en su momento y ahora solo tiene el alivio de haberlos superado, de saberse en una casa propia, con un trabajo estable, una reputación bien construida, una vida resuelta. Comenta que oírme hablar así le recuerda a su hijo, comenta que los jóvenes siempre creen que el mundo está contra ellos. ¿Hijo? Si existe un hijo significa que existe una mujer en alguna parte y si el hijo tiene mi edad significa que la mujer tiene la suya. Es inevitable pensar que yo debería estar saliendo con el hijo y no con el padre y, aún más inevitable pensar que, de ser así, no estaría comiendo en este restaurante tan lujoso sino en Poppies Fish & Chips. Le miro las manos, hago memoria, jamás le he visto una argolla, pero eso no significa nada pues, perfectamente, podría quitársela cuando viene a verme. Seguro está casado. No tengo la costumbre de preguntarlo. Mis amigos están dentro de mi rango de edad y no conozco a nadie con mis años que se haya casado. Ni siquiera nos lo preguntamos, damos por hecho que nadie ha cometido ese error. ¿A quién se le ocurre casarse tan joven? Mi cuerpo se pone tieso, se pone alerta, como cuando hay una señal de peligro y se prepara para correr. Apenas lo nota se apresura a dejarme en claro que el hijo vive con su madre en Bath desde que era un niño. «Nunca hemos sido cercanos, me busca nada más para pedir dinero y para que lo saque de apuros, lo único que tenemos en común es el nombre, es extraño que alguien tan diferente a uno se llame de la misma manera», comenta con cierta nostalgia. Pide la cuenta y yo me quedo pensando cuál será la otra cara de la moneda, cuál la versión de la madre y la del muchacho, no hay que ser un experto para saber que una misma historia cambia por completo dependiendo de quién la narre.

La magia se ha roto por el tema del hijo, es momento de pedir la cuenta. Miro la tirilla de reojo y reparo en que la cena cuesta lo mismo que una semana de arriendo. Él se apresura a pagar sin siquiera mirar la colilla. A la salida del restaurante insinúa una docena de veces que su hotel está cerca. Adrede paso por alto todas sus insinuaciones. Me atrae la idea de jugar con candela, de tentarlo, de aprovecharme de su compañía para vencer el aburrimiento, incluso, de sacarle dinero, pero nada más. Caminamos un rato bajo la noche, hombro a hombro, tomados de la mano. Me agarra con fuerza, con ganas, con determinación, como si no quisiera soltarme, como si ya fuera suya. Siempre he pensado que la forma como un hombre te toma de la mano dice más que cualquier palabra. Hay agarrones de mano tibios, agarrones húmedos y lisos como peces, agarrones de los que sabes que podrás escurrirte con facilidad. Su agarrón es todo lo contrario: una cadena de acero, un grillete apretado. ¡Cuidado! Si permites que eche llave no podrás zafarte jamás.

Resignado por mi determinación de irme a casa detiene un taxi, le da mi nueva dirección y me entrega un fajito de billetes para que lo pague, parece mucho más de lo que vale la carrera y precisamente por eso decido no contarlo frente a él. Después de darme el dinero me mira con un sentido de posesión que antes no tenía, se atreve a agarrar mi cintura con una mano y apretar mi nuca con la otra. Porque conozco sus intenciones es que no cedo a ellas. Yo ignoro muchas cosas pero esto lo sé, es lo único que sé, mi actuación me da poder, mi crueldad me pone por encima de él y me hace fuerte. No soy yo la que desea, soy la que se hace desear y el deseante siempre es el eslabón débil, en especial cuando no obtiene lo que quiere.

Siento sus dedos hundiéndose con fuerza en mi cintura, pese a todas mis capas de ropa. Su aliento tibio me rebota en la cara, impregnándola de olor a alcohol. El corazón le palpita con tanta fuerza que alcanzo a oír sus latidos de caballo desbocado. Demora un beso en un punto impreciso entre la mejilla y el borde del labio. Yo tiemblo, el pececito en mi boca tiembla, ambos temblamos del puro miedo a una invasión. Antes de subirme al taxi, susurra algo en mi oído que no logro entender y que, sin embargo, me ablanda las piernas. Es curioso que una frase que no entiendes pueda hacerte sentir cosas tan intensas. Con fuerza aprieto entre la mano el dinero que me dio. Un hombre que da dinero se cree con derecho a todo y una mujer que lo recibe acepta tácitamente su deber de entregarse. Yo fui educada para entregarme con amor de por medio y la certeza de un compromiso. O para no entregarme jamás. No quiero ser como esas mujeres infelizmente casadas que se niegan a dejar maridos que no aman por no perder las comodidades y los lujos a los que están acostumbradas. Imagino que aguantan pensando en el viaje que van a hacer o en el vestido que van a comprarse. Al final es lo mismo, todo acto sexual es transaccional. Es una idea liberadora y, al mismo tiempo, un poco triste. Casi como elegir entre la libertad y la seguridad. Por primera vez en mi vida reparo en la imposibilidad de poseer ambas cosas. Me siento tan confundida que casi olvido bajarme del taxi y correr hasta el metro.

Llego a casa aturdida. Quería comprarme o tan solo ayudarme un poco, de la misma forma como debe ayudar a su hijo cuando está en apuros. Lo único que sé es que el fajito contiene las libras suficientes para vivir un mes entero, igual podré agradecerle cuando nos veamos de nuevo, porque vamos a vernos, cómo no, me quedé de nuevo con su abrigo y, cada vez que recuerdo el beso de despedida, me tiemblan las piernas. Mi cuerpo es un nudo de contradicciones que no logro desatar. Quiero pero no quiero. Me gusta pero no me gusta. Me intimida pero me provoca. Me atrae pero me repulsa. Imagino constantemente cómo sería permitir que me desnudara, que me tocara; imagino cómo sería verlo desnudo y me pongo nerviosa y me lleno de terror y no puedo respirar. Un hueco en mi estómago anuncia el peligro. La electricidad recorriéndome el cuerpo anuncia el placer. Con tantas sensaciones opuestas y novedosas, mi cabeza no consigue descifrar qué está ocurriendo y cómo debo actuar.

Perdona Señor mis pensamientos impuros.

Antonio se resiste a desaparecer, pese a mi silencio. Su más reciente acto de desespero consiste en enviar ráfagas de correos electrónicos preguntando si vamos a casarnos. No es la primera vez que lo plantea, la diferencia es que antes lo mencionaba como una posibilidad ante la cual podía escurrirme hábilmente, ahora en cambio formula una pregunta precisa que solo ofrece dos posibles respuestas. A mí se me corta el aire y me dan ganas de salir corriendo. Desaparecer, que es justo lo que una hace cuando carece de respuestas. Cómo quisiera que Antonio fuera un novio imaginario como el de los juegos infantiles, pero es tan real como mi hocico húmedo y brillante. Empezamos a lamernos por curiosidad, después por costumbre y luego nos habíamos lamido tanto que parecía una necedad suspender aquello que habíamos comenzado. Casarnos. Ya me veo cocinándole y lavándole la ropa mientras él va a jugar fútbol con sus amigos los domingos. Es el típico hombre que no busca una esposa sino una mamá que le mantenga la casa en orden. Fantaseaba con los nombres que le pondríamos a nuestros hijos. Yo no quiero hijos, se lo dije desde la primera vez que salimos, pero no hay que esforzarse mucho para saber que no pierde la esperanza de convencerme de tenerlos. Mientras él coleccionaba ideas de nombres, yo coleccionaba métodos de planificación y hasta hacía planes alternos de cómo debía actuar si fuera parte de ese mínimo porcentaje que falla. Conocía un par de lugares clandestinos de aborto a los cuales llamaba dos veces al año solo para cerciorarme de que no los habían cerrado. A veces iba hasta allá y me quedaba a una distancia prudente deseando no ser la que hace fila sola, la de los ojos rojos de tanto llorar. La que sale después con una hemorragia tan evidente que ningún taxista se detiene a recogerla de puro miedo de que le manche de sangre la silla trasera del carro y entonces se queda en plena calle, aturdida y sudorosa; se queda en medio de un puñado de imbéciles que le restriegan en la cara pancartas que dicen: «Asesina».

Estoy convencida de que si cedo a las aspiraciones predecibles de mi novio seré yo la que tenga que renunciar a las mías. Evito abrir el mail para no ver sus mensajes, como si el hecho de no verlos anulara su existencia y, por tanto, mi deber de contestarlos. Confieso que hace días no duermo pensando en Antonio sino en el inglés. Invoco, una y otra vez, lo que me susurró al oído solo para comprobar que, cada una de las veces, me revuelve el vientre. Entonces murmuro en voz baja para que no se me olvide que prefiero parir novelas en vez de hijos. Sobre la cabeza de Antonio ondean plumas de pavo real y los pavos reales no son buenos para nada diferente a admirarlos. Los consejos de mi madre encienden mis recuerdos: «Cocínale a un hombre la primera vez que vayas a su casa y le cocinarás toda la vida». Por desgracia, ese tipo de cosas se entienden cuando ya estás lavando los platos, porque no se trata solo de que cocines, también tendrás que lavar la loza, secarla y guardarla en la alacena correspondiente. De ahí a que salgas al supermercado a comprar con tu dinero los ingredientes de la nevera que te vas gastando, solamente hay un paso.

A su favor solo diré que Antonio es lindo, pero la excesiva belleza masculina deja de ser una ventaja cuando excede ciertos límites que, por supuesto, tienen que ver con tu propia belleza.

Consejo no pedido: jamás tengas un novio más lindo que tú. Jamás uno que se acicale más que tú. Los hombres lindos no se esfuerzan y creen que lo mejor que tienen para otorgar es su belleza. Así es Antonio. Su nombre y su aspecto físico corresponden al de un galán de noche: alto, estilizado y con flores que emiten aromas embriagadores apenas cae el día. Por su culpa pienso que el éxito depende de la cuna y de la suerte; también que el amor es soso, el sexo rápido, el dinero imprescindible y la belleza tan solo un premio de consolación. Está estudiando Derecho por sugerencia de su padre, lo cual significa que, además de lindo, es obediente. Heredará el poder, la oficina y los clientes. Sabe conducirse en su propia selva de vidrio y hormigón. Sabe que tendrá la vida asegurada aunque le falte talento. No creo que litigue, suele evitar la confrontación porque sus argumentos son aprendidos y cuando se le agotan —o le cambian el libreto— es incapaz de idearse otros nuevos en la marcha. Evade las conversaciones difíciles y, en vez llamar a preguntar a qué se debe mi silencio, prefiere pedirme matrimonio por email, de esa manera limpia su conciencia autoconvenciéndose de que luchó hasta el final por lo nuestro. A la hora de maquinar estrategias para preservar su reputación no hay quien le gane. En el imaginario de su familia la mala siempre seré yo. Ni sé por qué lo critico, si soy peor. Mucho peor. Me mudé a otro continente por no terminarle en persona, actúo como si él no existiera. La diferencia es que yo no tengo un padre que me diga qué hacer y cómo vivir. No tengo un padre ante el cual cuidar mi reputación.

La gente ya no ve llover. ¿Qué le pasa a la gente? ¿Acaso a nadie le parece sorprendente el hecho de que caiga agua del cielo? En lo que a mí respecta me niego a renunciar a mi deslumbramiento. Me gusta que sean las lluvias —y no las mujeres— las limpiadoras del mundo. En pocas palabras, me niego a trabajar de *cleaner*. Hace poco hice un descubrimiento del cual no he podido recomponerme: en este país solo me quieren de niñera y de aseadora. Quieren que limpie la mierda que los ingleses no están dispuestos a limpiar. Y yo me niego porque aún tengo dignidad y un poco de dinero. Ya veremos cuando se me acabe. Entre tanto, no pienso aceptar nada que no me guste y a mí no me gustan ni los niños ni la mierda. Constantemente veo noticias sobre lo solitarios que viven los ancianos europeos y llegué a imaginar que podría ganarme la vida acompañándolos y leyéndoles relatos en español, pero aquí a nadie le interesa el español, ni los relatos en español, ni la gente que habla español. A nadie le interesa nadie diferente a sí mismo. Paso los días recibiendo ofertas para hacer el trabajo de la lluvia y justo, cuando estoy a punto de ceder, ahí está lo que merezco. Buscan una periodista latina para trabajar en un periódico llamado *Latinamerican Newspaper*.

La sede es un garaje con cuatro mesitas, una de las cuales la ocupa un diseñador español que dice «vale» como tres veces por cada frase que pronuncia. Él es el encargado de diagramar el periódico. La otra mesita la ocupa una niña gorda que se mantiene pintando princesas, es la hija de William, el dueño del periódico, quien siempre ocupa la tercera mesita situada al pie de la única ventana que da a la calle. Su ubicación estratégica le permite mirar constantemente, con ojos cargados de nervios, si alguien viene a buscarlo. La cuarta mesita está reservada para la periodista que piensan contratar, lo cual significa que, si me contratan a mí, tendría que sentarme ahí a escribir el periódico entero. Menos mal es semanal.

Obtengo el trabajo sin presentar siquiera una prueba de escritura. William solo me pregunta si sé escribir y yo le digo que sí. Le digo que, de hecho, estoy escribiendo una novela. Para mi sorpresa no parece impresionado. Repito: «Estoy escribiendo una novela, es sobre una montaña. En realidad, es sobre una loba que no quiere que nadie la domestique y entonces intenta subir a la cima, pero no lo consigue y no sabe si es porque tiene las patas cortas o porque la montaña es muy empinada. Tal vez solo sea sobre el significado de crecer, sobre el despertar sexual o sobre el color verde, a fin de cuentas, una escribe sobre aquello que añora. Ya casi la termino, pronto estará disponible en todas las librerías del mundo». Nada, a ese hombrecillo no le importan mis logros ni mis montañas imaginarias.

Me pregunto si se llama William por Shakespeare, por Golding o por Willie el padre de Wilde, pero no creo que sepa quién es ninguno de ellos. Ese hombre rechoncho y enano tiene pinta de no haberse leído ni un solo libro en toda su vida. La gente que no lee jamás se da cuenta de lo mucho que se le nota. Sobre su cabeza veo girar escarabajos de colores brillantes y metálicos. William es colombiano, tirando a oscuro, tan bajito de estatura que está en el límite entre ser enano y no serlo y compensa la insignificancia de su tamaño con un ego que no cabe en ninguna parte. Lleva diez años viviendo en Londres, la edad exacta que tiene su hija Leidy, obviamente llamada así por Lady Di. La niña se mantiene enfundada en unos trajes satinados de princesa barata, todos manchados de Kit Kat porque es lo único que come. Pese a todo ese tiempo viviendo allá, William habla un inglés infinitamente más machacado que el mío: «Jelou jauar yu mai fren». Lo oigo hablar y me dan ganas de no volverme a saltar las clases del instituto de idiomas. Así y todo negocia la publicidad que sostiene el periódico y paga mi sueldo, no debe hacerlo mal porque la plata le entra a chorros, nada más el otro día vi en la bodega un costal repleto de libras. Con razón instaló allí una cámara de seguridad y yo pensando que era para cuidar las resmas de papel, la impresora y demás implementos de oficina. Tiene una camioneta grande con la cual compensa su enanismo y, como no sabe parquearla, a cada rato le llegan multas que lo dejan maldiciendo el día entero. «Estos malparidos ingleses no dejan pasar ni media». Alrededor del cuello mantiene enroscadas sendas cadenas de oro que dan la sensación de dificultarle tener erigida la cabeza. Los relojes lujosos que usa me hacen acordar de Milton. En el dedo gordo de la mano derecha se pone un anillo con la pepa de esmeralda más grande que yo haya visto en mi vida, aunque tal vez eso no signifique nada, porque no es que haya visto muchas. A todo el mundo se la muestra diciendo: «Colombian emerald, mai fren». Leidy no se queda atrás. A los diez años tiene más joyas de las que voy a tener yo en toda mi existencia. A mí me encanta tomarle fotos, sin duda, es una princesa rebelde a la cual no le importa poner los pies sucios sobre la mesa ni manchar sus vestidos satinados con chocolate y marcadores de colores. Tal vez no es rebelde, y tan solo se trata de que tiene quien le lave la ropa. En todo caso las fotografías funcionan por la contradicción de los elementos que las componen. Le pregunté si le gustaba Lady Di y respondió: «¿Quién es esa?». Luego siguió pintando con sus marcadores de colores, sacando la punta de la lengua por un costado de la boca tan empegotada de chocolate que parecía que tuviera un incipiente bigotito. No deja de ser curioso que alguien desconozca todo acerca de la persona que inspiró su nombre.

Entre las clases de inglés, el periódico, los dolores de espalda y las horas que pierdo en el metro yéndome para el lado contrario al deseado, no me queda ni un segundo. El inglés está desesperado, ya no sabe qué planes inventar para atraerme, qué más cosas regalarme, qué más estrategias idear para emboscarme en algún cuarto de hotel. Aún debe zumbarle ese beso que me dio en el borde del labio, quizá pensó que yo ya había mordido el anzuelo y que del beso a su cama solo había una llamada. Un día mandó al periódico una caja de lujo llena de chocolates suizos tan minuciosamente elaborados que cada uno de ellos parecía una pequeña joya. Eran tan hermosos que daba pesar comérselos. Con esfuerzo me metí uno a la boca y esperé a que se derritiera despacio, muy despacio, con los ojos cerrados para que nada me distrajera del acto sagrado de comerlo. La caja era tan grande que tuve que dejarla en mi puesto de trabajo. A la mañana siguiente William llegó de mal humor porque Leidy estaba en el hospital debido a una intoxicación y, según él, la cuenta le iba a valer una fortuna. Sobra decir que encontré la caja de chocolates profanada y, en lugar de joyas, había marcadores de colores.

«*How were the chocolates?*», preguntó el inglés en un mensaje.

«*Dangerous*», respondí.

Y también respondí: «Habrían combinado perfecto con un buen café».

Después agregué: «Amo esa combinación».

Fue una gran jugada porque cada mañana a las nueve y media en punto recibo un domicilio de café con *pain au chocolat*, el cual nunca me como: demasiada mantequilla, demasiado azúcar y demasiada harina, según mis cálculos, una sola pieza debe sumar más de cuatrocientas calorías. Leidy lo mira con envidia y William con recelo. «Ese inglés la quiere engordar para que nadie más la mire», comenta para que se lo regale, cosa que por supuesto hago, no soporto la idea de coger kilos.

Un día se asomó por el periódico un hombre vestido de smoking. Al principio, William se puso nervioso, luego reparó en la cortesía con la que tocó el timbre mientras se peinaba el bigotito y las cejas con el dedo humedecido en su propia saliva. Sostenía un paquete delicado que cargaba en el regazo como si fuera un bebé. «Abra la puerta que seguro es para usted», dijo William cuando lo vio desde la ventana. Y no se equivocaba. Era una planta de orquídea exquisitamente empacada con lazos dorados y papel celofán iridiscente. Mi madre se habría maravillado, no solo con la orquídea, sino también con el empaque y la rimbombancia de la entrega. «Un mensajero con smoking me parece lo mínimo que merece una orquídea», dijo cuando le conté. Ese mismo día me llevé la planta a casa y en el metro todo el mundo la miraba. Alister se mostró muy sorprendido: *«Orchids are extremely expensive»*, comentó agrandando aún más sus ojos redondos de potro. Pero como a todo le encuentra un problema me advirtió que la regara con cuidado para que no encharcara el suelo. Primero pensé que le preocupaba que yo me resbalara, más tarde entendí que su preocupación era que se le embombara el piso de madera.

Otra vez el inglés me citó en un café por Tottenham Court Road. La carnada era tan exquisita que no pude negarme. Anunció un regalo cuya valía demandaba ser entregado en persona por él mismo. Acepté apenas oí la palabra *valuable* y también porque después iríamos al Dominion Theatre a ver *Dirty Dancing*. Yo estaba loca por ver esa obra y se lo había insinuado decenas de veces para que me invitara. Jamás pensé que podría superarse, acepto que la idea de la orquídea había sido realmente buena, sin embargo, apenas lo vi llegar con una caja rectangular, me abalancé sobre él y se la arranqué de las manos. Supe de inmediato que se trataba de un computador portátil. Dios mío, pensé durante el café más largo que me he tomado en mi vida, cómo diablos voy a pagar esto. Finalmente no tuve que hacerlo porque su teléfono no paraba de sonar y, entre apenado y ofuscado, dijo que había un escándalo en la universidad y debía marcharse de inmediato para poder atenderlo. Puse cara de congoja aunque mi situación sentimental era de alivio. Lo acompañé hasta la estación y, antes de empujarlo hacia el torniquete, le zampé un beso rápido en la boca para demostrarle agradecimiento. Me atreví a hacerlo sabiendo que tenía todo a favor para que la situación no escalara: estábamos rodeados de gente, había una emergencia y un hombre afanado por solucionarla. De momento la situación estaba controlada, aunque ignoraba hasta cuándo. Lástima que por el afán hubiera olvidado pedirle los tiquetes para el teatro. Era tan buena la ubicación que, gustosa, me habría ido sola a disfrutar de la obra.

No le conté a mi madre sobre el computador, temía que me hiciera devolverlo. Mis hermanos suelen decir que todos tenemos un precio y ya me estoy preguntando cuál será el mío. Yo valgo más que un computador, aun así no pienso devolverlo por la sencilla razón de que lo necesito para escribir mi novela. La creciente acumulación de regalos cada vez más valiosos me obliga a contestar sus mensajes con frases ambiguas que den la sensación de que estoy ahí, pero no precisamente en bandeja de plata. Conozco bien la diferencia. Mentiría si dijera que no espero con ansiedad los regalos. Me ocurre algo extraño relacionado con él: me agobia que me escriba cada hora y, al mismo tiempo, me enfurece que no me escriba. Si lo hace siento que me vigila y si no lo hace siento que me abandona. Quiero su atención y sus regalos más de lo que lo quiero a él.

El caso es que al computador le sucedió un perfume, al perfume un secador de pelo, al secador de pelo unos audífonos, a los audífonos un traductor electrónico y así. «Confiese pues qué fue lo que le dio a ese hombre», pregunta William cada vez que me llega un paquete. Yo me río y me quedo en silencio, mi estrategia consiste en lo contrario, en no darle nada. Entre tanto, el inglés continúa captando al aire todas mis necesidades —las actuales y las futuras— y actúa en concordancia. Sabe lo que deseo antes incluso de que yo misma lo sepa. Parece que nunca se cansa, me pregunto si así será para todo. Y cuando pienso en «todo» me tiemblan las piernas. Ese temblor, ese maldito temblor me inquieta y me hace actuar prescindiendo de la cabeza. En medio de un arrebato termino redactándole un mensaje para concretar una cita que me las haga temblar más. La sola redacción instala en mi cuerpo una urgencia, un deseo que no consigo aplacar, un deseo que tiene su nombre, como si fuera él quien estuviera llamado a saciarlo. Siempre ocurre de la misma manera: justo antes de enviar el mensaje me invade un temblor diferente al de mis piernas, un temblor más parecido al miedo que al deseo y entonces termino borrando lo escrito e ignorando los reclamos de mi cuerpo que con seguridad son idénticos a los del suyo. Soy como un jinete que azuza al caballo a pataditas para que galope más rápido y, apenas se desboca, debe decidir si seguir cabalgando o saltar al vacío. Son dos miedos muy diferentes, uno propone entregar el control y continuar al galope hasta un final incierto, el otro, en cambio, propone todo lo contrario, arrojarse y quedar tendido sobre la hierba aliviándose los raspones. Está claro que yo soy el jinete que salta y él es el caballo incansable que insiste en galopar.

Salto por miedo y porque no encuentro el tiempo ni el ánimo ni la energía para propiciar un encuentro. Me siento mal por hacerle creer que entre nosotros podría ocurrir aquello que él tanto desea. ¿Cómo voy a detener esto? La sensación de estar debiéndole algo es cada vez más intensa. La deuda va por las nubes y, mientras tanto, yo sigo aceptando regalos. El día en que repartieron la comodidad a mí me tocó toda. ¿Sabes por qué el amor no es un regalo? Porque los regalos son gratis. No estoy segura de si me gusta él como hombre o si tan solo me gusta lo que representa: si no fuera inglés, si no trabajara en una universidad tan prestigiosa, si no se vistiera como se viste ni hablara como habla, si no tuviera dinero, jamás me habría fijado en él. Pese a lo anterior, su mayor atractivo es haber nacido en el país que me rechaza, quizá sea esa la principal razón para seguir a su lado: atraerlo solamente para darme el lujo de rechazarlo cuando yo quiera. Igual soy consciente de que por mucho menos la gente se va a la cama, quizá soy demasiado mojigata o demasiado interesada, quizá la educación religiosa cercenó mi capacidad de aventura y experimentación. Vivir, trabajar y estudiar en Londres es más duro de lo que puedo soportar, es peor que vivir con la manada de la cual vine huyendo. No importa de qué lado caiga la moneda, parece que siempre pierdo, no logro deshacerme de mi agobio. Empiezo a entender que lo que llevamos por dentro nos persigue a donde sea que vayamos.

Por la improvisada sala de redacción del periódico desfilan constantemente los amigos de William. Para mí son personajillos a los que estoy bastante acostumbrada, pero me moriría donde el inglés o Alister los vieran. A todos los llama socios y son hombres parecidos a él; no me refiero al aspecto físico, sino a esa necesidad de exhibir las posesiones. Veo la ropa de marca, pero no la capacidad de combinarla siguiendo una línea estética. Veo cómo arruinan el lujo de sus carros con accesorios de mal gusto y con la música estridente que sale por las ventanillas abiertas y sé que lo hacen para que la gente los mire al pasar y calcule cuánto dinero tiene una persona que se permite andar en carros costosos equipados con sistemas de audio más potentes que los de las discotecas de moda y con mofles más aturdidores que los de los carros de carreras. Veo a sus mujeres armadas a punto de cirugías desfigurantes y supongo que ellos no las mandan al quirófano por disfrutar de esos cuerpos, sino por regocijarse con el hecho de que los demás no posean el dinero suficiente para hacer lo mismo. Lo peor es que se reproducen y sus hijos serán versiones mejoradas de ellos mismos, no se puede esperar menos de alguien que a los cuatro tiene una cadena de oro gruesa, a los siete le regalan un pony teñido de morado y a los doce una moto ochenta que podrá estrellar sin ninguna consecuencia, salvo la de obtener otra de mayor cilindraje.

Cuál de todos más desagradable, por Dios. Ni muerta me dejaría ver con ninguno de ellos en la calle y eso que viven invitándome: «Venga, Mona, que vamos a hacer un sancocho este fin de semana, anímese que vamos a traer al Diomedes y al Joe». A menudo llegan al periódico con Ron Medellín, garrafas de guaro y la firme determinación de tomárselas hasta el fondo, vaya uno a saber de dónde las sacan y cómo aguantan tanto embrutecimiento. Cuando se les afloja la lengua sueltan unas historias macabras ignorando que a un lado estoy yo parando la oreja y al otro lado Leidy comiendo Kit Kat y pintando princesas. Que agarraron a uno, que soltaron a otro, que desaparecieron a otro más, que coronaron la carga, que les falló el enlace, que si pueden esconder la plata allá. Hasta tocan las paredes y calculan el grosor y la capacidad para encaletar cosas.

No demoro en darme cuenta de que el periódico no es un periódico, sino un lavadero de dinero y que los amigos de William no son amigos, sino narcos que necesitan sanear plata. A través del periódico generan falsas facturas millonarias por concepto de publicidad. La publicidad consiste en unos avisitos promocionando negocios, seguramente inventados, por los que William cobra millones y todos felices con plata saneada en mano, menos yo que voy a ajustar un mes, es decir, cuatro periódicos enteros matándome cada semana por hacer bien mi trabajo por unas pocas libras. Ignoro por qué sigo metida en esta cueva de lobos que no se parece en nada a la mía, matándome por hacer mi trabajo, lo cual no tiene sentido porque podría escribir cualquier cosa y no importaría, el periódico es una fachada. Es verdad que se imprime y hasta se distribuye. ¡Qué desperdiciadero de talento! Cuatro periódicos de veinte páginas son ochenta páginas. Ochenta páginas que pude haber adelantado de aquella novela que aún no empiezo a escribir.

El día en que asisto a mi último día de trabajo lo hago sin saber que es mi último día de trabajo, de haberlo sabido me habría evitado el esfuerzo de pararme de la cama para salir a enfrentar un día tan oscuro que pareciera que estuviéramos dentro de una caja y alguien hubiera cerrado la tapa. En las noticias llevaban días hablando de la llegada de un frente frío, pensé que al fin vería la nieve, pero resultaron ser solo vientos capaces de congelar lo que tocan a su paso. A mí están congelándome la cara y destrozándome los labios. Al llegar encuentro la sala de redacción llena de policías. Cientos de escarabajos revolotean por todos lados golpeándose contra el techo, las paredes y los vidrios de la ventana, antes de caer al suelo e intentar elevar el vuelo nuevamente sin éxito. Mi intuición me dice que siga derecho, gire en la cuadra siguiente y corra con todas mis fuerzas hasta la estación del metro más cercana. Estoy pálida. Siento el corazón a punto de salirse de mi pecho. Nunca más volveré a asomarme por allá, ni siquiera para cobrar las libras que William me quedó debiendo.

Alister me mira con cara de extrañeza cuando me ve tan temprano de vuelta en casa, como por variar, sigue metido en la cama y no quiere hablar, pero me interroga con las arrugas de su frente que se erigen como si fueran dunas. Me da pena contarle lo ocurrido. ¿Cómo se le explica a un inglés que el periódico para el que trabajas es un nido de narcos? Le digo que me despidieron tras un recorte de personal. Estoy cansada, no tengo alientos de explicar nada más, la adrenalina de la huida es lo único que me mantiene en pie. Como siempre, entre comer y dormir, prefiero dormir, además, para comer tendría primero que buscar comida y no tengo ninguna intención de volver a pisar la calle, al menos hasta que los vientos fríos cedan un poco. Aquí no es tan fácil como estirar el brazo para coger guayabas e ir a la huerta a arrancar lechugas y espinacas. Hoy la energía solo me alcanza para reptar hasta la cama, instalarme bajo las cobijas y cerrar los ojos hasta el fin de mis días.

Somos un par de osos hibernando, la casa ofrece un silencio glacial parecido a la muerte, roto de vez en cuando por alguna paloma picoteando la ventana en un último intento por buscar un refugio que la salve de congelarse. Al otro lado del vidrio el mundo parece apocalíptico, cuando no ventea emerge una neblina espesa que impide distinguir el contorno de las cosas y la realidad de los sueños. Todas las superficies están cubiertas con una fina capa blanquecina. Hasta el fantasma del padre de Alister duerme suspendido en la viga de madera, lo sé porque ha dejado de crujir. Lo imagino eternamente aferrado a ella en un intento por hacerse notar más de lo que llegó alguien a notarlo en vida. Me pregunto si Alister también lo ve y si esa es la razón por la que duerme tanto. A veces llora y sus lágrimas se aprietan sobre las baldosas de mi cuarto formando un charquito salado. Por suerte no le tengo miedo a los fantasmas y los fantasmas no me tienen miedo a mí. Hibernamos sin noción del tiempo y el espacio, con la mente perdida en el marasmo de la duermevela. Varios siglos después me despiertan los mismos sonidos tristes: la lluvia golpeando la ventana y el rugido de mis tripas avisándome que coma. De pronto recuerdo que, en medio de los sueños, otro mensaje se ha enquistado en mi mente y me ha anunciado la muerte de un hombre viejo. De inmediato pienso en el inglés. Alguna vez vi una película en la cual un hombre se infarta mientras tiene sexo con una mujer mucho más joven que él. ¿A partir de qué edad se correrá ese riesgo? Mi visión supone otro miedo con forma de murciélago anidándome en el pelo.

Me traquea la espalda al intentar arrastrarme hasta el baño y quedo inmovilizada sobre el tapete a causa del dolor. ¿Cuántos años tengo? La vieja parezco yo. Me miro al espejo y me impresiona mi propio reflejo, es la imagen que necesitaba para terminar de convencerme de que fracasé en la empresa de tener veintitrés años y valerme por mí misma. No puedo ni mantenerme en pie sin apoyarme en el lavamanos, estoy temblando de frío. Mechones de pelo se quedan incrustados en mi peine de la misma manera como antes se han quedado en el tapete, en los cojines, en el sofá, en las cobijas, en todos los rincones de toda la casa. Veo una paloma agonizando en el marco de la ventana, ha perdido los dedos y la capacidad impermeabilizante de sus plumas y yace desparramada de costado como si fuera un trapo mojado. La tomo entre mis manos, sus ojos líquidos y rojizos brillan como lava ardiente y me miran. Fantaseo con darle calor, con alimentarla, con cuidarla lo suficiente como para ponerle un nombre y considerarla mía. El plan de dominar algo me emociona, no obstante, para dominar algo tendría primero que erigirme como un ser superior y en este momento soy igual a ella. Ambas agonizamos. La sola idea me inunda los ojos. Me engaño diciéndome que estoy llorando por la paloma cuando estoy llorando por mí. Soy experta en llorar por una cosa cuando, en realidad, quiero llorar por otra. Igual la llevo a mi cuarto y la meto entre mi cama. Sé que de todas formas va a morir, la diferencia es que ella no va a morir sola. ¿Quién me acompaña a mí? La pregunta desencadena una especie de pánico que me obliga a repasar a mis posibles acompañantes. No me toma ni un segundo darme cuenta de que solo cuento con el inglés. Sin pensarlo le escribo un mensaje desesperado. Dice: «Quiero verlo». Primero comenta que tiene un evento importante esa noche en la universidad. Luego que canceló el evento y ya está tomando el tren hacia Londres. Más tarde recibo un mensaje con el nombre del hotel en el cual va a quedarse y, como para dejar en claro su interés, me cuenta que dejó a más de treinta personas plantadas en una reunión solo para encontrarse conmigo. Por error leo acostarse en vez de encontrarse y me invade una sensación perturbadora, como de haber despertado una expectativa que no estoy segura de querer cumplir. Tomo una ducha con agua caliente mientras pienso en el hecho de que me haya citado directamente en su hotel. Me siento contrariada, lo peor es que no puedo arrepentirme, después de todo lo que está haciendo por venir a verme.

Disimulo mi palidez con rubor. El jean me entra sin siquiera desabotonarlo, mi límite son cincuenta kilos y debo estar tres o cuatro por debajo. Mis amigas y mi familia estarían orgullosas de mi cuerpo sin un gramo de grasa acumulado en ninguna parte, con la clavícula, los pómulos y las costillas marcadas. El pelo suelto, los labios rojos. Intento mirarme con los ojos del inglés y la sola idea desencadena un temblor en mis piernas. La pantalla del portátil titila sobre el escritorio, el mismo cursor sobre la misma hoja en blanco. La orquídea me mira desde el nochero con una quietud pasmosa, sospecho que se está ahogando, pero no sé cómo manifestar mis intenciones de cuidarla de una manera diferente a atiborrarla de agua. La mayoría del tiempo actúo como me han enseñado a hacerlo, no se me ocurre pensar que las plantas también pueden ahogarse y, mucho menos, que puedo ser yo la artífice del ahogamiento. Los ojos de la paloma han dejado de brillar.

Llegar hasta el hotel es un desafío que enfrento comiéndome dos chocolatinas Kit Kat. Eso se lo aprendí a Leidy. Camino despacio atendiendo las protestas de mi espalda. Llevo la paloma muerta en una bolsa plástica dentro del bolsillo de mi chaqueta, aún no decido qué hacer con ella. Entre tanto, le quito la pluma más brillante de la cola para mi colección. Soy incapaz de tirar su cuerpo sin vida a la basura. Veo una iglesia en el camino y se me ocurre dejarla sobre una de las bancas. Dios, perdona a esta paloma por ser tan frágil, protégela. Si el inglés es un hombre malo, protégeme a mí. Rezo pensando que, del *lobby* del hotel a su cama solo hay unos cuantos pisos. Quiero torearlo y no quiero, desear cosas opuestas es típico de a quienes nos cuesta tomar decisiones. Si él no llegó ya al hotel seguro viene en el tren sin tiquete de regreso. Me voy a quemar. Es curioso caminar con esa certeza y no dar media vuelta para evitar arder entre las lenguas del fuego. Ya estoy entregada, como los soldados cuando se cansan y ansían que una bala los atraviese para librarse, al fin, del cansancio de la batalla.

El inglés, como siempre, llegó primero que yo al hotel y ya se ha bajado media botella de un trago verde, brillante y eléctrico como los duendes de la noche. Hace siglos que no veo ninguno. Cuando era niña solían merodear por el bosque invitándome a seguirlos con una risita gutural y contagiosa, sin embargo, jamás atendí al llamado. Si vives en el bosque lo primero que aprendes antes de caminar, antes de aullar, antes de nadar, antes de lamerte las heridas, es que los duendes se roban a los cachorros. Lo que los hace irresistibles es tener un tamaño infantil mezclado con unas facciones adultas, te parece que alguien pequeño y simpático como tú tiene que ser confiable. Entonces avanzas tras ellos atraída por su encanto y, cuando menos piensas, estás perdida y ninguno de los caminos que conoces te lleva de vuelta a casa.

Los dientes de león le danzan sobre la cabeza. Lo observo a lo lejos bebiendo aquel trago verde, sentado en uno de los sofás del *lobby.* Permanezco oculta detrás de una columna de mármol, detallándome esa forma tan suya de exhibir su ferocidad. Envidio la confianza que tiene en sus propios zarpazos, me pregunto qué tengo que hacer para llegar allá, para convertirme en lo que él se ha convertido, en alguien tan seguro de sí mismo. Decenas de personas revolotean a mi alrededor, pero yo apenas reparo en ellas, esto es entre él y yo. Cuando me ve, se le agrandan los ojos y hace una seña sutil para que me acerque. Camino despacio como quien aún no sabe si quiere llegar a su destino final, si dejarse seducir o no por el encanto eléctrico de su sonrisa verdosa. Me mira como a la boca ardiente de un volcán, al ojo de un cuervo, al remolino de un río. Toma mi cara con ambas manos y la retiene con fuerza durante unos segundos para observarla de cerca. Su respiración está agitada, el corazón le bombea tan fuerte que puedo verlo debajo de su camisa. Parezco bien parada pero me tiemblan las piernas. También tengo mi inseguridad. Soy una loba que no sabe si atacar o esperar a que la ataquen antes de dar la mordida letal.

Nota que me cambié de lado la raya del pelo, que tengo dos uñeros nuevos, que se me escurre la ropa. Sabe que me duele la espalda por la forma como abordo el sofá. Yo, en cambio, sé muy poco de él, sigo sin aprenderme su apellido y no estoy segura si pronuncio su nombre de forma correcta. Pregunta si la situación con Alister ha mejorado, si tengo ya una cuenta de banco, si voy bien en el trabajo del periódico, si el computador me ha sido útil, si la orquídea sigue con vida, si aún estoy triste por mi novio, si ya no me siento *homesick*. No menciona el diente despicado y no sé si es por educación o porque no lleva las gafas puestas. Debería llamar a Milton para que me lleve donde su amigo odontólogo, intentar ocultar el desperfecto del diente me consume demasiada energía. Le cuento que me echaron del trabajo, que he perdido tres kilos, que hiberné como un animal herido. No puedo evitar que se me escurra una lágrima. La trampa está en que no se puede dejar caer una lágrima sin dejar caer todas las demás. Si me preguntara por qué lloro no sabría darle una razón concreta. ¿Tiene que haber una razón concreta o se puede llorar por la vida en general? Hace mucho nadie está pendiente de mí. Casi nunca lloramos por la situación específica que desencadena el llanto, lloramos por todas las situaciones acumuladas que no pudimos llorar en su momento. Se queda largo rato en silencio acariciándome el pelo. Me gusta que no haga preguntas, que sepa acompañar, a veces no se necesita nada más.

Soy una presa fácil: me siento sola, tengo frío, estoy llorando. Hoy hay luna llena, lo sé, aunque ni siquiera puedo verla. Me conmueve ver a ese señor tan sabio y tan viejo interesado por mi vida; por supuesto, el interés es una fachada para acostarse conmigo, no soy tan estúpida, no quiero pensar en eso, no ahora, quiero engañarme por un momento e imaginar que su preocupación es genuina y que soy yo quien puede obtener algo de ella. Necesito consuelo y él me lo da. Necesito comida y él me la proporciona a cucharadas. Necesito calor y él me presta su abrigo. Necesito llorar y él me ofrece su pecho. Necesito un papá que me acompañe. El mío hubiera suplido todas esas necesidades. Porque lo veo claramente es que lloro más: lloro como una niña que extraña a su padre y lo busca en todos los hombres que tienen algún gesto parecido. Soy patética. A lo mejor eso es lo que soy, lo que he sido, lo que seré, una huérfana que se rehúsa a serlo. Me limpia las lágrimas con el pañuelo que saca del bolsillo, pensé que ya no se usaban pañuelos. ¿Se usan pañuelos? Si no estuviera llorando, reiría. El suyo, además, tiene las iniciales de su nombre bordadas: C. M. S. ¿Quién tiene tiempo hoy en día para bordar un pañuelo? Imagino que ha de tener una mujercita hacendosa y desocupada en alguna parte, que sepa de una vez que yo también sé tejer, aunque solo sean telarañas. Intenta animarme con la conversación. Me pone al tanto del juicio de su perro, no se lo quitaron, pero ahora está obligado a sacarlo a pasear con el bozal puesto, cosa que no le gusta nada, ni a él, ni al perro. Cuenta que tiene que viajar en dos semanas a dictar algunas conferencias en Irlanda, Bélgica y Alemania, si quiero, dice entusiasmado, podría acompañarlo. No puedo, necesito visa, le digo. «¿Para las tres partes?». Le confirmo que sí, que para las tres partes, en realidad, para todas las partes. Soy colombiana, hacer planes de viaje conmigo va a ser terriblemente frustrante. Me temo que lo más lejos que podremos llegar juntos es hasta donde anidan los halcones peregrinos.

Mientras tanto veo sus ojos metidos dentro de mis ojos, sus ojos bajando hasta mi boca; siento su mano sobre mi mano; su hombro contra mi hombro; su pierna contra mi pierna. Lo que está a punto de ocurrir es predecible, sin embargo, una vez más, me toma por sorpresa, el pececito se paraliza. Acorralado contra el paladar observa a esa lengua ajena buscando mi lengua. Jamás pensé que fuera a atreverse a tanto, al menos no tan rápido, ni con tanto público alrededor. No he elaborado un plan de defensa para este ataque que me asusta y me atrae en partes iguales. A qué hora voy a elaborarlo si su lengua ha salido de mi boca y ahora se pasea por mi cuello, se mete en mi oído y me susurra cosas que no entiendo y que me derriten por dentro. Dicen que la fase del rechazo debe ocurrir en los primeros segundos del ataque; pues bien, el ataque ocurre en mis narices y yo aún debatiéndome entre seguir galopando o saltar al vacío. Mi carne es débil, oh, Dios, por qué me hiciste así, merezco todos los castigos, sé que estoy a punto de pecar y no sé si quiero renunciar al pecado.

«Vamos al cuarto», susurra. Le digo que no sé, que es muy rápido, que no estoy lista, en fin, las mismas excusas de siempre, pero me quedo sin aire mientras las enumero, porque sus manos ya están hurgando bajo mi abrigo, sus dedos son como insectos habilidosos que se meten por todas partes. Sabe cómo tocarme, maldita sea, sabe dónde tocarme, sabe que si sigue no voy a querer que se detenga, sabe muchas cosas. «No va a pasar nada que no quiera», dice. Y también dice: «Solo haré algo si me lo implora de rodillas». No sé si me hace creer que tengo el control y que puedo frenar todo esto cuando yo lo desee o si soy yo quien necesita creerlo para sentirse un poco menos estúpida, como si no supiera que un hombre de cincuenta no es un adolescente que se conforma con un beso. Un beso después de cierta edad es la garantía de que habrá entrada a todo lo demás.

«Vamos al cuarto», sigue insistiendo. Puedo verlo, está desesperado, igual que a su perro tampoco le gustan los bozales. Suele, a menudo, jactarse de su aplomo, de su autocontrol, de su capacidad de mando y ahora lo oigo usar un tono a medio camino entre el ruego y la insistencia. Necesita asegurar la privacidad de la emboscada, la cueva. Qué crees, leí Caperucita, hasta me disfracé una vez con una hermosa capa roja, conozco cuevas oscuras en las que podría ser emboscada y nadie me oiría aullar. Sé que los lobos no reprimen sus instintos y, por eso, tampoco usan bozal. Demoro la respuesta. Toma mi mano, la aprieta con fuerza, me dirige hacia el ascensor con el apuro de quien ya se cree dueño de algo y está dispuesto a tomarlo. No digo que sí, pero tampoco me niego a dejarme llevar. ¿Soy menos culpable, Señor? Yo no siempre soy yo, a veces soy otra y esas veces difícilmente me reconozco. Perdónala a ella, señor, es ella la pecadora, la merecedora de tu castigo.

Al ascensor le toma un siglo subir hasta el último piso. La gente entra y sale impidiéndonos estar solos durante todo el trayecto. Permanecemos callados, uno al lado del otro, como si no nos conociéramos, como si nada estuviera a punto de pasar. Lo miro de reojo y me parece más viejo, más grande, más serio, más amenazador que nunca. La sola idea de imaginarlo desnudo sobre mí comienza a aterrorizarme. Ha de ser por los nervios. Recuerdo la premonición del hombre muerto y me doy cuenta de que no sabría cómo actuar si algo así llegara a ocurrir. ¿Es mejor huir o llamar a la policía? Si huyo pensarán que soy culpable y si llamo a la policía no sabría cómo explicar por qué ando con él. ¿Por qué ando con él? Ni siquiera lo sé. Comienzo a considerar la opción de arrepentirme, quedan menos de cinco pisos para hacerlo. Si el cuarto no quedara tan arriba con seguridad no estaría pensando en echarme para atrás. Cuatro pisos. Me pregunto cuántas cosas he hecho nada más porque no tuve tiempo de analizarlas bien. Tres pisos. La comisura izquierda del labio se le levanta en sonrisita triunfal, casi imperceptible. Dos pisos. En su mente ya soy suya. Llegamos.

Al salir del ascensor me agarra la mano con fuerza, suspira con lascivia, vuelve a ser el mismo de antes. Un atrevido. Un invasor. En cambio yo no soy la misma, he decidido saltar del caballo aunque ello me acarree algunos raspones. «Quiero irme a casa», le digo cuando estamos justo frente a la puerta de su cuarto. Se queda de piedra, me acaricia el pelo como si estuviera acariciando a un cachorrito, pregunta si estoy segura. No, no estoy segura y se me escurre una lágrima. Un silencio incómodo se instala entre nosotros. Él mismo pide el ascensor. Lo último que veo antes de que se cierre la puerta es su boca apretada en una mueca y su mano diciéndome adiós.

Si la subida fue larga, la bajada es eterna. Tengo rabia por mi indecisión, por haberme puesto a llorar. Me las doy de arrojada, de valiente, pero no soy más que una niña rabiosa con la garganta atorada como si se hubiera tragado una piedra que le impidiera respirar. El principal motivo por el cual tengo rabia es haber creído que iba a rogarme de rodillas, a intentar convencerme, con un poco de esfuerzo hasta de pronto lo hubiera logrado. Su aplomo me descoloca, por un lado, significa que es respetuoso y sabe aceptar un no como respuesta; por el otro ignoro qué podría significar, quizá no me deseaba tanto. Soy una ridícula. Soy una mojigata. Soy una miedosa. Tengo el mundo a mis pies y yo misma lo pateo. Soy una perdedora del peor tipo: la que renuncia a las cosas antes siquiera de intentarlas.

Afuera, como por variar, está lloviendo. Camino sin rumbo por una calle mojada que refleja la luz amarillosa y alargada de las farolas. En cada esquina hay un dragón echando fuego por la boca, prometiéndome una atmósfera cálida que me haga asomar a sus entrañas y ahogar mis penas en alcohol. Desde afuera oigo las canciones tristes de los borrachos, entonces decido pasar de largo. Los pubs siguen sin gustarme y los borrachos tampoco. Una tribu de indígenas me atropella con su barullo improvisado, sus penachos de plumas artificiales y sus flechas de plástico compradas en alguna tienda de baratijas. Vienen de una fiesta y están pasados de tragos, la pintura rojiza de la cara se les ha corrido con la lluvia, eso les pasa por no usar pigmento de achiote. Me rodean en círculo y yo les muestro los dientes. Estoy dispuesta a morder. Cualquier mujer sabe que no hay nada más peligroso que un grupo de hombres borrachos y envalentonados, incapaces de pensar de forma individual. Al menor descuido salgo corriendo hasta el metro y me quedo de pie, inmóvil frente a la reja cerrada, preguntándome cómo diablos voy a llegar a Stratford. Es más de medianoche y ya no hay servicio.

Quisiera admitir que fue por amor pero no, esta no es una historia de amor. Quisiera admitir que fue por las ganas de culminar lo que habíamos empezado pero no, mis ganas se habían enfriado con la lluvia. La verdad es que regresé al hotel, tomé el ascensor y me dirigí hasta el cuarto del inglés porque no tenía adónde más ir. No me alcanzaba el dinero para un taxi y, como nunca antes había necesitado un bus nocturno, ignoraba qué ruta me servía y dónde podía tomarla. Además, la falsa tribu de indígenas alicorados me había puesto tan nerviosa que el corazón se me salió del pecho. Y aquí estoy otra vez, a punto de tocar la puerta, con el corazón palpitando a mil entre las manos. Aquí estoy otra vez, mojada como siempre, con la cabeza llena de murciélagos, temblando de miedo, de frío y de vergüenza.

Lo había imaginado desvistiéndome de mil maneras distintas y heme aquí, luchando yo sola con la ropa mojada adherida a mi cuerpo. De pie, a un costado de la puerta de entrada, me observa el inglés, incrédulo, con el pomo de la puerta agarrado con tanta fuerza que temo vaya a desintegrarlo. En la otra mano lleva mi corazón palpitante. Se lo entregué apenas crucé la puerta y él lo recibió con asombro, ambos nos quedamos un rato viéndolo latir en su mano con movimientos rítmicos y acompasados. Yo no quería regalarle mi corazón, lo que quería era tener las manos libres para poder quitarme el jean mojado.

Tras depositar el corazón sobre la mesa de noche, dirige su atención hacia mí. Veo sus ojos subir por mis muslos, detenerse en ellos y volver a bajar, una y otra vez, hasta mis pantorrillas. Cuando me quito la camisa los ojos se le quedan fijos en mis pechos, yo no hago ni un esfuerzo por cubrírmelos. En su cabeza debe estarse imaginando muchas cosas, pero no se atreve a nada. Está paralizado, aprendió la lección de no dar nada por seguro. Él creía estar preparado para todo, excepto para que yo regresara y me desnudara frente a él por decisión propia. De ese hombre seguro y audaz que me besó en el *lobby* y, hasta se atrevió a tocarme bajo la ropa, queda muy poco. Al rato consigue moverse y se desplaza hasta el baño en busca de una toalla con la cual comienza a secarme la cabeza, sus dedos se meten entre mi pelo con la excusa de desenredarlo. Toda la piel de mi cuerpo se eriza y no propiamente por el frío. Cuando termina con el pelo, los dedos siguen deslizándose por la nuca, los dedos escriben palabras indescifrables sobre mi espalda mojada, los dedos serpentean por la curva de la cintura y se posan en la cadera. Luego repite el mismo recorrido con la punta de la lengua. Él lo sabe. Yo lo sé. De ahora en adelante nada puede detenerse. Soy puro estremecimiento. Pronto ocurre lo que más temía: el inglés empieza a quitarse la ropa. Jamás había visto a un hombre mayor completamente desnudo. Su cuerpo es distinto al de Antonio, al de mis hermanos, al de cualquier muchacho de mi edad. La falta de un padre en casa me ha privado de presenciar la transformación de los cuerpos masculinos con el paso de los años. Intento actuar con la naturalidad de quien ve cuerpos como el suyo todos los días, pero no es tan fácil, en las películas los cuerpos son muy diferentes a los de la vida real.

Una vez en la cama su lengua me recorre despacio, como si le sobrara todo el tiempo del mundo y los años y las mujeres anteriores no le hubieran robado el asombro, como si tuviera las llaves para entrar a un lugar anhelado. Me besa en lugares donde nadie me había besado, lugares que no sabía que podían besarse. Está fijando las actitudes que habrán de determinar los futuros encuentros. Lee las instrucciones de mi cuerpo de la misma forma como leería un libro, las lee como yo nunca me he permitido hacerlo. Se toma su tiempo. Usa tan solo uno de sus dedos correctamente y olvido de inmediato que soy una mujer de bien. Lo mismo ocurre cuando usa la lengua. No quiero ser una mujer de bien, yo lo que quiero es morirme. Me muero. Antonio no la usa nunca, como si le diera asco, como si se sintiera mal lamiendo algo diferente a un helado. Por eso no hay que andar con niños.

A los niños solo les interesa lamer bolas de helado. Ahora no existe el afán de las veces anteriores. Tampoco existe Antonio ni su ímpetu ni su afán de terminar. Ni siquiera hay que rogarle que se ponga un condón. Solía enfriarme obligándolo a que se lo pusiera mientras soportaba sus excusas para no hacerlo.

Ignoro si han pasado varios minutos, varias horas, varios siglos o varias vidas, el caso es que no aguanto más. Por primera vez soy yo quien le pido a un hombre que entre. «¡Ya!», le ordeno. Quiero romper cuanto antes esta espera de siglos, pero él es un hombre de palabra y me recuerda que el trato era que yo le rogara de rodillas. Entonces me arrodillo y, heme aquí, en cuatro patas aullando. La luna debe estar alta en el cielo. No puedo más. Le ruego que entre para aliviar el dolor de no sentirlo, la necesidad de que me llene. Primero dolor, luego alivio, el alivio de estar llena, llena de él. Avanza despacio, con calma, pregunta si estoy bien. Dice mi nombre en cada embate. Lo repite cada vez con más frecuencia, con más fuerza, mi nombre es fuego saliendo de su boca. Muero varias veces, solo para revivir de nuevo. Revivo y lo único que quiero hacer es oír mi nombre nuevamente. Lo oiré hasta hartarme. Lo oiré hasta que él se quede dormido y yo lo mire de reojo rememorando todo lo que me hizo y deseando que amanezca pronto para que me lo vuelva a hacer. Ni siquiera sabía que una mujer podía venirse tantas veces.

Entre la discusión por el preservativo, los afanes y la precocidad, casi siempre solía esfumarse mi posibilidad de llegar. Solo una vez, no pedía más. El ímpetu sexual parece valioso a los veinte pero, en realidad, es una trampa mortal. El buen sexo no se compone de ímpetu sino de todo lo contrario, de paciencia. Antonio era muy impetuoso y ahí, precisamente, estaba el problema: empezaba rápido, actuaba rápido y llegaba rápido cuando yo ni había comenzado. Por supuesto le echaba la culpa a mi ímpetu, decía que yo me movía demasiado y que esa era la razón por la cual él no aguantaba. Estuvimos atrapados por años en nuestro propio círculo de impetuosidad, lo cual suele ocurrir en las relaciones que se tienen a los veinte y quizá sea la razón por la cual justo ahora estoy entregándome a un hombre tan mayor.

Me desconozco a mí misma. Me asombro de no conocerme y, al mismo tiempo, me asombro de mi asombro. Me abandono a aquello que yo misma he comenzado. Jamás había experimentado una sensación de libertad tan aterradora. De manera que es esto lo que ellos buscan, es esto lo que ellos quieren, es esto por lo que harían cualquier cosa. Es esto, justo lo que yo tengo, lo que siempre he tenido. Todos quieren lo mismo que está obteniendo el inglés. Pensar que estuve a punto de perdérmelo por una noche helada e incierta intentando volver a casa. Siempre creí que había perdido la virginidad con Antonio aquella tarde de domingo a toda velocidad contra la pared del baño para que nadie nos descubriera. Me equivoqué. Yo no perdí la virginidad con él. La acabo de perder con un señor viejo y sabio que me dobla la edad.

Hay sangre manchando la sábana, hay sangre en mis muslos, hay sangre en su boca. Se dirige al baño y deja la puerta entreabierta. Lo espío a través de la ranura y veo cómo se retira y lava el preservativo minuciosamente antes de tirarlo a la basura. Este se debe creer Boris Becker, seguro piensa que mi plan es robarme su semen para embarazarme y sacarle dinero. Aun así, Dios mío, no me importa. Debes saber que no estoy arrepentida, entiendo si no me quieres perdonar, casi hasta agradecería que no lo hicieras porque pienso volver a pecar. Amén.

Abro los ojos y no reconozco dónde amanecí. Parece como si hubiera naufragado toda la noche, como si una ola me hubiera revolcado en mar abierto y luego depositado en una playa de arenas claras. No reconozco el techo, ni la ventana, ni mi desnudez, ni las sábanas que la cubren. Mi cuerpo no es mi cuerpo, mi corazón sigue exhibido sobre la mesa de noche. Soy un trozo de lava ardiente. Soy el agua que queda del desborde. Soy un enjambre de abejas. Me giro y lo veo. Veo aquel cuerpo extraño y ajeno sumido en una inmovilidad absoluta parecida a la muerte. De pronto recuerdo que estoy en un hotel y el inglés yace a mi lado. Lo observo y me parece un completo desconocido. Yo también me desconozco por haber amanecido junto a él. Su presencia me pone incómoda, ignoro cómo debo comportarme apenas se despierte, qué palabras debo pronunciar, en qué situación nos deja lo ocurrido anoche entre los dos. Lo último que recuerdo es haberme quedado dormida al filo del amanecer. Estaba cansada y había perdido varias cosas: la voz, la voluntad, el número de veces que mi nombre fue pronunciado, la cuenta de mis sucesivas muertes. Hay que ver todas las cosas que se pierden en un espacio tan reducido como una cama. Caímos exhaustos sin darnos las buenas noches. No dormimos entrelazados, no hicimos falsas promesas, no nos dijimos palabras de amor. Él se giró hacia un lado de la cama y yo hacia el otro dejando en el medio un espacio vacío.

Sin duda, ahora viene la peor parte, vernos como realmente somos, sin el filtro del deseo deformándonos. El cuerpo desnudo de alguien a quien no conocemos bien causa impacto si no hay excitación de por medio. La inseguridad me carcome. Me palpo el hueco de la clavícula, la punta de los isquiones y la armadura de las costillas. Soy todo filo y angulosidad, manipule bajo su propio riesgo. Me pierdo en la constelación de pecas, lunares y manchas que me tatúan la piel como si fueran salpicaduras de barro. En el dorso de la mano asoman venas azuladas que parecen gusanos buscando un punto de fuga. Tengo un diente despicado, un ojo más arriba que otro y una mata de pelo desordenada por tanta noche. Tengo las uñas comidas y las manos resecas como trozos de madera. Es cuestión de minutos para que el inglés me detalle y se vaya a buscar a otra mujer más bella o más voluptuosa o más impecable. Me asomo bajo la sábana y lo miro a él con más minuciosidad de la que pude permitirme anoche; definitivamente, está lejos de parecerse a Antonio con su bronceado de cámara y sus cuadritos apretados. La diferencia entre ambos es abismal, pero a mí no me importa que su cuerpo no sea perfecto, lo que me importa es que el mío lo sea. Una parte de mí está asustada y quiere salir corriendo y la otra parte quiere quedarse, seducida por el extrañamiento ante la nueva situación y el deseo de que se repita. De solo pensarlo me vuelven a temblar las piernas. Saberme en la cama con otro hombre diferente a mi novio me hace arder el estómago.

Lo observo dormir durante tanto rato que su cara empieza a transformarse. Me hace acordar cuando mi padre vivía y solíamos jugar a mirarnos, primero a una distancia normal, luego cada vez más cerca hasta que las caras de ambos se desfiguraban. Éramos dos cíclopes, dos monstruos grotescos fundiéndose en uno solo, sosteniéndose la mirada a ver quién aguantaba más sin parpadear y sin reírse. Las narices comenzaban a verse inmensas y los labios y los dientes y ese gran ojo de cíclope a la altura de la frente. El juego exigía tal intimidad y cercanía que solo podía jugarse con personas de mucha confianza. Yo, por ejemplo, lo jugaba nada más con él. Al principio, cuando era pequeña recuerdo que el juego me asustaba, luego entendí que la deformación ocurría en la mirada y no en la persona y que, al final, siempre volvíamos a ser los de entonces: recuperábamos ambos ojos, la proporción de las narices, la simetría de la cara, la armonía de los rasgos. Por culpa de ese juego me quedó la extraña costumbre de elegir a una persona y mirarla fijamente sin que se percate. Es cuestión de concentrarse y observarla durante un buen rato, el resultado es sorprendente, no importa qué tanto conozcas a la persona elegida, llega un momento de absoluta irrealidad en el cual parece como si nunca antes la hubieras visto. Funciona, incluso, con el propio reflejo al contemplarlo largamente frente a un espejo. Te extrañas y luego te impresiona tu extrañamiento.

La indefensión del inglés hace que lo siga observando, tiene la piel rojiza e hinchada alrededor de los ojos y, como está durmiendo de lado, la cara parece derramársele como si fuera de cera. La nariz ha duplicado su tamaño, los poros se abren, los pliegues se acrecientan, los puntos rojizos de la barba comienzan a asomarse, los labios se agrietan, los pelos de las cejas se tornan gruesos y amenazantes. Desconocerlo a él me hace desconocerme, lo cual siempre tiene algo de fascinante. Quiero cerrar los ojos pero, a la vez, quiero seguirlo mirando y seguirme preguntando qué hago en la cama con él.

Comienzo a acercarme despacio hasta casi tocarle la nariz con mi nariz. Ahora es un gigante, un cíclope dormido, contemplo prolongadamente su gran ojo concéntrico en forma de media luna. Luego me separo un poco, pido un deseo, tomo aire e intento soplar los dientes de león de su cabeza. Pero justo cuando estoy a punto de lograrlo, abre los ojos de golpe y, en un acto reflejo, me agarra con violencia la mano. Está desorientado, como si hubiera galopado por la orilla de un mar extraño en búsqueda de algo que aún no recuerda. Me observa un instante al término del cual parece acordarse de quién soy yo y dónde amaneció y por qué estamos juntos y desnudos en la misma playa de sábanas blancas y entonces, poseído por un deseo salvaje, se abalanza sobre mí y me inmoviliza con su cuerpo grande y pesado. El corazón se le desboca. Jadea como si llevara mucho tiempo galopando. Me separa las piernas con brusquedad, usa sus rodillas para inmovilizarlas mientras se pone el preservativo. Estoy aterrada por lo que está a punto de ocurrir y, al mismo tiempo, estoy ansiosa de que ocurra. Mi cuerpo se deshace y se prepara para recibirlo, un instante después siento su vaivén. En mis escasos momentos de lucidez veo su cara roja y desencajada y entonces me asusto al pensar que llegó el momento del infarto. Al final morimos ambos pero, por fortuna, no de forma permanente. La escena nos deja exhaustos otra vez. Nos tumbamos jadeantes unos minutos mirando al techo.

Al cabo de un rato, gira la cabeza, me besa el hombro, se pone de pie y se pasea desnudo por el cuarto mientras recoge su ropa, luego se asoma a la ventana y sonríe. Un hombre desnudo y sonriente frente a una ventana. Quisiera fotografiarlo. Desde mi guarida de sábanas y almohadas envidio su seguridad. Yo, en cambio, no me atrevo a pararme de la cama, temo no ser suficiente para él, me da miedo que analice mi cuerpo a plena luz del día y se dé cuenta de que no es tan perfecto como cree. De la ventana se traslada al baño y lava el preservativo. Los pequeños ruidos que genera van describiendo cada detalle de su rutina de aseo. El agua de la ducha salpicando el suelo, la peinilla acomodando los tres pelos que le quedan, la cuchilla de afeitar deslizándose sobre su cara, el cepillo de dientes hurgando hasta el último rincón de su boca. Sale vestido, perfumado, con ropa limpia. Lo veo y me pongo a sonreír.

Se sienta en el borde la cama y comienza a acariciarme el pelo. Dice que debe tomar el tren a Oxford, pero que yo puedo quedarme haciendo pereza hasta el mediodía. A manera de despedida se agacha y me besa cada uno de los dedos de los pies, luego los empeines y los tobillos y las rodillas. Yo deseo que siga subiendo y le aprisiono la cabeza con mis muslos. Cuando logra zafarse me mira con lujuria, se muerde los labios, duda un instante, suspira y vuelve a meter la cabeza en el mismo lugar. Esta vez me aseguro de apretar con fuerza hasta desprenderla del resto de su cuerpo. El reloj le anuncia la hora y se incorpora con un rictus de gravedad. «Perderé el tren», dice acomodándose la corbata con el mismo aplomo de siempre. «Le escribiré mensajes», dice. «Gracias», dice. Observo la enorme cabeza atrapada entre mis muslos lisa y redonda como un huevo prehistórico, lo veo salir de la habitación sin percatarse de que no la lleva puesta. Si alguien debería dar las gracias, pienso, ese alguien soy yo. Pero no las doy. A veces puedo llegar a ser bastante desagradecida.

Lo imagino tomando el ascensor, atravesando el *lobby*, saliendo a la calle y tomando un taxi hasta la estación de Paddington. Lo imagino maldiciendo por no haber alcanzado el tren que partió diez minutos antes hacia Oxford y luego odiándose por llegar tarde a la reunión académica de las once y media. Lo imagino durante tanto tiempo que me demoro en caer en cuenta de que se ha llevado mi corazón. No me importa. Una cosa es que alguien se lleve tu corazón entre el bolsillo y otra muy distinta que le pertenezca. Además, yo me he quedado con su cabeza.

Voy en el metro recreando los últimos sucesos sin poder evitar que la boca se me estire en una sonrisa. Las imágenes son tan vívidas que mi cuerpo reacciona. Me parece que, con solo mirarme, los demás pasajeros pueden leer mis pensamientos impuros y saber lo que hice, lo poco arrepentida que estoy de haberlo hecho y las ganas que tengo que volverlo a hacer. Quizá también puedan adivinar que llevo una cabeza dentro de la mochila y me apresuro a verificar el cierre antes de que alguien la vea. Soy consciente del desastre al que estoy sometiendo mis uñas, sin embargo, no puedo controlar la pulsión de morderlas y luego seguir con los cueritos del borde hasta que asoma una gota de sangre. Soy una caníbal, me estoy comiendo a mí misma. De vez en cuando, necesito un poco de sangre, en especial cuando estoy ansiosa y los pensamientos revolotean dentro de mi cabeza como si fueran pájaros asustados. Sé que me estoy haciendo daño, castigándome por la inmensa carga de placer a la que fui sometida y a la que espero volver a someterme tan pronto como pueda. ¿Ya me habrá escrito? Reviso mi teléfono cada segundo y, al no encontrar indicios de mensajes o llamadas, me muerdo los labios hasta que me sale sangre. Si fuera inteligente me daría cuenta del mal negocio que he hecho al quedarme la noche entera durmiendo junto al inglés. A pleno día él cree que es perfectamente seguro regresar a casa en metro, razón por la cual he perdido la posibilidad de obtener el dinero que solía darme para el taxi nocturno y que ha pagado mi renta durante las últimas semanas.

Al llegar a Stratford encuentro a Alister como un desquiciado pasando la aspiradora por todos los rincones de la casa. Me reprocha por no haberle avisado que iba a dormir por fuera, según él pasó la noche en vela debido a la preocupación y, con tantas horas de insomnio encima, terminó por descubrir las hormigas. «*They are everywhere!*». Está convencido de que las hormigas llegaron a causa de todas esas migas de pan que yo dejo caer. Acepto mi culpabilidad, ambos sabemos que yo vivo a punto de pan. De acuerdo, hay migas y puede que algunas hormigas, pero ni lo uno ni lo otro son razones suficientes para armar semejante alboroto. Quisiera explicarle que si me dejara usar el horno haría tostadas para ambos y si me dejara usar la cafetera haría café y nos sentaríamos juntos en el sofá de la sala a comer pan caliente con mantequilla, mermelada de naranja y café colombiano y seríamos felices y las migas y las hormigas no nos harían enojar, sino reír. Quisiera decirle que la felicidad, casi siempre, es tan simple como eso, pero él no se da cuenta porque cuando no está durmiendo está amargado y cuando no está amargado está buscando motivos para amargarse y los encuentra, por supuesto que los encuentra, pues el ser humano es capaz de encontrar todo lo que se empeña en buscar. Quisiera decirle más cosas que no alcanzo a decir porque, apenas termino de traducir el parlamento en mi cabeza, él se ha encerrado en su cuarto, no sin antes tirar la puerta. Me acerco en puntillas y me quedo de pie un rato como un cachorrito asustado pensando qué hacer y entonces vuelve a salir y me grita que no lo espíe y, acto seguido, pasa del tema de las hormigas al tema de los pelos. «*I'm sick of them*», dice. Se despacha acusándome de que sus calcetines están llenos de pelos míos y el tapete y la ducha y las cortinas y el sofá y el felpudo y las cobijas y el lavamanos. Incluso en su cepillo de dientes dice haber encontrado un pelo enroscado y también en la nevera. «*The refrigerator*», repite con saña, casi con incredulidad. ¿Este nunca habrá vivido con una loba? ¿O con una mujer de pelo largo? Según él, voy a tapar el desagüe y a obstruir las cañerías de la casa, del barrio, de la ciudad, del país entero. Conmigo se han metido de muchas maneras, pero jamás con mi pelo. ¡Mi pelo! Casi la única parte de mi cuerpo que me gusta, la única de la que me siento orgullosa, además de mis dientes. Cuando pensé que nada en el mundo podía dañar mi buen humor, obviamente, desestimé la capacidad de Alister. Es una nube negra, un ave de mal agüero, una manzana podrida, una piedra, un puñado de tierra. Es el tipo de persona que daña lo que toca, por la sencilla razón de que él mismo está dañado.

Me encierro en mi cuarto y comienzo a peinarme con rabia, como si quisiera arrancarme el cuero cabelludo para terminar de desperdigar hebras de pelo por toda la casa. Los murciélagos salen volando, revolotean por el cuarto y se multiplican antes de volver a anidar en mi cabeza. Qué ganas de largarme de esta casa y, al mismo tiempo, qué miedo de que me larguen. No tengo ningún otro lugar adonde ir. Intento calmarme, siento un remolino por dentro y debo conjurarlo antes de que me arrastre. Entonces reparo en la orquídea reposando plácidamente al pie de la ventana, acompañándome en silencio, contagiándome un poco de su infinita paz. Hay algo en su color, su aroma y su forma que me proporciona la calma que he perdido, ya entiendo la razón por la cual mi madre vive tan apegada a ellas. La orquídea me recuerda al hombre que me la regaló, lo cual, a su vez, me recuerda la noche de anoche y la mañana de esta mañana, la sola invocación me impone una urgencia que no consigo nombrar, es como si el inglés me hubiera arrancado algo por dentro. Reviso el celular, saco cuentas, miro la hora, me angustio, no sé por qué el inglés no se ha reportado, debe estar cabeceando en el tren por cuenta del trasnocho.

Sigo ensañada mordiendo mis uñas hasta que percibo una piedrecita dentro de la boca. La escupo, la analizo, constato su color, su dureza y su textura, entonces pego un grito: es un pedacito de diente, de mi diente. Corro a mirarme en el espejo y cuando veo el desastre vuelvo a gritar y cuando recuerdo que estoy en Londres y no tengo plata para pagar un odontólogo grito aún más duro. Ese pequeño despicado, el mismo que antes era imperceptible, ahora sí se ve. Una cosa es un despicado y otra cosa es un diente partido. El boquete es inmenso. Empiezo a llorar. Paso largos minutos frente al espejo mortificándome, ensayando toda suerte de muecas con el fin de comprobar si hay alguna que me permita ocultar el desperfecto, pero resulta que no la hay, un diente de adelante despicado no puede ocultarse. Lloro a todo pulmón mientras hago cuentas mentales de cuánto va a valerme el arreglo, luego recuerdo que no puedo despertar a Alister y bajo el volumen de mis lloriqueos para evitarme otro regaño. ¿Será un castigo de Dios por mi mal comportamiento? Si es así, Dios mío, debes saber que no me arrepiento. No cambiaría lo ocurrido por nada del mundo. Lo repetiría aunque perdiera la dentadura entera. Saco mi maleta de debajo de la cama y extraigo dinero del bolsillo secreto. El monto ha bajado considerablemente y yo sin trabajar, sin escribir, sin producir, sin hacer nada por superarme; aquí echada esperando la llamada de un hombre, esperando que me tumbe en una cama y me haga perder la cabeza, la razón, la voluntad, la religiosidad, la pureza, la decencia. ¿Dónde quedó mi aplomo? ¿Dónde mi fuerza de voluntad?

De repente, como un chispazo, me viene el nombre de Milton a la mente. Le recuerdo que me debe la cita con el odontólogo y las pastillas para el dolor de espalda y que no me sirve pasado mañana, que tiene que ser ya, que es una emergencia, al final lo oigo suspirar al otro lado de la línea. Media hora después vamos rumbo a Elephant and Castle. El nombre, según Milton, proviene de una persona que vio una nube en forma de castillo del cual emergía un elefante. Sin embargo, no hay que dejarse asombrar por la poética del nombre, Elephant and Castle es tan solo otro barrio malo como son casi todos los barrios latinos. Aquí se habla español. Los que aseguran que Londres es hermoso no han salido nunca de las zonas uno y dos.

—¿Esto por aquí sí es seguro? —pregunto.

Contesta que no, pero que a su lado no voy a tener ningún problema y seguimos caminando por calles feas y sucias, surcadas por casas feas y sucias. Nada que no hubiera visto en Colombia, la diferencia es que aquí el clima hace todo más deprimente. La gente tiene la piel gris del color de los muertos, los ojos quietos son de una frialdad reptiliana y miran constantemente al suelo y no sé si es para evitar contacto visual con sus vecinos o para no pisar una mierda de perro.

Milton me advierte que si vemos un policía debemos simular que no nos conocemos, intuyo que no tiene papeles, pero algo me dice que hay más cosas y no quiero saberlas, al menos hasta que solucione mi problema dental, así que no pregunto nada. Quién sabe cuántos más relojes tiene y de dónde los sacó. Además de ladrón podría ser un violador y yo aquí toda tranquila siguiéndolo hasta su cueva por voluntad propia. Regla número uno: no hables con extraños. Regla número dos: no confíes en nadie. Regla número tres: infórmale a algún conocido dónde vas a estar. Regla número cuatro: ten siempre saldo en tu teléfono para que puedas llamar en caso de una emergencia. Regla número cinco: evita los lugares solitarios. Dios mío, debo estar rompiendo todas las reglas del autocuidado, lo que una hace por un diente y unas pastillas de codeína.

Del cielo caen unas pelusas que no llegan a ser copos de nieve y vuelven un asco las calles y se pegan del pelo y la ropa. Observo las que se posan sobre mi mano, no son más que aspirantes a copo, ni tan líquidas como el agua, ni tan sólidas como el hielo. Una vez vi macrofotografías de copos de nieve en los que se apreciaba una estructura simétrica hexagonal que los hacía ver como diamantes. Lo que sea que tenga en mi mano se derrite antes de que pueda llegar a enfocarlo.

—Me muero por ver nevar —comento de pronto en voz alta—. Digo nevar de verdad, verdad, copos grandes y compactos. Nunca antes he visto la nieve, es más, ni siquiera sé conjugar el verbo nevar y cuando tengo que usarlo en presente siempre dudo si se dice nieva o neva.

—Después de que experimente la primera nevada volvemos a hablar a ver si sigue pensando lo mismo —dice Milton—. La nieve solo es linda en las películas, en la vida real es una mierda.

Avanzamos a paso lento debido a mi dolor de espalda, de tanto en tanto siento la necesidad de detenerme y aliviarlo parándome recta con las piernas juntas y bajando los brazos estirados hasta tocar con los dedos la punta del zapato. La espalda cruje como si fuera una estructura al borde del colapso. Los ojos de Milton se expanden cada vez que la oyen. Tengo los párpados hinchados, la nariz roja por el frío, los labios agrietados. Cada tres pasos debo detenerme a subirme el pantalón, definitivamente, hay que abrirle otro hueco a la correa, además estoy tiritando, puedo sentir la forma como los dientes de arriba conversan con los de abajo. Milton debe oírlos porque me presta su chaqueta sin que yo se la pida. Huele a nido de búho, huele a viragüado, huele a seis inviernos y, con seguridad, llegará a otros seis antes de conocer el agua y el jabón o de ser reemplazada por una más nueva. Mientras me la pongo reparo en que es de marca, nada raro que sea robada, pero qué voy a juzgar yo si he estado a punto de robarme el abrigo del inglés varias veces. Hablando del inglés, ¿me habrá escrito? Saco el teléfono para revisar y veo la pantalla vacía. Por la dificultad para manipular el teclado me doy cuenta de que se me están congelando los dedos. De forma instintiva meto las manos hasta el fondo de los bolsillos laterales de la chaqueta y toco algo metálico y frío como una pistola. ¿Cuántos meses de cárcel dará el porte ilegal de armas? Si ayer me hubieran dicho que en las próximas veinticuatro horas tendría sexo desenfrenado con un caballo viejo, perdería mi corazón y llevaría una cabeza entre mi mochila, le sería infiel a Antonio, hablaría con una orquídea, pelearía por hormigas y pelos, me partiría un diente, criaría murciélagos en mi cabellera, caminaría por la calle con un criminal y llevaría un arma a cuestas, me habría carcajeado por lo absurdo de los sucesos. Me he convertido en todo lo que mi yo de antes habría criticado y lo peor es que no me arrepiento. Quiero más sexo, más peleas, más telarañas, más sangre, más aullidos, más cabezas y menos corazón. Quiero más de todo y estoy dispuesta a devorarlo. No voy a dejar ni un solo pedazo. A veces soy más loba que humana, a veces más humana que loba, hoy francamente no sé qué soy.

De pronto, Milton frena en seco y se detiene frente a una puerta grande y desvencijada que alguna vez fue roja y hoy no llega ni a un rosa pálido cuarteado y repleto de abolladuras. Toca con cuatro golpes rítmicos y fuertes pum, pum, pum, pum, seguidos de otros dos más suaves, tic, tic, como si fuera un santo y seña. Luego me mira y dice:

—Llegamos.

Retrocedo dos pasos, aquí no puede quedar el consultorio de un odontólogo y, si llegara a quedar, no sería confiable.

—Siga que el odontólogo sí es odontólogo, se lo aseguro, lo que pasa es que no tiene el título homologado y no lo dejan trabajar legalmente —dice—. Bienvenida a El Bajo Mundo.

Para acceder hay, en efecto, que bajar por unas escaleras estrechas, húmedas y mal iluminadas, imagino que así luce la bajada al mismísimo infierno. Al final desembocan en un salón grande lleno de sillas plásticas tiradas sin orden por todas partes. Me quedo paralizada un instante procesando la razón por la cual todo se me hace tan, pero tan, pero tan extremadamente familiar. Hay una tarima a un lado con los parlantes más grandes que yo haya visto en mi vida emitiendo un vallenato mal sintonizado de Diomedes Díaz. Hay un pequeño bar atendido por una mujer voluptuosa forrada en licra y coronada por un sombrero vueltiao que llama «papi» a todos los clientes. La barra está atestada de borrachos hablando en español que la llaman a ella «mami». Hay un salón de belleza repleto de marielas, de rosalbas, de yurladis con uñas de tres centímetros y pestañas tan largas que a duras penas pueden mantener los ojos abiertos. Llaman cabello al pelo, cutis a la piel, rostro a la cara y en vez de pintarse las uñas se las maquillan. Hay una barbería en donde se tratan todos amistosamente de güevón, de marica, de parce, de gonorrea. Hay una tienda con chorizos colgados del techo, constantemente acechados por moscas y un escaparate de vidrio repleto de empanadas, pandeyucas, chicharrones, buñuelos, papas rellenas y toda suerte de frituras. Venden guaro, panela, arepas, Chocolatinas Jet y Chocorramo. Hay una oficina que tiene en la ventana pegado con cinta un avisito escrito a mano que dice: «Asesoria legal». Visas. Permisos de trabajo. Mentalmente le pongo la tilde a la i de asesoría. Por supuesto, hay un consultorio hasta bien montado que se turnan el odontólogo los días pares y el médico los días impares.

—Buena suerte, hoy es día par —dice el Milton sacudiéndome, pero ni sus sacudones me sacan de la conmoción que me produce este lugar que se parece tanto a Colombia pero que no es Colombia.

—¿Cuál pez? —pregunta el odontólogo cuando le advierto que trabaje con cuidado dentro de mi boca. Me cuenta que es costeño, tiene treinta años y está homologando el título universitario. Parece que lo escucho con atención pero, en realidad, estoy decidiendo si es lindo o no. Los días impares pedalea un *rickshaw* que, según él, le deja más dinero que la odontología. Es lindo de cara y pedaleando esa cosa que pedalea, como sea que se llame, debe tener buen cuerpo, al menos buenas piernas. Ten cuidado, esos son los peores, no vuelvas a morder esa carnada, me digo recordando a Antonio. Además, se nota que es de esos hombres desesperados por gustar a quienes no se les ocurre otra manera de mantener atento a su interlocutor que hablando sin parar como loras mojadas. Tiene pinta de tomar ron como si se fuera a acabar y de azotar baldosa después del trabajo con cualquier mujer que le siga el paso. Definitivamente no es mi tipo. No me gusta beber alcohol, ni bailar, ni la gente que habla demasiado. Pero lo necesito para que me arregle el diente y eso me obliga a ser simpática, aunque la mayoría del tiempo quisiera enterrarle las garras a ver si se calla.

Cuando termina de trabajar en mi boca, pido un espejo y me miro. Primero con miedo, luego con incredulidad, después con sorpresa y finalmente con felicidad desbordada. El diente quedó tan perfecto que no puedo recordar si el despicado era en el lado derecho o en el izquierdo. Estiro la sonrisa, la exagero, me giro y sigo mirándome desde todos los ángulos posibles. Al fondo los oigo conversar. Me entero de que Milton es el mecánico del *rickshaw*, el favor que le debía el odontólogo era una sucesión de reparaciones y la supuesta pistola que imaginé en el bolsillo de la chaqueta no era más que una llave en ele. Saber que Milton no carga una pistola es un buen motivo para reír, sin embargo, no es el mejor de todos, hay otros motivos. Uno de ellos es cuando Milton me extiende las pastillas de codeína, no sin antes advertirme que van a dejarme viendo estrellitas. Otro es cuando el odontólogo me pregunta si conozco a alguien que necesite un cuarto, en su casa le sobra uno que tenía alquilado y se lo acaban de desocupar. Claro que conozco a alguien, pero antes debo hacer cuatro preguntas. La primera es si se pueden dejar enchufados los aparatos eléctricos. La segunda es si la nevera es grande. La tercera es si mantienen encendida la calefacción todo el tiempo. Tras asegurarme de tener tres síes hago la cuarta pregunta: «¿Puedo mudarme mañana?».

En Colombia hay una costumbre que si no fuera tan patética sería hasta chistosa. Como la belleza es un bien supremo se organizan reinados con cualquier excusa: hay reina del café, reina de la yuca, reina del carnaval, reina del bambuco, reina de la guayaba, reina de la ganadería, reina de la panela, reina de las esmeraldas, reina de las flores y otras tres mil setecientas reinas y todas, después de ser coronadas, salen en el carro de bomberos a lanzar saludos y besos al pueblo que las eligió. Justo así me siento de vuelta a Stratford, la diferencia es que no voy subida en un carro de bomberos y nadie me mira ni me saluda ni me lanza flores. Igual sigo sonriendo por el puro placer de exhibirle al mundo mi diente nuevo. Abro la boca al límite y sale un cardumen de peces colorados.

Estoy de un buen humor excepcional, ni siquiera he vuelto a revisar mi teléfono. No puedo creer que el arreglo del diente me haya salido gratis y me haya quedado tan bueno y tampoco puedo creer que pronto me iré de Stratford y que tenga unas pastillas milagrosas entre el bolsillo. Como si no tuviera suficientes motivos de felicidad, antes de despedirme de Milton, le pregunto si por casualidad sabe de un trabajo para mí que no sea de *cleaner*.

—Difícil —contesta—, aquí a todos nos toca arrancar limpiando mierda. Aunque espere…, a mi novia le estaban ofreciendo uno de *nanny*, ¿se le mide? Ella no va a tomarlo. Ahora le paso los datos.

No estoy segura de saber desempeñarme como niñera. Por más que lo intento no logro recordar la última vez que cargué un bebé en mis brazos. La única muñeca que tuve la lancé a la quebrada porque lloraba mucho, no sin antes asegurarme de que hubiera creciente para que nadie encontrara jamás el cuerpo. Temía que alguno de mis hermanos la reconociera y llegara de vuelta a casa con ella reclamando el título de salvador. Desde niña sé que a los hombres les encanta enarbolar un montón de banderas, pero la de héroe es, sin duda, la más preciada de todas.

Al ver la tienda del pakistaní de la esquina decido entrar por una tarjeta de recarga para mi teléfono. De pie, frente al mostrador, pienso en mi buena suerte, en cómo es posible que en una sola mañana haya resuelto mi vida entera. Si comprara un billete de lotería seguro me sacaría el gordo, pero no lo compro. Así soy yo. Espero cosas sin esforzarme para que ocurran. Al salir de la tienda me choco con un hombre que lleva pantalones apretados y brillantes. Los zapatos son puntudos y de tacón, tiene el pelo tan engominado que parece de plástico. Se pone a analizarme fijamente con los labios fruncidos y los ojos entrecerrados. Con una mano me sujeta la barbilla y con la otra me agarra el pelo y lo sacude vigorosamente. *«I cant't believe your hair, darling»*. Es entonces cuando me dice que es profesor de peinados de novia en una academia y que tengo la extensión, el grosor y la cantidad de pelo perfecta para ser modelo de sus clases. A veinte libras la hora por peinarme solo pido que me diga cuándo y dónde. Guarda mi número y asegura que pronto me llamará. Lo veo irse caminando, como si en vez de la acera sucia estuviera pisando una pasarela y con ese mismo andar tongoneado llego a casa. Si Alister supiera cuánto vale mi pelo dejaría de regañarme y se pondría a coleccionar las hebras que voy dejando por ahí engarzadas. Atravieso el portal sonriendo. Subo las escaleras sonriendo, pese al olor a orina de gato que inunda el edificio. Abro la puerta sonriendo, me miro al espejo sonriendo y me siento en la cama sonriendo. Alister continúa encerrado en su cuarto.

La orquídea reposa en silencio sobre el nochero. El labelo es fucsia y de él se desprende una lengua amarilla que da la sensación de estar a punto de hablar. Los sépalos laterales son de un morado pálido, casi lila, y parecen bracitos a los que provoca engarzarse en un abrazo. Mi madre suele decir que las orquídeas no son complejas, sino incomprendidas. Varias veces la oí hablando con ellas usando un tono especial para comunicarse. Así como la gente tiene un tono para hablar con sus hijos, su perro o su loro, ella lo tiene para las orquídeas y es diferente del que usa con el rosal, que a su vez es diferente del que usa con las dalias y también del que usa con los lobos. Me acerco a la orquídea hasta que quedamos nariz con nariz, o mejor, nariz con labelo, pero las ganas de estornudar me impiden hablarle. Mejor así, además de las abejas soy alérgica al polen, prefiero guardar distancias. Otra de las cosas que dice mi madre es que las orquídeas se parecen a los humanos en la disposición de los sépalos y los pétalos, perfectamente simétricos igual que nuestras extremidades. También en la constante necesidad de llamar la atención de posibles polinizadores, muchas veces recurriendo a artilugios que bien podrían considerarse viles engaños. Mientras las mujeres usamos determinada ropa, peinado, maquillaje o perfume, las orquídeas cambian de color, crean sus propios aromas, se valen de cualquier truco para que los polinizadores se rindan a sus pies, qué digo a sus sépalos. ¿Sabrá el inglés que la planta que me regaló es considerada la reina del engaño? A su favor diré que cuando la compró no me conocía bien e ignoraba que yo aprendo muy rápido.

Mi madre dice que existen treinta y cinco mil especies de orquídeas clasificadas, es decir, que existen treinta y cinco mil nombres específicos que no puedo usar porque los desconozco, razón por la cual a todas ellas termino nombrándolas con la misma palabra genérica: orquídeas. Podría ser peor, hay que gente que no distingue un lirio de un tulipán, de un cartucho, de un besito, de una hortensia y, a absolutamente todas las llama de forma aún más genérica: flores. Es tan triste que dan ganas de llorar. Me propongo averiguar el nombre de mi orquídea y lo único que se me ocurre es llamar a mi madre y describírsela.

—Es una *Cattleya Trianae*, la reina de las orquídeas, la flor nacional de Colombia —dice.

—¿Qué más?

—Simboliza la belleza, la sensualidad y la fecundidad.

—¿Qué más?

—La persona que se la regaló debe estar realmente interesada.

Ya he dicho que mi madre es una bruja, aun así, debe ignorar que una sola *Cattleya* en Londres vale más que el lote entero en donde ella construyó su vivero con todo y las más de setecientas orquídeas que lo componen. Antes de colgar, aprovecha para hacer algunas recomendaciones determinantes para la salud de mi flor y creo que la mía propia. Me cuesta identificar cuándo está hablando de la orquídea y cuándo está hablando de mí. Dice que lo más probable es que la esté ahogando, que le falte luz, que no tenga un buen sustrato, que necesite oxígeno, potasio y aire fresco. De ser posible solo debería rociarle agua lluvia dos veces por semana con un aspersor para evitar el exceso. Me pongo a analizarla a la luz de esa nueva información y, en efecto, noto que las hojas están pálidas y debiluchas por la falta de sol y, además, se está ahogando. La escurro y la pongo al pie de la ventana. Como atraída por la fuente lumínica me siento junto a ella y juntas nos dedicamos a absorber los escasos rayos desabridos de sol que logran colarse entre el espeso toldo de neblina que suele cubrir Inglaterra. ¿Sabrá mi *Cattleya* que vive en el lugar equivocado? ¿Sabrá que todas las de su especie viven en el trópico cálido y húmedo en donde el sol calienta el año entero, el agua no tiene químicos y el aire es tan puro que hincha los pulmones? No se lo cuento para que no se marchite de tristeza, nadie extraña lo que no conoce. Pudiendo vivir en el trópico y aquí estampillada contra el vidrio helado de una ventana que no podrá abrirse hasta dentro de dos meses, tratando de atraer polinizadores inexistentes y de hacer la fotosíntesis con un rayito de sol imaginario.

Siempre me ha intrigado por qué, habiendo climas tan benévolos, a alguien se le ocurre la idea de asentar países en lugares en donde ni siquiera sale el sol. Qué necedad hará pensar a un hombre: aquí, justo aquí en donde el mar es gélido, en donde solo aguantan los robles y las hiedras. Aquí donde el viento sopla helado, donde no crecen las frutas, donde se apagan los fuegos y se congelan los charcos. Aquí, donde el alma se marchita, donde la nieve ciega, donde el corazón se congela, voy a fundar un gran país. Y lo peor, de verdad, lo peor, no es que lo piensan, sino que, en efecto, terminan fundándolo. Y henos aquí, casi sesenta millones de almas doblegadas ante la belleza y el horror de Inglaterra.

Por fin recargo mi teléfono y suena una ráfaga. Hay tantos mensajes del inglés que tengo que sentarme con calma a leerlos. Unos me halagan, otros me perturban, otros me hacen temblar las piernas, especialmente cuando entra en detalles de todo lo que planea hacerme cuando me vea. Me derrito de solo imaginarlo. Mi corazón se acelera. Mi pulso se acelera. Mi respiración se acelera. Que si los dedos, que si la lengua, que si los labios. Que si muerde, que si frota, que si lame. Que si gime, que si grita, que si aúlla. Dice que va a tumbarme en la cama y a abrirme las piernas y a penetrarme y a moverse rítmicamente y a hacerme gemir hasta que pierda la decencia, la voz, la conciencia y que luego va a girarme y a repetir el procedimiento entero. Dice que voy a tenerle que rogar, esta vez, para que se detenga. Dice que solo va a detenerse cuando él pierda la voz de tanto pronunciar mi nombre y yo pierda la mía de tanto gritar. No puedo esperar por todo esto. Aunque no sé mucho de drogas estoy segura de que no existe ninguna tan potente como sentirse deseada. Me pregunto por qué nadie me había mandado antes este tipo de mensajes. ¿Cómo responderlos? Siento que voy kilómetros atrás. Intento escribir posibles respuestas pero no me salen ni en inglés ni en español, además, pierdo mi entusiasmo buscando en el diccionario las palabras que quiero decirle y que no consigo encontrar. Me queda la sensación de que las palabras de un diccionario son palabras muertas y que la única forma de insuflarles vida es complementando su significado con el contexto y los referentes del hablante. Esa es la razón por la cual podemos comunicarnos, más o menos bien, en un idioma diferente al nativo, pero vivirlo, en el sentido amplio de la palabra vivir, eso es otro cantar. Debido a todo lo anterior, no contesto ninguno de los mensajes. El poderío que sentí hace unos minutos no tarda en enfriarse y convertirse en inseguridad.

Entre la baraúnda de mensajes sexuales hay uno de Milton con los datos del trabajo de *nanny* que termina de aterrizarme en mi realidad. Mi realidad es que se me está acabando el dinero. Mientras maquino estrategias para obtenerlo del inglés marco el número rezando para que le entienda a la señora y ella me entienda a mí. Obviamente no ocurre ni lo uno ni lo otro. Aun así, está tan desesperada por ayuda que me suplica que vaya a conocerla a ella y a los niños. ¿Niños? ¿De verdad usó el plural, *children*? ¿Eso incluirá algún *baby*? ¿Dónde dijo que quedaba la casa? ¿Cómo es que se llama ella? ¿Dijo *Thursday* o *Tuesday*? Espabílate, avíspate, no puedes decir que sí entendiste cuando no entendiste, vas a terminar matando a alguno de sus hijos. ¿Sí estás preparada para ese trabajo? Ni siquiera sabes dar tetero, ni sacar gases, ni cambiar pañales. ¿Por qué te metes en esos berenjenales? Eres una irresponsable, llama a cancelar y a esperar a que te busque el profesor de peinados y te vuelvas millonaria por cuenta de tu pelo. Ensayo lo que debo decirle a la señora para rechazar el trabajo sin sonar poco profesional, hasta lo anoto en un papelito que releo varias veces en voz alta. Estoy a punto de marcar de nuevo el número cuando entra un mensaje de ella agradeciendo mi interés. Como si hubiera oído las preguntas dando vueltas en mi cabeza, añade la dirección, la hora y hasta la estación de tren en la que debo bajarme. Notting Hill. Pone también la tarifa: doce libras la hora.

Doce libras la hora. Si una libra son cuatro mil pesos colombianos todo indica que soy millonaria. Doce libras la hora no se gana en Colombia ni un profesional con experiencia. Me paso horas viendo videos de cuidado de neonatos en internet. Hablan de muerte súbita, de niños que succionan con tanta fuerza que se ahogan tomándose el tetero, de caídas mortales de cama, escaleras y hasta de los propios brazos del cuidador. Dios mío, que no mate a nadie, debería ser más responsable. ¿Qué hora será en Colombia? Me urge llamar a mi madre.

Me dio buenos consejos: «No seas muy fría con los niños, pero tampoco muy complaciente porque te la montan. No les ruegues ni los premies cuando hagan las cosas que a ellos les corresponde hacer. No te les comas el mecato. Hazte querer, pero pon un límite para que no te pierdan el respeto. Mueve las cosas de lugar, así creerán que también arreglas la casa. Tu jefa es la señora que te contrató, no los niños a tu cargo. Que no te pillen nunca haciendo la siesta mientras estás trabajando. No escondas tu alegría innata, a las personas alegres y sonrientes las quiere todo el mundo. El culpable de todo siempre es el gato y si no puedes demostrarlo —o no hay gato— pide perdón y admite tu responsabilidad». Vaya, vaya, en ninguno de los videos encontré tan buenos consejos. Nos hay como una mamá. Evitó hacerme notar que ella había cuidado cinco niños gratis toda la vida, pero sé que lo pensó, tuvo que pensarlo, hasta haría cuentas: si le hubieran pagado a doce libras la hora no estaría ahora haciendo maromas para hacer rendir el dinero. Con el entusiasmo renovado me pongo a multiplicar las horas que trabajaré al día por las doce libras que voy a recibir. Jamás en el colegio me aprendí con tanto interés una tabla de multiplicar. De hecho no logré aprenderme ninguna, salvo quizá la del dos, el cinco y el diez que son a prueba de bobos. Decreto que la educación escolar tiene problemas de enfoque y que no hay malos estudiantes sino profesores incapaces de hacer que tu interés se despierte. Comienzo a gastarme mentalmente el dinero que voy a ganar cuando entra un mensaje del inglés.

«*Tomorrow? Say yes*».

Otro: «*Please, answer me*».

Otro más: «*I can't wait until the weekend*».

Le escribo que hasta el fin de semana no puedo verlo porque empiezo un trabajo nuevo y que, además, voy a mudarme de casa. Me sorprende mi fuerza de voluntad. Aguanto porque recuerdo que mi madre suele decir que lo bueno se hace esperar. Y, a decir verdad, también porque necesito el dinero y no estoy segura de que él me lo vaya a dar.

Como si no hubiera aprendido la lección sobre las mudanzas, aquí estoy de nuevo en el metro con una maleta grande, un computador, una orquídea que se orina con cada pequeño zarandeo y una mochila con la cabeza del inglés. Durante la primera parte del viaje resisto de solo pensar que me estoy ahorrando las treinta libras que valdría un taxi. Después del segundo trasbordo colapso, me traquea la espalda y me siento en el suelo de la estación a llorar y no sé si es por el dolor o por la rabia que me genera no tener quien me ayude con la mudanza. La gente pasa a toda velocidad por mi lado, algunos hasta tropiezan conmigo o con la maleta, pero nadie, nadie me tiende la mano, despierto el mismo interés que un contenedor de basura, puede que menos; todos necesitamos, de vez en cuando, un contenedor, aunque sea para arrojar aquello que nos está estorbando. ¿Quién me necesita a mí? Soy absolutamente prescindible. Mis ojos se iluminan cuando diviso un guarda de seguridad a lo lejos, viene hacia mí y estoy convencida de que va a ayudarme, pero, en vez de eso, señala mis cosas y grita: «*Move on, move on!*».

Tras perderme dos veces, llego casi arrastrándome hasta el que será mi nuevo lugar de vivienda. Queda dentro en un edificio pequeño de solo cuatro pisos. Se nota que es una construcción nueva y se nota también que se ahorraron todo el dinero que pudieron en los materiales. Se ven pobres las ventanas, pobres las barandas, pobres los acabados. Iba a decir que se ven también pobres las puertas pero, como estoy a punto de descubrir, salvo la de la entrada, tampoco tiene puertas. Las paredes son del grosor y la dureza de un cartón, oigo el eterno murmullo de las conversaciones de los vecinos, las peleas de los niños, las televisiones encendidas, los rezos cinco veces al día. La música delata las nacionalidades de todos. Menos mal por aquí no pasan huracanes porque este edificio no los resistiría, así como tampoco resistiría que le arrojaran un fósforo encendido. Arderíamos todos antes de encontrar la salida de emergencia, en caso de que exista, claro, estoy segura de que también se la ahorraron. Todas las ventanas están cerradas y con las persianas abajo, no hay ni una sola planta, ni una sola flor, ni un solo adorno en la fachada que indique que la persona que habita al otro lado tiene el más mínimo sentido de pertenencia. Este es un barrio de emigrantes. Miro mi orquídea mientras pienso en lo mucho que va a lucirse cuando la ponga al pie de la ventana, es entonces cuando reparo en que perdió una de sus flores. Debí tomarlo como otra señal, pero ya está visto que soy incapaz de detectar las señales que la vida se empeña en poner en mi camino y mucho menos de hacerles caso. Toco el citófono y nadie me responde. Insisto varias veces. Nada. Le mando un mensaje al odontólogo diciéndole que ya llegué y que no me abren. El mensaje tampoco tiene respuesta. Me siento en la escalita de la entrada muerta de frío y de dolor y de rabia conmigo misma por no haber tomado un taxi y por haberme vuelto a meter en un barrio feo y por tener que vivir con desconocidos que lo único que quieren es mi parte de la renta para pagarle al *landlord*. Muy pocos emigrantes reúnen los requisitos para que un *landlord* les suelte una propiedad, por eso, el que los reúne, alquila y subarrienda hasta el último de los rincones para sumar el total de la renta y ganarse algunas libras. Y cuando hablo del último de los rincones no estoy exagerando, hay gente que alquila hasta la bañera como si fuera un dormitorio. Yo soy una más en esta ecuación. Valgo en la medida en que pague mi parte. Nadie me espera, a nadie le importa si llegué o no, si estoy bien o no. Bienvenida a la adultez, arréglate como puedas tú sola, los demás están demasiado ocupados lidiando con sus vidas y sus problemas, haciendo lo que pueden para pagar su parte del alquiler. ¿Qué esperabas? ¿Que te recibieran con almuerzo caliente y abrazos de bienvenida? Me conformaría con un vaso de agua para tomarme una de las pastillas que me vendió Milton.

Estoy en Peckham, un barrio al sur relativamente cerca de Elephant and Castle e infinitamente más multicultural, no hay que esforzarse demasiado para notarlo. Lo bueno de este cambio es que, al menos, podré comprar arepas y pandeyucas en El Bajo Mundo y también podré hacerme las uñas baratas y pedir cita con el médico los días impares a ver si me alivia la espalda. Media hora después, responde el odontólogo. Dice que está ocupado llevando turistas en su *rickshaw*, que insista, que las chicas trasnochan mucho y seguro están dormidas y no oyen el citófono. Me pregunto quiénes serán las chicas. Ya es tarde para admitir que debí haber venido a conocer el lugar y los demás inquilinos antes de la mudanza, temo que termine extrañando a Alister, es verdad que era un pesado pero también es verdad que dormía gran parte del día, es decir que molestaba medio tiempo, no falta sino que me haya mudado a un lugar en donde molesten a tiempo completo. La ecuación es sencilla: a más compañeros de piso, más molestias.

Insisto. Insisto. Insisto hasta que abren el portón y ¡sorpresa! No hay ascensor. Ya había notado antes que los ascensores aquí son bastante escasos, pero solo hasta ahora me siento realmente afectada. Subo en dos viajes, haciendo los respectivos descansos entre piso y piso para aliviarme el dolor de espalda. Soy como los cangrejos, parece que avanzo pero, en realidad, camino hacia atrás. Quien sea que me haya abierto el portón se aseguró de dejar entreabierta la puerta del apartamento. Me asomo con sigilo, son las once de la mañana y aquí parece que no hubiera amanecido. Las persianas abajo, la casa en silencio, la oscuridad impropia de esta hora. Huele a pereza amontonada. Dos chicas duermen en el suelo de la sala sobre un par de cocodrilos inflables, hay tacones y ropa revuelta por todas partes. Me quedo en la entrada sin saber qué hacer, pensando en dónde y cómo acomodarme sin despertarlas. Me doy cuenta de que Alister me dejó un trauma inmenso con el ruido, por lo menos la casa está bien calientita, tan solo por la temperatura me atrevería a asegurar que aquellas chicas son latinas, incluso costeñas, la calefacción debe estar por encima de los veinticinco grados. Es inevitable despertarlas cuando intento atravesar ese campo de guerra que es la sala y su inconmensurable desorden, sin embargo, me saludan con familiaridad abriendo la boca al mismo tiempo y pegando bostezos tan grandes que podrían tragarme. Se nota que están acostumbradas a que diversos inquilinos desfilen por la casa. Son cartageneras y duermen de día porque trabajan de noche en un bar, como buenas gemelas idénticas, jamás llegaré a distinguirlas. Me cuentan que, de momento, viviré con ellas dos y el odontólogo, aunque pronto vendrá su esposa, vaya sorpresa, el odontólogo resultó estar casado, pero la señora sigue en Barranquilla esperando a que mande por ella. Con razón se parte el lomo pedaleando el bendito *rickshaw* y atendiendo emergencias dentales clandestinas. Y con razón también se le alargan las noches en El Bajo Mundo tomando ron.

Al menos tengo cuarto para mi sola; me consuelo mientras desempaco mi maleta. No quisiera dormir sobre un cocodrilo que demanda un viaje semanal hasta la estación de servicio más cercana para alimentarse de aire. Ubico la orquídea al pie de la ventana, me tomo dos pastillas para el dolor de espalda y saco el computador del estuche convencida de que aquí sí voy a poder escribir tranquila. En mis planes mentales los fines de semana son para el inglés, las noches para escribir, las tardes para cuidar los niños, las mañanas para el instituto de idiomas. Todo es cuestión de organizarse. Hago la firme promesa de no volver a faltar a clase, de lo contrario mi inglés no va a mejorar nunca, temo terminar hablando el mismo inglés machacado de William. Sé que vivir con colombianos ralentizará mi aprendizaje, todo el mundo me lo advirtió, pero entre dos cosas malas lo más conveniente es elegir la menos mala. Al fondo, en la cocina, comienzo a oír risas y movimiento de ollas, al menos en esta casa hay vida y alegría, no como en la de Alister, tan lúgubre, tan callada, tan triste. Cuando salí está mañana estaba dormido, como siempre. Menos mal, porque no quería verle la cara ni para despedirme. Sobre la mesa de la entrada dejé la plata que le debía de la renta y un papelito firmado que decía: «*Until never, eternal sleeper*».

Pese a las sorpresas, en mi nueva vivienda me siento animada, sin dolor, veo estrellitas por todas partes y no sé si es efecto de la novedad o de la codeína. El cerebro es sabio, nos hace creer que las cosas nuevas están abocadas a funcionar mejor que las anteriores. El inconformismo nos condena a la búsqueda perpetua. Me pregunto si uno madura el día en que se conforma, el día en que deja de buscar y se aquieta para disfrutar, al fin, lo conseguido. Mi nuevo estado anímico me infunde un impulso incontrolable de encender el computador y ponerme a escribir. Atención —me digo— este es un momento importante, necesito recordarlo por siempre: hoy comienzo a escribir mi novela. El cursor titila, mi corazón late con fuerza, estoy emocionada. Algo me dice que apenas empiece la novela no voy a poder parar, pero me quedo sin constatarlo porque toda esa energía creativa que sentí hace apenas un instante se ve ahogada por los vallenatos de Diomedes Díaz que las gemelas encienden a todo volumen en la cocina y que se cuelan por todos los rincones del apartamento hasta encajarse en mi oído. A veces pienso que en mi vida anterior le hice algo muy grave a Diomedes y por eso ahora, como si fuera un fantasma vengativo, se empeña en aparecerse constantemente en mi vida.

Tengo la teoría de que las personas que hablan demasiado, las que llenan todos los espacios con la televisión encendida o con música atronadora es porque tienen la imperiosa necesidad de evitar sus pensamientos o de opacarlos, si acaso ya se produjeron, con algo que resuene más alto que ellos. Supongo que las gemelas no quieren pensar en sus noches llenas de borrachos metiéndoles la mano, ni en que tienen que dormir en la sala de una casa compartida sobre un par de cocodrilos inflables. Mi tranquilidad no demora en explotar y, junto con ella, mis oídos, mi cerebro, mi ánimo, mi inspiración. La recién comenzada novela vuelve a aplazarse antes de que escriba la primera palabra. Salgo de mi cuarto furiosa, me dirijo a la cocina y le grito a las gemelas:

—¡Estoy escribiendo una novela!

Ellas me miran, no sé si con cara de conmiseración, de contrariedad o de confusión, tal vez todas las anteriores. Repito, por si acaso no quedó claro:

—¡Estoy escribiendo una novela y la música de Diomedes me distrae!

—No haber dicho antes, entonces pongamos a Carlos Vives —comentan al unísono y, acto seguido, se apuran a buscar el CD de Clásicos de la provincia.

—¿Y sobre qué es la novela? —preguntan nuevamente en coro, lo cual me hace pensar que ellas poseen un mismo cerebro que alimenta dos cuerpos, dos magníficos cuerpos debo admitirlo, los adivino a través de las piyamas diminutas y traslúcidas que llevan puestas y que, por supuesto, son exactamente idénticas.

—Es sobre una señora que cree tener una vida y un matrimonio perfecto hasta que aparece un amante que fue determinante en su juventud y el solo deseo de reencontrarse con él hace que ella abra los ojos y se dé cuenta de que, tal vez, su vida no es tan perfecta como pensaba —respondo mientras caigo en cuenta de que la trama ha cambiado desde que se la expuse aquella vez al dueño del periódico.

—¿Entonces estaba mal casada?

—No necesariamente, a veces inventamos la realidad que más nos conviene y a ella le convenía pensar mal del marido —les digo.

—Entonces estaba bien casada pero ella se empeñó en ver solo lo negativo para poder acostarse con el amante sin remordimientos, al final el amante le hace volver a valorar el marido y viven felices por el resto de la vida. ¡Nos encantan las historias de amor!, compraremos su libro —comentan a la vez.

—Esta no es una historia de amor —aclaro.

—Entonces no lo compraremos.

Así es como pierdo dos lectoras sin siquiera haber escrito la novela.

Termino en la cocina con ellas atrapando estrellitas, cantando *La gota fría* y tomando caldito de pollo, que es lo que desayunan todos los días para amainar la resaca, obviamente el sabor a pollo es puro Maggi.

—Pensé que los meseros tenían prohibido tomar trago —comento.

—No somos meseras. Nos pagan por bailar y quitarnos, de cuando en cuando, alguna prenda. Recibimos un porcentaje por cada trago que hacemos consumir a los clientes y la mejor manera de estimularlos es brindando con ellos. Hay estrategias para no tomar tanto. El del bar, por ejemplo, le añade agua a nuestra copa, aun así es imposible no quedar viendo brillante al final de noche, lo cual no es tan malo, facilita el baile y embellece a los hombres. ¿No necesita trabajo? Las propinas son muy buenas y el trago sale gratis.

Por un momento me veo bailando en *topless* con una tanguita miniatura llena de billetes, seguro me haría más de las doce libras por hora que me voy a hacer cuidando niños.

—¿Hay que agacharse mucho? Lo que pasa es que sufro de la espalda.

Sus risitas lo dicen todo, se miran la una a la otra y gorgorean como dos urracas maldadosas. Me recomiendan enfocarme en la escritura para que pueda permanecer sentada, incluso prometen que si escribo la novela van a comprarla, aunque no sea de amor.

Ni para una cita romántica me había arreglado tanto como lo estoy haciendo para mi nuevo trabajo de *nanny*. El pelo sin nudos, perfectamente lavado con un champú de hierbas silvestres que encontré en la ducha y que, seguramente, pertenece a las gemelas. La raya al medio insinúa la inocencia que he perdido. La cola de caballo bajita me hace ver aplacada y tranquila; no tener ni un solo pelo mal colocado denota orden, justo una cualidad de la que carezco. Me paso cadejos de pelo sobre las orejas para que no se vean erigidas y la señora no crea que soy peligrosa. Lo importante no es ser mansa sino parecerlo. Llevo las uñas limadas, la cola oculta y la hilera de dientes escondida. Si alguien mirara dentro de mi boca confundiría al pez con la lengua. De verdad, parezco una chica buena, una niñera apta para cuidar niños pequeños. Debo reflejar confianza, lucir dócil como un cervatillo, como un corderito, como un cachorro de lo que sea, incapaz de matar a una mosca. Si llegara a dolerme la espalda podría jugar al caballito sin que a nadie le pareciera raro mi andar a cuatro patas.

Las gemelas me entregan un manojito de llaves, dicen que ni se me ocurra perderlas, un cerrajero aquí vale una fortuna. ¿Qué será lo que en Londres no vale una fortuna? Una corresponde al portón de abajo, otra a la puerta de la casa y otra más a un trastero en donde podría guardar mi maleta. Las observo brillar sobre la palma de mi mano mientras reparo en lo inusual que es para mí manejar llaves. Nadie de mi guarida recuerda cuál lobo perdió la última llave de la última puerta y la solución no fue mandar a sacar réplicas, sino dejar las puertas abiertas de par en par. Sus cuatro ojos reparan en la forma como voy a arreglada y dictaminan que luzco como una esposa aburrida y domesticada. Les digo que esa es la idea, que hay demasiadas películas sobre maridos que se enredan con la niñera y no quiero que la señora de la casa me vea como una enemiga sino como una aliada. Sin embargo, mis razones parecen no convencerlas:

—¿Y para qué trabaja una de niñera si no es para quedarse con el marido? —preguntan en coro. Supongo que es un chiste y suelto una carcajada, pero ellas me miran con seriedad y entonces dejo de reír. Quiero decirles que robarse al marido sería perpetuar la subyugación femenina, sería seguir asumiendo el papel de mujeres que necesitan ser salvadas y sostenidas, sería entregar nuestro cuerpo a cambio de obtener una supuesta seguridad que nos vuelve dependientes de quien la ofrece y, justo cuando abro la boca para despachar mi discurso feminista, recuerdo al inglés y caigo en cuenta de que, en la práctica, me rajo en los tres puntos, así que me quedo tan seria como ellas.

En el metro hacia Notting Hill voy atenta para no perderme. Soy un mar en calma. Las llaves tintinean dentro del bolsillo. Mi teléfono no para de vibrar indicando la llegada de mensajes. He preestablecido un *ring tone* especial para identificar los del inglés y tengo que morderme la mano para no leerlos. No quiero perder el aplomo, la imagen profesional que tanto me ha costado construir. Si sucumbo a la lectura de sus mensajes caería en la tentación de sus propuestas y dejaría todo tirado para irme a yacer desnuda en sus brazos sobre la mullida cama de algún hotel lujoso. No deja de ser tentador. Entre trabajar y holgazanear por cuenta de otro prefiero lo segundo, sin embargo, necesito demostrarle que soy perfectamente capaz de ganar mi propio dinero, de lo contrario, cada libra que me regale o cada invitación que me haga lo hará preguntarse si estoy con él por amor o por dinero. ¿Estoy con él por amor o por dinero? Estoy con él por amor, por dinero, por comodidad y, sobre todo, por sexo. No necesariamente en ese orden.

Consigo llegar a tiempo para los estándares de una inglesa de Notting Hill, es decir, cinco minutos antes. La señora me recibe en sudadera y chanclas, tiene el pelo grasoso y la camisa manchada de un líquido amarillento de procedencia imprecisa. Pronuncia varias veces mi nombre como asegurándose de que yo sí sea yo. Con un tono a medio camino entre el asombro y la complacencia me mira de arriba abajo y dice que no parezco colombiana. No es la primera vez que me comentan eso y todavía no tengo las claves para interpretarlo. ¿Debería sentirme halagada o discriminada? Es curioso que justo la gente que no sabe ubicar Colombia en un mapa tenga una noción tan precisa de cómo debería lucir físicamente un colombiano. A la señora le falta poco para hacerme girar con el fin de comprobar que no lleve taparrabos ni flechas con la punta envenenada ni un penacho con plumas de guacamaya tricolor.

Hay algo en la mirada de ella que me recuerda a Alister, no sé si es una tristeza mal disimulada o una neurosis fuera de control, puede que ambas. Debo andar con cautela, empiezo a notar mi tendencia a atraer locos. Mi madre suele decir que uno atrae lo que tiene por dentro, ¿qué tengo yo? Cierta opacidad se le roba el brillo de los ojos e impide observarle el alma. Como si la luz llegara a la retina y rebotara en vez de ser absorbida para iluminarla por dentro. Encima de su cabeza flota un manojo de rosas blancas, serían bellas si no estuvieran a punto de marchitarse.

Andará por los treinta y muchos, puede que haya cumplido cuarenta, pero no estoy segura, soy mala para calcular la edad. Cuarenta años son un montón de años, sin embargo, no logran opacar los rasgos pulidos de su cara. Es más delgada que yo, lo cual es mucho decir, está casi a punto de desaparecer, con uno de mis dedos meñiques sería capaz de lanzarla al suelo y con el otro podría ayudarla a ponerse de pie. Que quede clara una cosa: aquí la fuerte soy yo. La miro con detalle, más que para verla a ella, para mirarme yo. Intento adivinar en su cara lo que me espera cuando llegue a su edad. Ya perdí la cuenta de las veces que me han dicho que aproveche la juventud y la belleza, que las rubias envejecen muy mal, que se encojen y se arrugan antes de tiempo como si fueran pasas. El problema es que a los veintitrés ni se te pasa por la cabeza que vas a llegar allá algún día. El mayor error de los jóvenes es creer que tienen tiempo, que jamás van a envejecer y a morir. Mi caso es diferente, debido, supongo, a la muerte temprana de mi padre. Soy consciente de que el mañana está a la vuelta de la esquina, peor aún, soy consciente de que, quizá, no haya un mañana, nadie tiene la vida comprada.

No puedo dejar de observar a la señora debido a mi costumbre de detallarme a las mujeres mayores con las cuales tengo algún tipo de cercanía. La primera, mi madre. A menudo me descubre mirándola con una mueca de perplejidad y dice que si así estoy de obsesionada a los veinte, a los cuarenta no voy a soportar mirarme al espejo y seguro tendré que comer con cubiertos de plástico porque no voy a resistir la imagen que me devuelve ni el envés de una cuchara. Mi madre es un espejo en el cual duele mirarse porque me muestra mucho más que el aspecto físico. Sus miedos serán los míos. Caerse. Olvidar. Perder cosas. Depender de alguien. Sus dolores serán los míos también. Yo me quejo de la espalda pero ella está peor y ni un solo quejido ha salido jamás de su boca. Aguantar, si algo le enseñó la vida, es a aguantar. Lo hacía antes y lo hace ahora, llegará impertérrita a su último instante. Es fuerte, incluso cuando es débil. Nadie la vio llorar cuando enviudó, sin embargo, lloró tanto que los párpados le cerraron los ojos y tuvo que operárselos. También tuvo que cambiar varias veces de almohada porque a todas les daba mal de tierra debido a la humedad. Hasta que llegó el día en que se le acabaron las lágrimas y entonces no volvió a llorar ni a comprar más almohadas. Es experta en tragarse justo las palabras que debería pronunciar. No es raro que le duela el estómago, las palabras no dichas pesan más que la comida.

¿Qué le dolerá a esta señora? Parece tan desvalida que dan ganas de ayudarla. Los pequeños diablillos con tres y cuatro años ya no son los bebés que duermen todo el día, pero tampoco han ganado independencia ni sentido crítico y, por lo tanto, no puedo quitarles el ojo de encima ni un segundo. Basta ir a la cocina por un café o ponerme a tender la cama y bien podrían irse por el agujero del sanitario o, en el mejor de los casos, beber agua de él. La señora me tiene paciencia, me habla despacio, me repite cada frase dos veces para asegurarse de que sí haya entendido. «*Turn off the light*», dice, una y otra vez, mientras apaga las luces que no estamos usando. Yo insisto en encenderlas, no porque no entienda, sino porque una casa oscura es muy deprimente. Con su tristeza basta y sobra, para qué agregarle más intensidad, sería fatal para los niños, por eso también abro las cortinas, aunque ella insista en que las cierre. Debe pensar que soy corta de entendimiento. Nunca se quita el reloj pero tampoco le da cuerda y permanece detenido desde la medianoche de quién sabe qué día. Me pregunto qué diría Milton si se lo contara.

La niña menor es una pelirroja llamada Candelaria, evito cargarla por puro miedo a encariñarme con ella, qué tal que mi ginecólogo tenga razón y se me despierte el instinto maternal. Siempre le he tenido miedo a los llamados, parecen ingenuos pero te hacen tomar decisiones que no tomarías si estuvieras en tus cabales. Las monjas, a menudo, hablaban del llamado de Dios. Decían que teníamos que estar atentas para que pudiéramos oírlo. Dios solamente llamaba a las elegidas y ser la elegida de Dios era un privilegio que ninguna podía darse el lujo de rechazar. Cada monja tenía una historia personal que comenzaba con un llamado y terminaba con un hábito y un convento. Dios mío, no me elijas a mí, por favor, no me llames nunca, rezaba en ese entonces. Superado ese miedo mi ginecólogo lo reemplazó con el del llamado de la maternidad. Le he rogado muchas veces que me esterilice, pero siempre me sale con el cuento de que el instinto maternal se activa a los treinta y dos y que, con seguridad, a esa edad voy a arrepentirme de haberme operado. Cargando a Candelaria comienzo a entender lo que dice. Hace honor a su nombre, es pura candela, resplandece como si tuviera una hoguera por dentro, una hoguera que yo insisto en avivar, temo que su madre, sin querer, vaya a sofocarla y que yo, sin querer, me encienda con ella. Mientras le peino su cabellera de fuego le digo que me gusta su nombre, que algún día voy a llamar así a la protagonista de una de mis novelas.

El primer malentendido ocurre al darme cuenta de que, además de cuidar a los niños, debo también hacer el aseo de la casa. ¿Dónde se ubica la línea que separa a una *nanny* de una *cleaner*? Pague una y lleve dos. Como siempre, soy incapaz de protestar, a fin de cuentas oficio he hecho desde los trece años y nadie me ha pagado por ello. Con una guarida inmensa y unos lobitos desordenados y revoltosos, la madre loba empezó a cansarse y a fantasear con el monte. «Voy a agarrar para el monte —decía—, a ver qué hacen sin mí». Pero ni así cooperábamos. Creo que la veíamos tan cansada que dudábamos de que pudiera llegar hasta la puerta de la casa. Cuánto la subestimamos, habría podido irse a otro país, a otro continente, a otro planeta, a otra galaxia, a otra dimensión, sin embargo, se quedó con nosotros y se hizo cargo aunque, la mayoría de las veces, hacerse cargo implicara renunciar a sí misma. Comencé a verla tan agotada que un día decidí echarle una mano, luego las dos y, cuando menos pensé, estaba metida de lleno en la cocina y en el aseo de la casa. Soy experta en echarme encima cargas que no me corresponden. Y aquí estoy, a mis veintitrés años y no se me quita el vicio. Comparativamente, el tamaño de este pisito en Notting Hill es nada para mí, podría arreglarlo en menos de lo que canta un gallo. Me pongo en acción, recojo los juguetes del suelo, limpio los vidrios para que entre más luz natural. Tendré que comprar bombillos de luz cálida, hasta yo podría deprimirme en esta atmósfera fría de hospital. Luego busco escoba, trapos, cepillos y limpio todo lo que sea susceptible de limpiar, no sin antes arreglar la cocina e improvisar una merienda. Cambio todas las sábanas y se las entrego al cíclope que habita el cuarto de ropas. Él las mastica, las zarandea, las enjuaga, las centrifuga, las seca con su aliento de fuego, al final, abre la boca para entregármelas de vuelta, todo ello sin quitarme su gran ojo de encima. Somos un buen equipo de trabajo.

Los nenes, antes atontados frente al televisor, se quedan mirándome como si yo fuera un bicho raro, como si nunca hubieran visto a nadie moverse con tanto ímpetu, el único referente que tienen debe ser su madre y, por comparación, cualquier otro ser es un torbellino. La señora también me mira e intenta emular una sonrisa que no le sale del puro agotamiento mientras me ve derrochar una gran dosis de energía acumulada. Por el rabito del ojo noto el enorme charco que inunda sus ojos y también noto el esfuerzo que hace para que no se le derrame. Conozco esa mirada demasiado bien, la mirada a punto del desborde. Las pestañas ofician como diques a los cuales les basta un parpadeo, un solo parpadeo, para propiciar el derramamiento. Me pregunto si la señora se ve en mí y recuerda su yo del pasado, con seguridad, no hace mucho, ella tuvo ese mismo ímpetu. ¿Adónde se fue?, ha de estarse preguntando mientras su mente se debate entre traerlo de vuelta o buscar una ruta definitiva de escape. Debe vislumbrar el mismo monte con el que tanto amenazaba mi madre y aún duda entre atender su llamado o atender las responsabilidades.

Le doy la merienda que he improvisado y ella la acepta, más por vergüenza que por ganas de comer; conozco esa estrategia y sé que la vergüenza disminuye en la medida en que se gana confianza, son sentimientos inversamente proporcionales, por lo tanto, debo aprovechar antes de que me agarre confianza y se niegue a abrir la boca para tragar algo sólido. Si me diera el dinero del mercado podría pasar mañana por Tesco antes de venir, es urgente llenar la nevera y comprar bombillos de luz cálida. Me confiesa que hace días no se mete a la ducha y yo me pregunto, calladamente, dónde está el señor, si es que acaso hay algún señor que la apoye. «*My husband passed away*», comenta de repente como si hubiera oído la pregunta en mi cabeza. «*Three months ago, at midnight*». Con razón me recuerda tanto a mi madre, que enviudó más o menos a la misma edad de ella. La obligo a bañarse con lavada de pelo y todo mientras juego a la araña con los nenes. Dicen no entender cuando les hablo y yo les digo que es porque no conocen el lenguaje de los animales. Ya empieza a dolerme la espalda y necesito echarme en el suelo. Ellos se echan a mi lado. Nunca antes han visto arañas y todavía no han aprendido a tenerles miedo ni a aplastarlas con la suela del zapato. La araña mueve las patitas y los recorre desde los pies hasta la cabeza mientras explotan a carcajadas. No demoran en agarrarme confianza y entonces saco la cola y la agito como un cachorrito emocionado. Ellos me destapan las orejas, me hacen abrir la boca para examinarme los colmillos y para su sorpresa encuentran un pececito colorado y revoltoso. Yo amago dentelladas para que aprendan que las manos no pueden meterse en cualquier parte y también porque temo que quieran pescarlo. Debido a mi cola piensan que soy un perro y no los corrijo, seguro que ya les leyeron *Los tres cerditos* y no deben tener en muy buen concepto al lobo. Juguemos en el bosque mientras el lobo está. ¿Lobo está? Juntos caminamos en cuatro patas por la casa mientras yo suspiro del puro alivio que me significa andar así. Por supuesto saco mi cámara y tomo algunas fotos, tres lobos juntos no es algo que se vea todos los días dentro de un apartamento en Notting Hill.

Dejo la casa reluciente. El oficio casero es una especie de purgación. Estoy expiando mis culpas. Cuando se limpia un espacio físico, lo que en realidad se está limpiando es la propia alma. Los niños, emocionados, le cuentan a su madre que tengo cola y que poseo unos colmillos con los cuales podría arrancarles las manitas rechonchas y rosadas de un mordisco. Le cuentan que tengo escondida una araña entre el bolsillo y un pez colorado dentro de la boca, además, que hablo una lengua extraña que ellos no entienden porque es la lengua de los animales. La señora sonríe, supongo, por el alivio que le produce comprobar que sus hijos, encerrados en cuatro paredes y cubiertos por el manto negro de su duelo, siguen teniendo capacidad de fabulación. O quizá, también, porque hace mucho tiempo no veía la casa tan limpia, a los nenes interesados en otra cosa diferente a la tele y a sí misma con ganas de permanecer, que es justo lo contrario de huir al monte o a donde sea que pensara hacerlo.

«*Tomorrow?*», pregunta mientras me paga por mi trabajo y añade lo de los ajustes del mercado.

«Tomorrow», respondo.

Me urge regresar a casa y ponerme a ver estrellas mientras amaina mi dolor de espalda, ya tendré tiempo de acariciar las libras obtenidas. Más que un trabajo esto va a ser un tratado de paciencia, un encarar los miedos, una purificación del alma en dosis de dos horas diarias entre semana. Pensé que iba a necesitarme más tiempo, yo había hecho las cuentas con ocho horas al día, no con dos. Voy a tener que buscarme un trabajo extra para cubrir la plata del arriendo. O dos. O tres. Concluyo que cuidar niños exige más agachadas que ser bailarina nudista, si supiera bailar hasta consideraría el ofrecimiento de las gemelas, desafortunadamente soy un tronco. No tengo noción del ritmo ni sentido musical. Y el profesor de peinados de novia nada que llama. Ganaba más por hacer menos cuando el inglés me mandaba en taxi para la casa, pero ya también dejé escapar esa opción. Haber pasado una noche entera junto a él significa pasar todas las noches venideras y no volver a necesitar taxi. ¡Error! Por mi culpa, por mi culpa, por mi gran culpa, ahora soy la única responsable de mi sostenimiento.

Al llegar a casa no encuentro a las gemelas ni al odontólogo y siento el alivio de cuando se encuentra algo que se creía perdido. Ese algo es tranquilidad. Se respira una atmósfera bastante inusual, debe ser por el silencio, desde mi llegada a Londres no había sentido tanto sosiego, daría lo que fuera por no tener que compartir el piso con nadie. La cabeza del inglés permanece, inmóvil, dentro de mi mochila. La orquídea reposa al pie de la ventana, su belleza le permite desentenderse por completo de algo diferente a sí misma. Daría lo que fuera por ser como ella. Observarla me despierta el deseo de llamar a mi madre. Quiero pedirle perdón. Quiero darle las gracias porque, habiendo podido agarrar el monte, decidió quedarse en la guarida, entregarnos su vida, sus sueños, su tiempo. Nos dio tanto que temo la hayamos dejado sin nada a que aferrarse. ¿A qué te aferras? ¿Quién te sostiene si tus huesos son frágiles como cáscaras de huevo? Tu espalda es como la manada: una estructura al borde del colapso. Marco la hilera de números que aparece en la tarjeta. El teléfono repica cuatro veces antes de oír su voz. Cuelgo sin decirle todas esas palabras que tengo atragantadas, cuelgo porque el nudo en mi garganta me impide que salgan. Ahora me duele el estómago igual como le duele a ella. Las palabras no dichas. Somos tan parecidas.

Me tiendo a oscuras en la cama y reviso el celular. Tal y como suponía está a reventar de mensajes y todos son del inglés. Un pensamiento se me instala, de pronto, en la mente y me saca una sonrisa maldadosa: podría hacer con el hombre sin cabeza lo que quisiera. Oh, Dios, no me atajes, no pongas obstáculos, no intentes convencerme de seguir tu ejemplo de pureza y castidad, no esperes que ore para aplacar el fuego que llevo por dentro. Más bien cierra los ojos porque con ese hombre voy a hacer lo que me dé la gana. Lástima que esté tan agotada, que necesite dinero y que tenga que esperar hasta el fin de semana. Amén.

Las sirenas aúllan toda la noche. Oigo al amanecer los pasos tambaleantes del odontólogo detenidos frente a mi puerta. Hasta mi nariz llega su aliento alicorado. Ahí está su silueta, me observa, sé que me observa, sin atreverse a pasar. Quisiera ser ingenua y creer que solo intenta echarme un vistazo para asegurarse de que estoy bien, pero hay muchas maneras diferentes de mirar y la suya no me está gustando. Su cercanía me huele a problemas. Al filo del amanecer me despierta el bullicio de las gemelas preparándose para dormir la borrachera sobre sus cocodrilos inflables. Me pregunto qué hago aquí. ¿Qué hago aquí? La madera no me contesta porque esta casa es prácticamente desechable y no hay madera. Tin, tin, tin, entran mensajes del inglés, ha pasado en vela toda la noche buscando maneras de emboscarme en algún hotel. Eso no me molesta, lo que me molesta es mi falta de voluntad. El vicio que estoy cogiendo de lanzarme a sus brazos en vez de ponerme a solucionar mis problemas. Un niño llora al otro lado de la pared delgada como una lámina de cartón, lo oigo tan claro que parece que estuviera a mi lado y fuera responsabilidad mía consolarlo. Duérmete, niño, duérmete ya, que viene el coco y te comerá. Alguien reza una oración que no conozco, en un idioma que no conozco.

Madrugo a preparar mi termo de café antes de que todos se levanten. Adoro los suspiros de la cafetera, es un sonido tan familiar que, al cerrar los ojos, me transporta mágicamente hasta mi casa. Veo a mi madre batiendo mantequilla, a mi madre amasando pan mientras el café se va filtrando en medio de exhalaciones vaporosas. Veo después una gran mesa de lobos con dos puestos vacíos, pronto serán tres. Me pierdo yendo al instituto de idiomas. Todavía no aprendo la ruta, maldita sea, sigo tomando trenes que van para el otro lado. El mendigo sigue leyendo. *«I know you, I know you»*, grita cada vez que paso por su lado. Yo le muestro la hilera de dientes y las garras, él me muestra las suyas. Sigo sin cumplir mi sueño de ver nevar. Me aburro en clase. No les entiendo a mis compañeros asiáticos. ¿Me entenderán ellos a mí? Volví a perder otro guante, como siempre, el izquierdo, será por eso que nunca saco la mano del bolsillo. Tin, tin, tin, más mensajes. Se me escurre la ropa, no recuerdo la última vez que comí. Nada que me baja la regla. Entro a una cafetería a hacer tiempo y a calentarme y me embriaga el aroma del pan recién salido del horno, añoro tanto el que amasa mi madre, no estoy segura de que sea mejor, pero lo amasa ella con sus propias manos y eso lo hace insuperable. Antes de pagar pregunto el precio y me siento en la mesa a buscar las monedas con calma, estoy llena de ellas porque no termino de conocerlas y, a la hora de pagar, me demoro una eternidad sumándolas, al final me desespero —o alguien en la fila me acosa— y pago con un billete, lo cual se traduce en más monedas que no podré gastar mientras haya tanta gente afanada en la fila de la caja. El *manager* de la cafetería se me acerca a preguntar si quiero un trabajo extra. Necesita a alguien que le ayude a preparar los sánduches que venderá al almuerzo. Seguro me vio contando con minucia las monedas y supuso que estoy corta de dinero, aunque prefiero pensar que reparó en la devoción demostrada por mí hacia este trozo de pan humeante, aplicando al acto de comerlo mis cinco sentidos y una lentitud como la que ya nadie tiene. ¿Por qué no? Me sobran unas horas entre las clases de inglés y el trabajo de *nanny* y me falta dinero para conservar el cuarto, de lo contrario, terminaré durmiendo sobre un cocodrilo inflable en una sala. Puedo empezar hoy si quiero, me dice. Sí, quiero. ¿Sí quiero? Ocho libras por hora no le sobran a nadie. Preparo ochenta sánduches de atún, ochenta de huevo y ochenta de jamón y queso, es decir, preparo sánduches para doscientas cuarenta personas que no pueden darse el lujo de sentarse a comer en una mesa y no les queda más opción que almorzar y caminar al mismo tiempo. Cómo así que también hay que lavar platos, eso no me lo dijeron. Los lavo, aunque la esponjilla metálica me ponga la piel de gallina y el jabón me la reseque y así, sin proponérmelo, lavo en un instante más platos de los que he lavado en toda mi vida. Al terminar tengo las manos ásperas y secas como un estropajo.

Me dirijo a Notting Hill, pero antes merco en el Tesco de la esquina y compro las bombillas de luz cálida. Camino con más paquetes de los que puedo cargar, pese a mi espalda y mis manos resecas. Los nenes están expectantes, quieren jugar a la araña, quieren ver el pececito, quieren que menee la cola, quieren que les enseñe el lenguaje de los animales. Hay mucho trabajo y ya estoy cansada y adolorida. La señora llora. Los nenes lloran. Todos lloramos. ¿Yo qué hago aquí? Tin, tin, tin, más mensajes del inglés. Barro y juego con los niños. Trapeo y juego con los niños. Lavo la ropa y juego con los niños. Cocino y le embuto comida a los niños. El avión. La pala. El cohete. Nada funciona. Abran la maldita boca. Miro al cielo a través de la ventana y le rezo a Dios todas la oraciones que conozco, luego busco la cara de mi padre en las formas de las nubes y le digo que me mande una señal o algo, lo que sea, que me haga saber que me escucha, que me cuida, que nada malo va a pasarme. Ninguno de los dos me contesta.

De camino a casa pienso en mi madre dentro del vivero hablando con las orquídeas, en los lobos calientitos durmiendo unos encima de otros y en el fantasma de mi padre sobrevolándolos. Sé que no me oye, sin embargo, no puedo parar de reclamarle: ¿Por qué no vienes a mí? ¿Acaso no escuchas mi voz llamándote con desespero? Todas mis lágrimas son siempre por ti, aunque intente camuflarlas en otras cosas que me pasan. Lloro en el metro. Lloro en el callejón desolado del barrio por el que siempre paso con tanto miedo. Lloro en la soledad de mi cuarto y de mi cama, hasta que entran más mensajes: Tin, tin, tin. *«Can't wait to see you»*, dice el inglés. *«Me too»*, digo.

Observo la orquídea y reparo en que la belleza no descansa nunca. Llamo a mi madre, cuelgo después de que contesta, no sé por qué últimamente me cuesta tanto hablarle, siento derrumbarme apenas abro la boca y prefiero abortar la llamada para evitarle una preocupación. Hay un mail de Antonio diciendo que entiende que no haya contestado aún a su propuesta de casarnos. Que sabe que algo tan trascendental no se decide de la noche a la mañana, dice. Que me tome el tiempo necesario, dice. Que sabrá esperar, dice. Que me ama, dice. Y mientras tanto sigo haciéndome la misma pregunta: ¿Lo amo yo?

Y así otro día.

Y otro.

Y otro más.

Y entonces llega el fin de semana y me tumbo en la cama con la absoluta certeza de que no voy a ser capaz de volverme a parar de ella, no puede ser normal tanto cansancio. Hasta que el profesor de peinados me llama y me pregunta si estoy disponible. Una de las modelos le quedó mal y tiene a veinte estudiantes con las manos cruzadas, me pagará el doble si digo que sí. Ni sé de dónde saco la energía pero, en tiempo récord, llego a una academia por Vauxhall en donde me reciben veinte peluqueros con vítores y aplausos como si fuera una estrella de Hollywood. Ese mismo día comienza y termina mi carrera como modelo de pelo. Jamás me lo habían jalado tanto, jamás había permitido el abuso del secador y el rizador. Mi pelo es mi autoestima y vale más que todas las libras del mundo. Cuidarlo a él es cuidarme yo. Lo que sí debo admitir es que quedé despampanante. No puedo dejar de mirarme al espejo y regocijarme con la imagen que me devuelve. Hasta se me olvida el cansancio. Los estudiantes dan saltitos de emoción a mi alrededor mientras gorgorean como guacharacas en temporada de lluvia. El objetivo de la clase eran bucles sueltos, *effortless*, como le llaman ellos, lo de *effortless* se refiere a que deben parecer hechos fácilmente un segundo antes de salir de casa. Solo yo sé el tiempo y los jalones que tomó. Solo yo sé que no hay nada *effortless* en la vida, al menos nada que valga la pena. Al terminar la clase saco mi cámara y le pido al profesor que me tome una foto con mis bucles y mi sonrisa. El cansancio no se ve, pero ahí está a punto de tumbarme. En esas entra un mensaje del inglés con la dirección de un hotel por Piccadilly en donde está esperándome. Ignoro por qué sus mensajes tienen el poder de inyectarme energía instantánea, creo que el cansancio no siempre es cansancio, a veces es pura aburrición y él, como si lo supiera, me ofrece justo lo contrario. Me agito como un resorte, como una pavita en celo, como un volcán en erupción, como una cascada, como las alas de un colibrí con todo y sus doscientos aleteos por segundo, como un meteorito surcando la galaxia, ardiendo justo antes de explotar. Sin pensarlo dos veces me miro al espejo, me sacudo los bucles, me pinto los labios de rojo y apuro el paso hacia allá.

En el bus miro continuamente el reflejo que me devuelve el vidrio de la ventana. Siento que voy despampanante, como una reina a la que sus súbditos admiran, hasta que recuerdo que las reinas no montan en bus y me convierto en una pasajera más. Un instante después de perder mi corona entra otro mensaje del inglés pidiéndome que suba directamente al cuarto. Me halaga generarle una urgencia y, al mismo tiempo, me cuestiona que solo me cite para tumbarme en una cama y hacer conmigo todo lo que ha detallado en sus mensajes. Si fuera una mujer decente habría exigido algún tipo de formalidad: una cena, un café, una charla, un regalo, cualquier cosa que me permitiera exhibir mi peinado o, al menos, que disimulara un poco la verdadera razón de este encuentro. Pero ¿quién quiere disimular? Yo no y él tampoco. Somos adultos. Vamos a lo que vamos.

Al pasar frente al hotel le pido al conductor que se detenga y me responde que solo se detendrá en la próxima parada, que resulta estar más lejos de lo que había calculado. Cuatro meses aquí y aún no me acostumbro a subirme y bajarme únicamente en las paradas. Recuerda: esto no es Colombia, en Londres los buses no paran diecisiete veces en una misma cuadra solo porque diecisiete personas se niegan a caminar un poco. Aquí los conductores no se dejan seducir por una sonrisa y unos bucles *effortless*.

Recorro el último trayecto con la respiración inusualmente agitada, ya no estoy segura si es por el esfuerzo de mis pasos cansados o la ansiedad que me genera el encuentro. Estoy escindida. Una parte de mí pide entregarse y la otra pide recapacitar, el inglés no deja de ser un extraño que me dobla la edad. La parte de mí que pide recapacitar se ha bajado del bus en Piccadilly Circus, se ha detenido en la fuente de Shaftesbury y se ha quedado mirando al ángel. Antes de tomarle una foto le pregunta mentalmente si le conviene o no andar con un hombre tan viejo. La parte de mí que pide entregarse, en cambio, ha corrido hasta el hotel y ya está de pie frente a la habitación que nos convoca, a punto de tocar la puerta. La boca se le desencaja al inglés apenas me ve. Lo sé, es por mi peinado. Adquiero una enorme conciencia de que este hombre haría cualquier cosa que le pidiera, debería aprovecharme más, al fin de cuentas, no tengo corazón y soy yo la poseedora de su cabeza.

No nos saludamos, no nos hacemos ninguna de esas preguntas tontas que se hacen por pura formalidad. ¿Qué tal la semana? Nada mal. No vinimos a eso, vinimos a desnudarnos, a meternos uno dentro del otro, a abandonarnos sin noción del paso de las horas, a entregarnos con la absoluta certeza de que nadie nos espera en ninguna parte. Y justo eso es lo que hacemos, como si no hubiera un mañana. Si el mundo se extinguiera ahora mismo no nos habría importado porque estamos juntos y desnudos en este cuarto en donde no existen conceptos tan abstractos como el tiempo, el futuro y la decencia; estamos entregados al único objetivo de rendirnos placer. Quedo tan exhausta que a duras penas consigo mantener los ojos abiertos. Antes de dormirme le cuento que vi un ángel y él me cuenta que vio muchos. «Es en serio —digo— cuando venía para acá pasé por la fuente de Shaftesbury y le pedí consejos al ángel». En vez de preguntarme si los he recibido, me aclara que la estatua no es un ángel cualquiera sino Anteros, el dios del amor correspondido, aunque la gente normal lo confunde con Eros. Se queda mirándome con cara de satisfacción y no sé si es por haber podido exhibir el infinito conocimiento que lo pone por encima de la gente normal o por creerse poseedor de esa correspondencia en el amor. Después me abraza con fuerza como si quisiera abarcarme entera y ahora no sé si está orgulloso por tenerme o atemorizado por la posibilidad de perderme. Ese es el problema de creerse dueño de algo. Si consigues un trabajo tendrás miedo de que te despidan. Si ganas dinero tendrás miedo de que te lo roben. Si tienes éxito tendrás miedo del fracaso. Si amas a alguien tendrás miedo de que no te corresponda. A veces pienso que la vida no es más que caminar entre todos nuestros miedos pretendiendo ser más grande que ellos.

Me acusa de verme distinta y ambos sabemos que no habla de los bucles, algo en mi interior se está transformando. Yo le digo que estoy acabada, que he vivido tantas cosas últimamente que me siento vieja, igual que él. Sonríe y asegura que él no se siente viejo. «De hecho —dice— nunca me he sentido tan joven, tan vital y tan enérgico». No sé dónde oí que el hombre tiene la edad de la mujer con la que sale. Estoy pensando cómo cobrarle haberlo devuelto a sus veintitrés años cuando el mundo estaba a sus pies y aún no había cometido errores imposibles de enmendar. Me está robando la juventud, eso es lo que pasa. No es normal sentirme como me siento. Drenada. Débil. Cansada. Asegura que lo que necesito es alimentarme bien y dormir bien, justo en ese orden. Descuelga el teléfono y pide un montón de comida, pese a advertirle que no tengo hambre. Actúa como si no me oyera y sigue pidiendo y luego, cuando llegan tres bandejas repletas de manjares, los pone frente a mí y me obliga a comerlos. Al rato tomo una ducha con agua caliente, me meto a la cama y me quedo dormida al instante, pero estoy tan agotada y con el estómago tan lleno que el sueño es pesado e intermitente. A cada momento entreabro los ojos y lo veo en la misma silla, con la misma pose, la misma mirada y el mismo vaso entre sus manos, incluso al girarme para el lado opuesto no dejo de sentir sus ojos clavados en mi espalda. «No sabe lo que tiene», susurra de pronto. Me sacudo con brusquedad como si lo que tuviera fuera un insecto o una mancha de comida, al no encontrar nada le pregunto qué tengo y responde: «Juventud. Una belleza inocente y arrebatada que desconoce el tamaño de su inocencia y su arrebato. Tiene todo y no lo sabe». Sus palabras me inundan de una nostalgia desconocida y se quedan dando vueltas en mi cabeza hasta que vuelvo a dormirme con el mismo sueño pesado de antes. No sé cuánto tiempo trascurre, cuántas veces despierto y cuántas vuelvo a dormirme, no distingo la realidad de los sueños, solo sé que cada vez que abro los ojos el inglés sigue ahí, tomándose algún trago, mirándome con detalle, haciendo cuentas de todo lo que tengo y de cuánto va a durarme.

En una de mis tantas despertadas lo oigo aclararse la voz y preguntar qué tan seria es mi relación con Antonio. Me incorporo atontada por el sueño y por lo repentino de su cuestionamiento. Estrego mis ojos, miro el reloj: son las tres de la mañana. Llegamos hasta aquí sin hacernos ese tipo de preguntas, ya no hay caso en hacerlas, no tiene sentido, no va a cambiar lo ocurrido entre nosotros. ¿Acaso está borracho? Antonio parece un recuerdo de otra vida, lo siento tan lejano y tan pequeño que me cuestiono si aún existe, si alguna vez existió, si llegué a amarlo. Sin embargo, no sé por qué, respondo a su pregunta con crueldad, como si no tuviera corazón y supiera que él no tiene cabeza para racionalizar mi respuesta. *«Antonio wants to get married»*. Solo con verle la cara, me doy cuenta del poder que me genera hacerle saber que no soy suya, que mi corazón pertenece a otro hombre, uno que quiere casarse conmigo y que, si eso llegara a ocurrir, si yo diera el sí, su presencia en mi vida sería borrada de un brochazo y se reduciría a una simple aventura sin importancia. Sé que espera la misma pregunta de vuelta: *What about your girlfriend?* Pero decididamente no la hago, aunque me carcoma la curiosidad. No creas, ya me he preguntado antes por qué siempre vienes a mí, por qué nuestros encuentros están cifrados por la clandestinidad. Me he preguntado si conoceré tu casa, si dormiré en tu cama, si me presentarás a tus amigos, si también te acuestas con las muchachitas que toman tu clase aprovechándose del deslumbramiento que les genera creer que son las elegidas, que son tan especiales como para que un hombre viejo y poderoso se fije en ellas. ¿Para qué quieres una más? ¿Por qué yo? ¿Te faltaba en tu lista una latina? Como venganza por todas esas preguntas que no me atrevo a pronunciar en voz alta, finjo un desinterés que no tengo por su vida, un desdén que, de alguna manera, me pone en un plano de superioridad. Es una forma de decirle: no me importas, no te necesito, la única razón por la cual estamos desnudos en esta cama es porque a mí me dio la gana de venir a verte, igual algún día se me quita y no habrá nada que puedas hacer para convencerme. ¿Lo ves? Sin proponértelo me estás enseñando a ejercer mi poder, eres víctima de tu propio invento. No vas a volver a tener a alguien tan joven, en cambio yo puedo tenerte a ti, puedo tener a otro, puedo tener a cualquiera, me sobran tiempo y juventud para ir por la vida coleccionando cabezas.

Por la forma como abre la boca y toma aire antes de volver a cerrarla, adivino que tiene otra pregunta enredada en la punta de la lengua, sin duda, no se atreve a formularla, intuye que ahora todo es perfecto solo porque estamos bajo el influjo de un encanto que no quiere romper. Lo intuye y, sin embargo, deshace el nudo en su lengua y pregunta: «¿Tiene solamente un novio?». Debería ofenderme, en cambio, me agarra un ataque de risa, si quiere jugar voy a darle juego y entonces riendo comento: «¿Te parece que un solo novio es suficiente para mí? *I'm more ambitious*». Percibo cómo se le engarrota el cuerpo y pone su cara dramática, la misma que usa cuando recita a Lord Byron o habla de aquel hijo olvidado que tiene su mismo nombre y solo aparece cuando necesita dinero. «*How many?*», insiste. Creo que sigue jugando y le respondo que muchos, muchos novios, yo también quiero jugar y me está encantando verle la cara que no es muy distinta de la de un niño cuando otro toma su juguete favorito y, en vez de reprender al ladrón, atrae hacia sí el juguete como si necesitara demostrar que sabe usarlo mejor. Yo soy el juguete. Como poseído por una fuerza externa que lo excede se pone sobre mí, me cubre por completo con su cuerpo grande y pesado, aprisiona mis brazos a la altura de la cabeza y se deja caer, una y otra vez embiste, como si quisiera aplastarme, como si de esa manera se declarara mi poseedor, mi dueño, mi señor, mi colonizador, mi Dios, incluso se atreve a preguntar si los otros novios son mejores que él, si aguantan tanto como él, si también me hacen aullar, si me hacen sentir lo que él me hace sentir. Sin darse cuenta está tramitando mi dominio sobre él.

A media tarde de no sé qué día abro los ojos y lo veo sentado en la misma parte. Se ha bañado, se ha vestido, ha traído pasteles de queso, rollos de sushi, *scones* y *cupcakes* de todos los colores porque «sé exactamente con qué comida tentarla». Está leyendo un libro que debió salir a comprar mientras yo dormía. Miro la cubierta: *One Hundred Years of Solitude*. «De repente todo lo proveniente de Colombia me interesa», dice. Lo deja a un lado y me cubre de besos, me muerde los dedos de los pies mientras le cuento que estaba soñando con una araña gigante, con patas gigantes como los barrotes de una celda o las columnas de una casa. Promete llevarme al Tate Modern a ver la araña de Bourgeois. Yo no entiendo qué tiene que ver mi sueño con su promesa, pero no indago porque estoy cansada de cuestionarme todo el tiempo si estoy entendiendo de forma correcta sus palabras. Sigo pensando que nuestra relación se basa en lo que callamos, en lo que interpretamos, en lo que imaginamos que dijimos y lo que suponemos que el otro entendió, así no hayamos callado ni dicho ni supuesto ni entendido nada. No hay ni un solo rastro de la conversación pasada, no hay cara de drama, no hay alusiones a la propuesta de matrimonio de Antonio, no hay ningún tipo de reclamo por todos esos novios con los que cree que lo engaño, hasta me pregunto si de verdad hizo las preguntas que hizo y yo respondí lo que respondí o si tan solo estaba soñando.

Noto una avidez desconocida en mi estómago, como si las hambres acumuladas hubieran despertado de un sueño de años. Se ha apoderado de mí un hambre salvaje, un hambre superior a todas mis hambres, un hambre que nunca había sentido. Engullo en un segundo toda la comida que el inglés ha traído y digo que sí cuando me propone mirar el menú disponible a través del *room service*. Me desconozco, ignoro de dónde sale tanta voracidad, yo nunca he sido así. Mi aspiración es ser invisible. Ser tan liviana que pueda flotar como las nubes, confundirme con la tierra, desaparecer entre una grieta sin que nadie llegue a percatarse. Él me observa comer complacido, con esa mirada que es cada vez más recurrente, lo noto por la sonrisa que tiene atrancada en la boca, debe estar pensando que soy su obra de caridad y se siente orgulloso por haberse convertido en un proveedor capaz de anticipar y satisfacer mis apetitos incluso antes de que se produzcan. Cuando termino de comer me tumbo en la cama y le pido que me lea en voz alta. Nos agarra la noche y luego el amanecer y luego otra noche sumergidos en Macondo. ¿Cuántos siglos llevaremos encerrados en este cuarto de hotel?

La vida afuera discurre con las mismas dinámicas de siempre: ha llovido y ha escampado, ha salido el sol y después la luna, la ribera del río se ha llenado de una niebla que se esfumará tan pronto como ha aparecido, la Circle Line está retrasada, las sirenas cantan mientras los bomberos persiguen incendios que aún no han ardido, los oficinistas caminan apresurados mordisqueando el sánduche que llevan en la mano y que es una variación del de ayer que no diferirá mucho del de mañana; sin embargo, dentro de este cuarto de hotel, la vida parece suspendida al margen del tiempo y el espacio. La realidad es algo que evadimos desnudos sobre un cama tan blanda y tan suave como la existencia nunca será jamás. Sigue leyendo con voz huracanada. Confundimos lo real con lo imaginado, cedemos a la magia, nos reímos de lo absurdo de las rutinas, de aquellas cosas que nos han dicho que deben ser de una manera, pero son de otra, solo porque así lo hemos decidido. Nuestro mundo, nuestras reglas. Baja la guardia, se ablanda, por primera vez siento que se entrega del todo, que cae en mi red, mientras tanto, con mi mano de araña tejo un palacio de hilo que nos arrope, que nos acoja, que nos hamaque, que nos junte hasta que yo me aburra de él o hasta que lo devore.

Todo el mundo sabe que las arañas hembras se comen a los machos después de copular. Él no es todo el mundo. Él no lo sabe. No tiene ni idea de lo que le espera. Y aquí seguimos juntos hasta que yo decida devorarlo. O hasta que nos toque separarnos y regrese a mi bosque de mariposas amarillas, peces de oro, duendes que roban niños y lobos en manada.

No sé si la resignación es buena, solo sé que ceder a ella me ayuda a navegar mis días, incluso los más difíciles, cuando el inglés está en Oxford, cuando los niños están alterados y la señora no sale de su cuarto, cuando la espalda me duele y hay demasiados platos por lavar y sánduches por hacer, cuando miro la forma de vivir que llevo junto con mis compañeros de piso y me entristece comprobar que, ni esforzándonos como nos esforzamos logramos dejar atrás la precariedad. Los jueves hacemos fila en la puerta trasera de un restaurante japonés para que nos regalen todos los rollos de sushi que no lograron vender. Los martes salimos a mercar después de las once de la noche para acceder a los productos de etiqueta roja, es decir, aquellos que después de las doce serán tirados a la basura. Pasen, pasen, la langosta está a cinco libras, el jamón de York a tres, pague cinco panes mohosos y lleve diez. A veces nos demoramos más de la cuenta comiéndonos algo antes de pasar por la caja para no tener que pagarlo y entonces perdemos el bus y nos toca caminar cuarenta minutos bajo un frío glacial con las bolsas repletas de comida que no tardará en descomponerse. Camino bajo la luna opaca con una cabeza escondida en mi mochila, con un pez colorado en la boca y un cocodrilo desinflado que alguna de las gemelas me ha pedido llenar de aire en la estación de servicio.

Mientras estamos fuera de casa y en compañía de otras personas el odontólogo actúa normal, diría incluso que es un hombre agradable, pero apenas regresamos y me meto a la cama comienzo a percibir su presencia callada acechando cerca de mi cuarto. La sensación de sentirme observada es perturbadora, yo me quedo inmóvil un rato intentando captar cualquier ruido que lo delate y entonces me incorporo a toda velocidad para pillarlo, pero nunca lo consigo y me quedo en medio de mi cama aturdida, temblando y con una inquietud que me deja alerta y me impide conciliar el sueño. No sé a qué está jugando. No sé qué pretende. No sé ni siquiera si me lo estoy imaginando. Y peor aún, no sé a quién pedirle ayuda. La sensación de sentirme insegura dentro de mi propia casa es absolutamente novedosa para mí. Ignoro cómo manejarla. Cerraría la puerta, si la hubiera, en esta casa nadie tiene el lujo de una puerta. Anoche, sin querer, coincidimos en la cocina y me anunció, así como si nada, que iba a subirme la renta. Según él mi cuarto es muy grande y alguien quiere tomarlo por mucho más dinero del que yo estoy pagando. En ocasiones como esta me siento tan vulnerable. Parece que solo me las doy de fuerte y arrojada ante el inglés. Me pregunto si realmente siento fuerza y arrojo o si tan solo se trata de que a él lo manipulo con facilidad. Analizo mi situación. Lo ideal sería que el inglés me pagara un piso para mí sola —para nosotros—, hasta le saldría más barato que pagar noches de hotel todos los fines de semana. Comienzo a pensar en estrategias para conseguirlo, estrategias que rechazo inmediatamente después de maquinarlas. Yo no soy ese tipo de mujer, si él me lo propusiera me parecería indignante, sentiría que debo rendirle cuentas cada vez que salga a la calle. No quiero ser la mujercita que siempre está disponible. Aunque, pensándolo bien tengo la disponibilidad, pero no el apartamento y ahora tampoco el dinero de los taxis. Está claro que soy pésima para los negocios. Doy todo lo que tengo y recibo muy poco a cambio. Cara. Sello. Pierdo con ambos lados de la moneda y, si la moneda tuviera tres lados, también perdería con el tercero. Creo que tengo mejores cartas y me ha faltado atrevimiento para jugarlas.

Paso el día dándole vueltas al asunto del piso y acumulando un gran resentimiento contra el inglés, sé que no es culpable de nada, pero me urge descargar mi insatisfacción contra alguien que no sea yo. Necesito repartir mi culpa y lo hago en tres partes iguales: una parte es mía por no saber explotar mi potencial innato, la otra es del odontólogo por ventajoso y la otra es del inglés por no ayudarme más, aunque cómo diablos va a ayudarme si ni siquiera le he contado cómo estoy viviendo, cómo estoy mercando, lo azarosas que son mis noches dentro de un cuarto que no puede cerrarse porque el constructor quiso ahorrarse la puerta. Es más, el otro día me preguntó por mis trabajos y me dio pena revelarle que uno de ellos era haciendo sánduches, mentí diciéndole que trabajaba en la caja. Sabe que soy niñera, pero no que hago el aseo de la casa, incluido el lavado de los baños. La gente en Colombia es clasista y señala con el dedo a quienes hacen ese tipo de trabajos, a menudo reservados para las muchachas pobres, las muchachas sin educación, las pueblerinas y, en general, todas aquellas que no pueden conseguir nada mejor. Una vez más la dificultad para contarle a alguien mis problemas me impide resolverlos. No quiero hacerme la víctima para que el inglés me resuelva la vida, yo lo que quiero es que me la resuelva por voluntad propia. No es del todo mi culpa, yo fui educada en la sociedad del qué dirán. Me jacto de comer sushi todos los jueves pero nadie sabe cómo lo obtengo.

Justo cuando no veo soluciones que me permitan conservar el cuarto, una de las chicas de la cafetería me convence de apuntarme en una oficina de Silver Service. Según ella, es ideal porque no hay un horario fijo sino que envían una lista de eventos semanales y cada persona elige el que quiera y pueda atender. Nueve libras la hora. Si tomo dos eventos semanales de dos horas cada uno no me dejo quitar el cuarto. Debo invertir en un pantalón negro, dos camisas negras y unos zapatos negros. Los meseros tenemos que ser invisibles. No tardo en descubrir que en Londres hay mil eventos, mil hoteles, mil salones de alquiler y en absolutamente todos necesitan personal. El primer evento es una cena privada en el gran salón de un hotel por Bond Street. Me voy tranquila, casi entusiasmada, no puede ser tan difícil llevar y traer platos de la cocina a la mesa y de la mesa a la cocina. Pues resulta que estoy equivocada. No solo es difícil sino que, además, hay técnicas para hacerlo, técnicas que claramente desconozco y que debo aprender en la marcha mirando cómo las ejecutan los demás. Los platos salen calientes y uno tiene que ponerlos en fila sobre el antebrazo y disimular que no se está quemando. Se sirve por la derecha y se retira por la izquierda, pero yo siempre me equivoco porque no distingo un lado del otro. Hay que hacer una estúpida coreografía alrededor de la mesa para servir y retirar los platos de todos los comensales a la vez. Entre plato y plato es obligatorio pasar un cepillito para quitar las migajas de la mesa. Normalmente nadie te da las gracias ni te mira, salvo algún imbécil que aprovecha que tienes ambas manos ocupadas para tocarte el trasero o meterte un papelito con su número de teléfono dentro del bolsillo del pantalón.

Otra cosa que descubro en la marcha es que los meseros también son los responsables de brillar el cristal. Me costó asimilarlo la primera vez que me lo pidieron y, si no hubiera tenido a una compañera mexicana en mi grupo que se tomó el trabajo de explicármelo en español, jamás habría entendido esa estúpida manía de tener que pasar un paño seco por absolutamente todos los vasos y las copas. Pues resulta que no es una manía tan carente de sentido, lo que ocurre es que el agua en Londres es tratada con tal variedad de químicos que cuando las gotas se secan espontáneamente sobre el cristal quedan unos manchones blancos. Dios mío, qué veneno estoy tomando, cuando el agua que he bebido durante toda mi vida proviene de un yacimiento en las inmediaciones del bosque. Mejor dicho: del interior de la tierra al vaso, más pura, imposible.

Cada vez me convenzo de que las grandes ciudades están sobrevaloradas. No sé qué hago acá hacinándome en pisos viejos y diminutos. Qué hago limpiando mierda. Qué hago quemándome el antebrazo, aguantando regaños cada vez que un tenedor se va al suelo. Qué hago secando cinco mil copas en una sola sentada hasta que el trapo huele a perro mojado y me duelen las muñecas y la espalda. Qué hago agarrando ampollas por soportar jornadas de cinco horas de pie, sin comer, sin hablar, sin derecho a cansarme ni a ir al baño, tomando a escondidas agua tibia y tóxica. Qué hago con todos esos papelitos con propuestas indecentes dentro de mi bolsillo. Qué hago cuando el supervisor tiene autoridad para jalarme el pelo si acaso lo llevo desordenado y puede meterme la mano dentro de la camisa porque supuestamente la tengo destemplada, pero en el acto aprovecha para tocarme otras cosas. Qué hago, por Dios. No lo sé. Y, sin embargo, sigo haciéndolo, evento tras evento, día tras día. Y todo por nueve libras la hora, por toneladas de sumisión, por necesidad de supervivencia, por ganar la pelea no declarada con el odontólogo y conservar un maldito cuarto sin puerta.

Lo más irónico es que empiezo a dormir junto al inglés en hoteles en los que he trabajado, hoteles que hacen eventos tan multitudinarios que el personal propio no alcanza y reclutan gente de la empresa Silver Service, a la que me he apuntado. De día camarera y de noche comensal del restaurante en donde he lavado platos y brillado copas la mañana entera. De día mucama y de noche huésped de la suite presidencial. Nunca me ha pasado que duerma en el mismo cuarto que he limpiado o en la misma cama que he tendido, pero podría ocurrir perfectamente.

Una vez le conté al inglés sobre un árabe al que estaba atendiendo y al preguntarle qué quería de postre respondió: «*I want you*». Me creí muy ingeniosa al contestarle que yo no estaba en el menú, sin embargo, el inglés me hizo caer en cuenta de que debí añadir: «Y si estuviera en el menú sería tan costosa que usted no podría comprarme». Ahora somos dos los que soñamos con que el árabe nos vea pedir el vino y el plato más caro y luego subir juntos y tomados de la mano a la suite presidencial. Secretamente fantaseo acerca de cómo sería si el inglés me pagara por ello, luego me horrorizo de ese pensamiento que me rebaja a simple dama de compañía. ¿Qué vengo siendo yo? Me parece increíble que el carácter de una relación lo defina el dinero y no los sentimientos. ¿Si una prostituta tiene sexo gratis deja de ser prostituta?

¿Y si una mujer decente recibe dinero por acostarse con alguien deja de ser una mujer decente?

En todo caso gracias a mis anécdotas como mesera en situación de acoso, al inglés se le ocurrió la idea de regalarme un anillo. Según él, si un hombre ve a una mujer luciendo un anillo en el dedo anular de la mano izquierda pensará que está comprometida y, por lo tanto, tendrá menos posibilidades de corresponderle. A los hombres les gustan las cosas fáciles y una mujer que exhibe un anillo de compromiso no suele ser fácil de convencer y, mucho menos, de aceptar encuentros amorosos clandestinos. Pienso que el inglés no es muy diferente de los demás hombres, él busca la facilidad en mujeres jóvenes como yo porque, estadísticamente, la probabilidad de que hayamos cometido el error de casarnos es menor. Me parece que el anillo no es un regalo para mí sino para él, para su tranquilidad mental. Quiere asegurarse de que ningún otro hombre tenga el valor de cortejarme. Quiere cultivar la falsa ilusión de que le pertenezco. Yo lo luzco, no tanto porque esté cansada de los acosos, sino porque nunca he tenido joyas costosas y esta es de oro y tiene una piedra preciosa de color azul pálido que me recuerda sus ojos, debió costarle una fortuna. La forma como me lo entregó, al mejor estilo suyo, estuvo rodeada de ambigüedad y misterio. Cada vez me convenzo más de que con la práctica puedes llegar a hablar medianamente bien un idioma, pero captar las insinuaciones, el humor o el sarcasmo puede tomarte una vida entera. Habíamos estado muy unidos ese fin de semana, yo no quería que se terminara. Dormitaba desnuda con la cabeza recostada en su pecho, mientras él me acariciaba el pelo y me leía *El retrato de Dorian Gray.* Mis problemas, de repente, parecían lejanos e insignificantes, experimentaba una calma tan sobrecogedora que llegué a pensar si acaso el amor era eso. Sin darme cuenta formulé el pensamiento en voz alta: «¿El amor es esto?». Él me miró con un rictus de gravedad y luego dijo: «Uno sabe que está enamorado cuando no se lo pregunta». Comprendí que yo no había experimentado el amor porque siempre había tenido que preguntármelo. En cambio él, supuse, con tantos años y tanta experiencia, con seguridad había conocido el amor muchas veces, sin embargo, cuando se lo pregunté no lo confirmó tajantemente, tan solo siguió mirándome y al cabo de un rato dijo: «Puede ser». Entonces me puso el anillo. Yo me sentí confundida. ¿Qué estaba pasando? ¿Cuál de los dos no había entendido la conversación que acabábamos de tener? No demoró en notar mi contrariedad porque, de inmediato, aclaró: «Con el anillo ahora todos creerán que está comprometida». Me reí para restarle tensión al asunto pero me puse a pensar que la palabra «todos» es tan absoluta que nos incluía a nosotros. Menos mal su nivel de español y mi nivel de inglés nos impidieron discutir a fondo la etimología de la palabra.

Mentiría si dijera que desde que llevo el anillo puesto los acosos no han disminuido. Pero una cosa es que disminuyan y otra que cesen por completo. A mitad de semana atiendo una pequeña cena privada en un palacete en las afueras de la ciudad. Como solo son cuatro mesas, no han contratado más meseros. El anfitrión es español y me llama mi bombón colombiano. Es muy desagradable, con la panza inflada como un globo y la coronilla desentejada. Huele a humo y a trasnocho. Los dientes los tiene torcidos y amarillentos. No pierde oportunidad de palmearme la espalda, si me descuido terminaré aplastada por su panza contra un paredón de piedra. Claramente es uno de los pocos casos en donde el anillo no hace efecto. Pero eso no es lo peor, lo que verdaderamente me escandaliza es que tiene la misma edad del inglés y no puedo evitar superponer ambas figuras y aceptar que me acuesto con un hombre tan viejo y potencialmente tan panzón y desagradable.

Voy y vengo de la cocina a las mesas y de las mesas a la cocina llevando y trayendo bandejadas repletas de comidas y bebidas. Los comensales me ignoran, cuesta mucho que me dediquen aunque sea un segundo y eso que el segundo es para atenderlos a ellos. Les ofrezco cosas, pero están tan embebidos en sus conversaciones que nadie responde a mis ofrecimientos. En la cocina se amontonan los canapés y los cocineros me echan la culpa porque creen que yo soy la que no los ofrezco con suficiente diligencia. Lloriqueo varias veces y absolutamente ninguna persona lo nota. Es como si me hubiera vuelto tan transparente como las copas que he brillado. Soy menos que un insecto, al menos los insectos pican y se hacen notar, aunque ello les cueste el aplastamiento con la suela del zapato o la palma de la mano. A mí el único que me nota es justo el hombre panzón al que quiero evitar y doy vueltas innecesarias por la periferia del comedor solo para no encontrármelo. Cuando termina la jornada estoy hecha trizas, me arden las plantas de los pies, no me senté ni un segundo en las seis horas que duró la cena. Tampoco tuve tiempo de comer ni de tomar ni un trago de agua.

A los comensales los recogen sus choferes en carros elegantes y se marchan a sus pisos calientitos del centro haciendo más bullaranga de la que hicieron cuando llegaron debido a los efectos del alcohol. Sus perfumes finos quedan suspendidos en el ambiente, puedo olerlos cuando pasan sin despedirse frente a mí. Me quedo un rato afuera, bajo la noche oscura, aturdida por el hecho de que no sé cómo volver a casa. El anfitrión se ríe cuando le pregunto dónde puedo tomar un bus nocturno. Dice que como soy su bombón colombiano puedo quedarme a dormir allá si quiero y con los dientes de arriba se muerde el labio de abajo. Debe estar imaginando que tiene al bombón sin envoltura dentro de la boca y se dispone a chuparlo. Le digo que no quiero quedarme y apuro el paso hacia la carretera. Lo último que oigo son sus gritos ofreciéndome dinero y, ante mi negativa a aceptarlo, me grita que soy una zorra, una sudaca.

Camino tanto rato y con tanta rabia que empiezo a sentir calor, cómo no, si llevo puesta mi chaqueta fucsia y, encima de ella, el abrigo del inglés. El peso de la cámara fotográfica me hace maldecir, solo a mí se me ocurre cargar con ella para todas partes, había pensado que era buena idea fotografiar el palacete, pero no tuve ni un segundo libre para hacerlo. Cambio de opinión apenas veo una manada de lobos caminando a mi lado. No puedo creer mi suerte, ver lobos justo el día en que llevo a cuestas mi cámara solo puede considerarse una fortuna. Huelen a bosque, a noche oscura, a cosas inciertas. Alcanzo a fotografiarlos, aunque después, cuando aclare el día, caiga en cuenta de que no son lobos sino arbustos que se están tupiendo de follaje con la llegada de la primavera. Están por todas partes, llenos de brotes renovados. Oír cantar los mirlos me recuerda a mi madre. A menudo, dice que son las aves más madrugadoras y es verdad. Si alguna vez vuelvo a sentirme sola o perdida pensaré en este momento, pensaré en los mirlos que no se sienten solos ni perdidos, pensaré en su canto. Me pongo a cantar yo también una cancioncilla, pero la suspendo del puro terror de que alguien la oiga. Tengo la voz tan ronca que, cuando era niña y la abuela llamaba por teléfono, me confundía con mis hermanos. La profesora de música era una monja que siempre me apartaba del coro porque desentonaba con la voces angelicales de las demás alumnas. Con esa actitud me privó del placer de cantar, incluso en la ducha o en circunstancias como las actuales, cuando estoy sola y necesito animarme.

Una especie de luz amarilla empieza a emerger iluminando el firmamento y proyectando mi sombra tenue y alargada sobre el suelo, por un instante tengo la certeza de no ser invisible ni pequeña. Aunque nadie me escriba ni me llame. Aunque la señora llore frente a mí como si estuviera sola. Aunque los niños no me miren si no les bato la cola. Aunque Alister haya eliminado mi capacidad de producir ruidos cotidianos. Aunque haga casi trescientos sánduches diarios y no me den ni las gracias. Aunque el inglés solo me busque para sentirse joven. Aunque a mis *flatmates* solo les importe que pague mi parte del alquiler. ¿Te estás dando cuenta de lo que ocurre? No es que seas invisible, es que estás sola. No te acompaña sino tu sombra, cada vez más débil debido a la aparición de la niebla. Camino junto a ella antes de que desaparezca por completo mientras pienso en que los inmigrantes cometemos el error de creer que nuestro problema es la distancia que nos separa del lugar donde nacimos cuando, en realidad, lo que nos mata es el paso del tiempo, lo que nos mata son los días acumulándose unos sobre otros, días que van pesando sobre la espalda hasta aplastarla, días llenos de nada, días solitarios, días con las mismas cosas que empiezan a repetirse como un carrusel veloz del cual es imposible bajarse.

Me detengo un rato al pie de la carretera hasta que el sol sale por completo. Parece un simple amanecer como el que ocurre invariablemente todos los días desde que el mundo es el mundo, sin embargo, esta vez lo percibo como algo más. Es un recordatorio de todas las veces que he muerto y renacido; de todas las veces en las que, desde la más completa oscuridad y el desconsuelo, vi emerger la luz y desperté sabiendo que el malestar sería pasajero y el camino estaría despejado y luminoso.

Primavera

La llegada de la primavera coincide con mi primer paseo junto al inglés. Por increíble que parezca yo nunca antes había salido de Londres porque me faltaba compañía, tiempo y dinero y me sobraba frío. Los regalos, las atenciones y los cuartos lujosos de hotel se estaban quedando cortos, además, eran predecibles y de lo predecible a lo aburrido solo hay un paso. Viajar parecía consecuente, un trayecto lógico que añadía un elemento indispensable: el movimiento. Yo quería conocer la nieve, pero él quería que conociera The Cave. No hay forma de ganarle a un inglés fanático de los Beatles. Como Liverpool es nuestra primera parada llegamos demasiado temprano y de la taberna donde el cuarteto solía tocar apenas estaban saliendo los últimos borrachos. Lo bueno es que pude entrar a conocerla, lo malo es que me pareció horrible, su interior guarda la fealdad de los lugares que fueron construidos para habitarse de noche pero se visitan de mañana. Aun así, saqué mi cámara y tomé algunas fotos mientras aguantaba la respiración para no tener que aspirar el hedor a humedad, sudor y orines rancios. El suelo estaba entapetado por sucesivas capas de colillas de cigarrillo, muchas de ellas todavía humeantes. Nadie me creería que este lugar tan famoso pueda ser tan decadente. Tampoco ayuda el hecho de que para mí los Beatles significan muy poco, es decir, reconozco su importancia, pero no son de mi generación, no crecí oyéndolos, no compraría su música, aunque es posible que si pasan por radio alguna canción no cambie la emisora, más por pereza de buscar otra que por gusto de escucharla. Nada de lo anterior será jamás admitido ante él, ante ningún inglés, en realidad, ante nadie que haya crecido escuchándolos. Como es de esperar, lo primero que hace apenas nos montamos al carro rumbo a Manchester es poner un CD del cuarteto. El inglés cantando *Yellow Submarine* es toda una rareza que, por supuesto, inmortalizo en una foto.

Manchester tiene de todo menos gracia. Es monótona e industrial y lo más seguro es que la olvide diez kilómetros después de haberla dejado. Me cuesta creer que de aquí hayan salido The Smiths, Joy Division y Happy Mondays. Es de esos lugares que uno se pasa la vida entera intentando recordar y, ante la imposibilidad de hacerlo, termina preguntándose si, de verdad, alguna vez los conoció. Por otro lado, conocer es un decir. Según reglas inventadas por mí, solo conoce un lugar quien ha pasado un día y una noche entera en él. Le pido que sigamos subiendo, principalmente, por mi interés en ver la nieve. No había en Leeds, ni en York ni en Durham. Por poco llegamos a Escocia y nada. Cuando le insinúo que continuemos el viaje los ojos se le vuelven tan grandes como un par de monedas de *pound* pues, según él, hemos recorrido muchos kilómetros para un solo fin de semana. ¿Muchos kilómetros? No sé si está charlando. Si supiera que en Colombia los del interior vamos constantemente al mar y manejamos doce, quince, veinte horas de un envión por carreteras mal conservadas, llenas de curvas y tractomulas, eso sin contar los retenes de la guerrilla en los cuales te eligen a dedo y terminas pasando unos meses en el monte comiendo nada más que lentejas insípidas y arroz, mientras tu familia empeña hasta lo que no tiene para reunir la plata que le permitirá pagar el rescate. Con suerte, vuelves a casa vivo, eso sí, lleno de ronchas, picaduras, enfermedades tropicales y pesadillas. Sin suerte, tu familia recibe las coordenadas del lugar en donde están tus huesos. Y aun así nos empeñamos en hacer ese viaje, ya sabes, ir al mar en vacaciones es muy importante, no me digas que llegar a Escocia es imposible cuando solo toma siete horas a buen paso, quizá nueve si seguimos tomando carreteras secundarias para poder orillarnos y tocarnos por debajo de la ropa sin correr el riesgo de escandalizar a nadie. Todas las veces ocurre de la misma manera y, en cada una de ellas, fingimos sorpresa. Jugamos un juego no pactado, un juego del que conocemos y cumplimos estrictamente las reglas que lo rigen aunque no estén escritas en ninguna parte. Primero deja caer su mano sobre mi muslo de la forma más casual posible, es importante que parezca un gesto poco intencionado, casi paternal, una forma de recordarse a sí mismo que no viaja solo y, de paso, recordármelo a mí también. Yo poco a poco voy abriendo mis piernas, despacio, muy despacio como si no pretendiera nada con ese movimiento, aunque ambos sepamos que las abro para que él pueda deslizar su mano entre ellas, su mano antes inerte, antes inofensiva, ahora cobra vida, sus dedos se precipitan por un sendero mil veces recorrido que desemboca siempre en el mismo punto y desencadena siempre la misma reacción.

La noche nos agarra en Newcastle. Paramos en el primer hotel que encontramos, uno antiguo y ruinoso, porque el día ha sido largo y no queremos perder tiempo buscando otro mejor. La recepcionista del lugar es una mujer tan arrugada que parece como si se estuviera derritiendo y tiene la voz ronca de quien se ha fumado una cajetilla diaria de cigarrillos a escondidas de sus padres desde que era una niña. Los ojos, de un azul casi transparente, la hacen ver fantasmagórica. Da por hecho que el inglés es mi padre y se muestra apenada por no disponer de cuartos con camas sencillas. *«My daugther loves sleeping with me, especially on top»*, dice muy serio mientras se acomoda el sombrero. Ella, por su parte, se queda mirándonos con ojos contrariados, intentando descifrar el tipo de vínculo que nos une. Apenas ve oportunidad de hablarme sin que él se percate me pregunta en un susurro que, debido a la ronquera, parece de ultratumba: *«Is everything ok, darling?»*. Aunque le respondo que sí, ella insiste: *«Sure?»*. Debemos ser una pareja muy dispareja para que la recepcionista piense que el hombre con el que ando es mi padre, mi raptor, mi violador, el tío que amenaza a diario con golpearme si llegara a confesar lo que me hace por las noches en la cama. En la privacidad del cuarto aprovecho para contarle al inglés acerca de las sospechas de la mujer y de lo mucho que me preocupan. No hay nada más latinoamericano que preocuparse por el qué dirán y nada más inglés que no preocuparse. En efecto, él parece disfrutar del malentendido y me hace repetir la historia varias veces para asegurarse de haberla comprendido bien. Otra vez nuestro eterno problema: lo que quiero decir no siempre coincide con lo que digo y lo que digo no siempre coincide con lo que él entiende.

La cama resulta ser demasiado pequeña, sin embargo, retozamos un rato sobre ella antes de rendirnos por el cansancio del viaje y la latente posibilidad de una caída al suelo. Él no quiere romperse un hueso y yo no quiero romperme otro diente ni mucho menos lastimar al pececito de mi boca. Estoy a punto de dormirme cuando revela una noticia que para él es buena y para mí, en cambio, resulta ser devastadora: definitivamente no va a nevar más. Me incorporo de un salto con la respiración agitada y los ojos muy abiertos, casi a punto de salir disparados de sus órbitas. «La principal razón de este viaje era ver la nieve», digo con tono de reclamo. La desilusión se traslada ahora a su cara. Lo observo con extrañeza, parece otra persona con otra cara que no consigo reconocer, lo cual tiene sentido pues el inglés rara vez deja entrever sus sentimientos y sus facciones suelen ser tan inexpresivas como las de un animal embalsamado. «Pensé que el objetivo del viaje era estar juntos», dice. Y también dice: «Si usted quisiera podría ver tanta nieve que no querría volver a verla». Me quedo en silencio, asegurándome de haber entendido bien sus palabras. ¿Estará insinuando que me quede viviendo aquí? Otro interrogante sin resolver, como el significado del anillo, como la respuesta a la pregunta sobre si se ha enamorado alguna vez. Siempre veo los aspectos negativos de no hablar el mismo idioma, apenas ahora me percato de que existe un aspecto positivo y es no tener que dar siempre una opinión o una repuesta bajo la perfecta excusa de no haber entendido. Mi estrategia para que no lance más dardos es pasar por alto su comentario y seguir haciéndome la víctima. Le recuerdo que solo me quedan los coletazos de este invierno, que para mí no es tan fácil, ni tan barato moverme, que vengo del tercer mundo. Mi moneda es una de las más devaluadas y necesito visa para todas partes, bueno, casi todas, creo que para Marruecos no, pero ¿quién diablos quiere ir a Marruecos? Además, la visa para el Reino Unido es de las más difíciles y costosas de conseguir y para el próximo invierno ya se me habrá vencido. «Yo lo único que quería era ver nevar, solo eso, nada más», remato con la voz más lastimera que encuentro. Para alguien proveniente del trópico ver nevar por primera vez podría compararse, en importancia, con conocer el mar. No es cualquier tontería, es una experiencia determinante. Algo que te marca. A pesar de mis explicaciones noto que mi pataleta lo ha dejado estupefacto, no sabe si reírse o enojarse, debe estar pensando que soy inmadura y ridícula. Hasta considero pedirle disculpas, pero hay tanta congoja en mis quejas —o tanta verdad en mis explicaciones— que él se adelanta e intenta sanear el asunto por lo alto. Dice que no sabía que para mí era tan importante el asunto de la nieve. «Encontraré la manera de que pueda llevarla siempre con usted», promete. Me pregunto si habla en serio, si me está tomando el pelo, si acaso no entendí lo que quiso decirme, con los ingleses nunca se sabe. Deberé conformarme con fotografiar alguna montaña lejana con el pico blanco como una cigüeña, como una garza real, como un cisne, los lobos no me perdonarían la ausencia de una prueba. En la noche nos quedamos una eternidad despiertos y callados. Yo miro al techo. Él mira al techo. Estoy segura de que cada uno analiza mentalmente la conversación que acabamos de tener porque eso es lo que una pareja hace cuando se queda mirando al techo. Yo pienso en sus insinuaciones y el piensa en mis pataletas y ambos nos preguntamos cómo encajaría una cosa con la otra.

A la mañana siguiente me despierta temprano y me enfurezco. A mí me gusta dormir hasta tarde. Él es madrugador, ignoro si por gusto propio o porque los años le han robado la capacidad de sueño. Debe ser lo segundo, me niego a creer que a alguien no le guste dormir hasta tarde. Insiste en que estamos de paseo y debemos hacer rendir el día. Puro comentario de papá. No le falta sino decir que hacer pereza en libras es un pésimo negocio. Lo bueno de enfurecerme con él es que conoce la manera de obligarme a salir de mi guarida de edredones y sábanas; sabe hacerme abrir lento, como un lirio, una caléndula o una amapola. Debería enfurecerme más a menudo, así andaría florecida todos los días.

Tras un desayuno copioso con tostadas de pan con crema, *scones*, mermelada de naranja y café, deshacemos el viaje por Sheffield, Birmingham y Stratford-upon-Avon. Mi emoción por conocer el verdadero Stratford se ve opacada por el mareo que me produce el viaje: las náuseas y las ganas de vomitar me arañan el estómago. «Creo que desayuné demasiado», digo. «O que estoy en embarazo». Esto último pretende ser una broma, pero claramente veo cómo se queda sopesando la posibilidad, mientras una chispa de ilusión centellea en sus ojos. Lo arrastro como un torbellino hasta la casa donde nació Shakespeare con el fin de que no haga ningún comentario sobre un supuesto embarazo y también porque quiero fotografiarla, luego caminamos a lo largo del río Avon, por fin veo ovejas y casas estilo Tudor.

La emoción por estar aquí me hace olvidar hasta las náuseas. Los ojos le siguen chispeando de una manera extraña. «¿Por qué?», le pregunto camino al río. «Por muchas razones», dice. Y también dice: «No quiero hacerla consciente de ellas». El caso es que ese algo, sea lo que sea, ha modificado su forma de mirar. Está ahí cuando correteo las ovejas y me pongo a acariciarlas y le muestro cómo la lana se traga la mitad de mi brazo. Está ahí cuando me asombro al darme cuenta de que a los caballos les ponen mantas sobre el lomo para que sobrelleven las noches heladas. Está ahí cuando le muestro que soy capaz de doblar nada más la primera falange de cada uno de mis dedos. Está ahí cuando me oye hablar y nota que el volumen de mi voz aumenta en la medida en que me voy emocionando. Está ahí cuando me ve comer mermelada de naranja hasta terminar el frasco y luego introducir el dedo índice y chupármelo hasta asegurarme de que no quede ni una gota de producto adherida a las paredes de vidrio. Está ahí cuando le digo que el té es asqueroso y sabe a agua sucia. Está ahí cuando meto las manos y los pies al río y grito porque el agua está muy fría y siento como si la corriente acuchilleara mis dedos y mis tobillos. Está ahí cuando le muestro las uñas moradas e introduzco mis dedos en su boca para que me los caliente. Está ahí cuando me quedo quieta ante el más mínimo rayo de sol y cierro los ojos y me dispongo a absorberlo con cada poro de mi cuerpo como si fuera una iguana. «¿Nunca has visto una iguana asoleándose?», pregunto mientras estiro al límite mis extremidades y me sumerjo de nuevo en una inmovilidad reptiliana. Obviamente no, jamás ha visto una.

Después de la recarga solar vamos al Royal Shakespeare Company en donde no para de hablar con un entusiasmo desbordado de las obras y los actores que allí se han presentado. Jamás lo había visto tan grandilocuente. Si supiera cómo se ve de distinto —y de bello— cuando pone en movimiento todos los músculos de su cara. No hay nada más bonito que oír al otro hablar de las cosas que lo emocionan. Le dedico toda mi atención, aunque su discurso es demasiado técnico y no entiendo ni la mitad de lo que me está explicando. Alrededor danzan duendes, hadas, hombres con cabeza de asno y diablillos maliciosos. En unas horas se presenta *Sueño de una noche de verano* y, para mi tristeza, ya no hay boletas. Puck deambula silencioso entre la gente repartiendo gotitas mágicas, de pronto se detiene justo frente a mí, me toma la mano, la besa y, al ver el anillo de oro y piedra azulada, susurra en mi oído: *«Don't get caught»*. Yo miro el anillo, lo miro a él y ambos sonreímos. Luego saco mi cámara para tomarle una foto en la que sale sacando la lengua. De camino a los Cotswolds el inglés me pregunta por lo que me dijo Puck. Le contesto que estaba alabando mi anillo y entonces sonríe, pisa el acelerador y comenta: *«Puck is always right»*.

Nos detenemos en un castillo convertido en hotel, se ha vuelto famoso por poseer un salón que recrea con lujo de detalles la experiencia de tomar el té como un aristócrata de la época victoriana. Las mesas del jardín son de hierro forjado y están pintadas de un blanco tan blanco que duele mirarlo. En el centro del salón hay una fuente con un ángel de mármol esculpido que tiene una trompeta de la cual emana un chorrito de agua. Le sonrío al ángel y él me sonríe de vuelta. Hay montañas de pastelitos, *scones* y galletitas de colores pálidos y cremosos que piden a gritos ser comidas. Todavía me siento llena, pero estoy segura de poder encajarme unas cuantas. La frase de cabecera entre los lobos es que siempre hay espacio para el postre. Nos sentamos y pedimos el té. Yo, en realidad, quiero café, pero el inglés dice que a la hora del té hay que tomar té y no café. Un mesero de bigotito rigurosamente recortado se acerca dando pasos diminutos y se detiene justo frente a nosotros, elegante y estirado, como si se hubiera tragado una varilla de hierro. Dice que no puede servirnos porque la hora del té pasó hace treinta y seis minutos y cuatro segundos, cinco segundos, seis segundos. Estoy atónita. Siete segundos, ocho segundos, nueve segundos. Hay té caliente, hay pastelitos horneados, hay meseros que podrían servir todo lo anterior y comensales dispuestos a pagar por ello, hay mesas disponibles, ¿qué diablos importa la hora? Diez segundos, once segundos, doce segundos. El inglés mira su reloj y dice muy serio: *«Sorry, you are right»*. Acto seguido se pone de pie y se dirige al carro sin renegar, sin protestar, de hecho, camina con toda la dignidad que le cabe dentro del cuerpo. Yo lo sigo trastabillando. Avanzo, me detengo, miro hacia atrás, manoteo. No es posible, esto tiene que ser un chiste, regreso al salón donde el mesero me observa como a un ave tropical y exótica. El bigotito se le mueve ligeramente de arriba abajo revelando un tic que deja entrever el nerviosismo al que mi presencia lo somete. No resisto la tentación de tomarle una foto, así que saco mi cámara y se la tomo con plena conciencia de estar incrementando su nerviosismo. Tras robar un par de pastelitos y meterlos en el bolsillo de la chaqueta fucsia, regreso al parqueadero. Aún no puedo creer que nos hayan negado el té, no me cabe en la cabeza, no me va a caber jamás. Abro la puerta del carro y, justo cuando voy a sentarme, caigo en cuenta de que abrí la del lado equivocado. *«Oh, darling, do you want to drive?»*, pregunta el inglés y es todo tan absurdo que no nos queda otra opción diferente a reírnos a carcajadas, bueno, al menos yo que soy de carcajada fácil. Él estira la boca en algo parecido a una sonrisa, nunca la he visto antes tan alargada y me parece que, para sus estándares, eso cuenta como carcajada. *«Let's go»*, digo, aquí debe estar prohibido reírse.

En Bibury acaba de escampar y reina una niebla fantasmal que nos impide vernos nuestras propias piernas. Tomamos la calle Arlington Road para conocer las casas de piedra construidas hace quinientos años. Mientras las fotografío, el inglés me cuenta que en esas mismas casas, ahora codiciadas por gente adinerada, solían vivir los tejedores. De inmediato pienso en arañas y los dedos de mi mano izquierda se mueven como si estuvieran en territorio conocido. América estaba recién «descubierta» y aquí no solo ya había casas sino que siguen en pie como guerreros fosilizados, como un recordatorio del paso del tiempo, de lo duradero de la piedra y de la capacidad humana de darle forma. A mí, en cambio, nadie me recordará dentro de quinientos años, nadie sabrá que estuve aquí, debatiéndome entre el asombro ante la posibilidad de lo eterno y la resignación ante mi fugaz paso por el mundo. Nadie recordará que estuve aquí atiborrándome de los pastelitos robados, cargando a cuestas una cabeza que no me pertenece, preguntándome por el amor en vez de sentirlo. Esa es una buena razón para escribir, pienso, mientras deslizo mi mano por la fachada con el sigilo de una araña capaz de leer las historias talladas sobre piedra.

Varios días después del paseo llega un regalo envuelto en un papel tan blanco como una gardenia. La tarjeta está escrita a mano con tinta verde y dice: «Prometí que la llevaría siempre con usted». Las palabras se me hacen familiares, pero no recuerdo exactamente de dónde. ¿Llevar qué? Abro la caja. Es una bola de cristal que alberga en su interior miles de pequeñas partículas iridiscentes que pretenden simular copos de nieve. Pienso que el inglés tiene razón a su manera, él siempre encuentra la forma de salirse con la suya. No puedo negar que el regalo cumple al pie de la letra la promesa de permitirme llevar la nieve conmigo, sin importar a dónde vaya. Agito la bola varias veces para que los destellos de las partículas suspendidas al otro lado del vidrio me ayuden a sobrellevar la decepción de tener que conformarme con nieve artificial. Aun así no puedo dejar de observarla, parezco sumida en un trance hipnótico, mientras tanto, el mundo exterior termina de despertarse de un sueño de meses. Los árboles cubren sus ramas desnudas con hojas que ostentan formas y colores diversos. Las hojas del olmo son ovaladas y tienen los bordes aserrados, las del fresno son lisas y de un verde brillante, las del roble son rugosas y de venas prominentes y las del arce son palmeadas y de lóbulos dentados, me detengo frente a cada árbol para fotografiarlo. No quiero olvidarme de ellos. Sigue lloviendo mucho y no me importa, ya estoy acostumbrada a mojarme. Si decides no comprar paraguas aprendes a asumir las consecuencias de la lluvia. En el ambiente flota el aroma de la renovación, la tierra húmeda, las resinas, las nubes apretadas y los charcos de agua lluvia.

Podría decir que mi vida se ha ido normalizando. Conozco las rutas de buses. No volví a irme en el metro para el lado equivocado. Tengo ampollas de tanto limpiar y, por lo tanto, ya no me duelen las manos. El dolor de espalda lo controlo con las pastillas que me vende Milton y ahora soy experta en recolectar estrellitas. Hasta empecé a beber té solo por darme el placer de tomarlo fuera de las horas reglamentarias y acompañarlo con cosas con las que un inglés jamás lo haría. El otro día, por ejemplo, me lo tomé a las tres de la tarde con una almojábana. No sé si disfruté más con la almojábana o con la idea de que el mesero de bigotito que nos atendió en el castillo me viera tomándolo a deshoras y combinándolo con un producto cuyo nombre es incapaz de pronunciar. Mi barrio dejó de oler a pobreza arrinconada, se ha ido aireando, en primavera la gente comienza a abrir las ventanas, a sonreír un poco y a bañarse con mayor frecuencia. Estoy redefiniendo el concepto de lujo: luz, aire fresco, flores, plantas, montañas, frutas, aves, lentitud. Mi vida de antes era lujosa hasta el extremo y no me había dado cuenta. A veces hay que perder cosas para empezar a valorarlas. Me acerco, de vez en cuando, a El Bajo Mundo a comprar arepas y pandeyucas. Si estoy de humor bailo vallenatos con Milton y me da risa cuando me dice que yo bailo tan mal que van a quitarme el pasaporte colombiano. La mitad de los murciélagos han emigrado de mi cabeza. Tengo el pelo largo y abundante, peinarlo es la mejor manera de sentir que soy capaz de cuidar de mí misma. El profesor de la academia de peinados me insiste en que vuelva a sus clases, pero ni siquiera lo considero. Ya no se me ven las costillas ni se me escurren los pantalones. Por fin me baja la regla, sin falta, cada mes. A mi orquídea se le marchitaron las dos flores que le quedaban, pero sigue viva y me recuerda a diario que eso es lo único que importa.

Mi poco tiempo libre transcurre sin variaciones: leo, escribo páginas que borro apenas las termino, visito a los cíclopes, recorro imaginariamente los mares del sur, me aburro. Aunque el clima ha mejorado a mí no se me ocurre qué hacer ni a dónde ir, salvo caminar a la deriva por barrios desconocidos o visitar los mercadillos de turno. «¿Qué hace la gente aquí los sábados y los domingos?», le pregunté una vez al profesor de inglés del instituto. Mi pregunta le pareció tan extraña que me pidió varias veces que la reformulara. Yo, por mi parte, tuve que repetir su respuesta en voz alta para asegurarme de haberla entendido bien. *«We go to the park»*. Explicó que en los parques se puede hacer pícnic, leer, escribir, meditar, jugar juegos de mesa, asolearse, dormir siestas, hacer cualquier deporte. Jamás se me había ocurrido. En Colombia, aunque el clima es privilegiado, la gente no va a los parques. ¿Cuáles parques? Casi ni hay y los pocos que hay son peligrosos. Jamás iría sola a dormir o a leer, mucho menos a tomar el sol o a hacer un pícnic que atraiga mendigos. ¡Qué peligro! Llevar un computador para escribir sería lo más cercano a firmar una sentencia de muerte. No hay manera de que el plan del parque salga bien. Tras esa conversación con el profesor he estado atenta y es verdad, mientras en Colombia preferimos ir a los centros comerciales porque son cerrados y seguros, la gente aquí se apropia de los parques, en manada, en pareja o en solitario. Siento que he resuelto un gran misterio.

Al fin de semana siguiente le pido al inglés que me lleve a algún parque. En la noche me lleva a St. Jame's Park con el único objetivo de mostrame las lámparas del alumbrado público. Todavía son a gas y, hasta hace poco, necesitaban faroleros que las encendieran cada noche y las apagaran cada mañana. Observo las llamas amarillosas arder al otro lado del vidrio, me parece extraño que el ayuntamiento permita tantos fuegos a la vez, pero antes de mencionarlo, el inglés se apresura a explicar que, hoy en día, el encendido y apagado de las lámparas está sistematizado para evitar un incendio como el del 666. Yo me quedo pensando en que es una lástima que un oficio tan bello como el de los faroleros se haya extinguido. Habría hecho gustosa ese trabajo, imagínate ser la dueña del fuego y tener la responsabilidad de alumbrar la noche con él. Al otro día por la mañana vamos a Hyde Park. Ha empacado una manta para echarnos sobre la hierba, una botella con un trago amarilloso, muchos *snacks* y un regalo envuelto en una cajita alargada que, según él, solamente podré abrir cuando estemos dentro del cuarto de hotel. Dormito mi curiosidad con la cabeza apoyada sobre sus muslos mientras me lee un artículo inentendible que le van a publicar en una revista literaria. Cada tanto entreabro los ojos y le digo: «*It's so interesting*», aunque no comprenda ni una palabra de lo que está leyendo. Ambos sonreímos por razones opuestas. Cada vez me convenzo más de que nos entendemos porque no nos entendemos. Sus dedos inquietos no paran de cosquillearme el pelo, la cara, el escote, luego el pecho, hasta que no aguantamos más y nos agarra la urgencia de regresar al hotel, quitarnos la ropa y meternos en la cama. El regalo resulta ser un vibrador que, nada más usarlo, me hace fantasear con la idea de no volver a salir del cuarto. Sin embargo, eventualmente deberé hacerlo porque la vida sigue y requiere de mi presencia más que de mi placer.

Los días siguientes uso el vibrador casi a diario. Otra razón más para añorar el hecho de contar con una puerta que me permita encerrarme dentro de mi cuarto. Sin puerta ya no solo temo a los merodeos indeseados del odontólogo, sino también a que alguien descubra el juguete o, peor aún, me descubra usándolo. Menos mal la casa permanece sola casi todas las tardes y parte de la noche. No sé qué voy a hacer cuando llegue la mujer del odontólogo; las gemelas aseguran que será en cuestión de días. Tengo un mal pálpito con respecto a ella. Hay cierta tensión en casa que no me gusta e ignoro si es causa o consecuencia de la llamada de mi madre. Dice que interrogó el tarot para saber cómo me encontraba y salió el arcano 7: el carro. Asegura que debo moverme. Cómo se nota que no sabe lo difícil que es conseguir un *flat*.

El caso es que mientras mi pequeño mundo se torna amenazante yo busco consuelo —y evasión— en el vibrador. ¿Cómo es que nunca había tenido este tipo de juguetes? Siento que he perdido años de disfrute. Si cada mujer del planeta tuviera uno se extinguiría la raza humana, no tengo ninguna duda. Yo pensaba que el inglés era buen amante, pero resulta que el vibrador es mejor. De hecho, no creo que haya ningún amante que pueda superarlo. No se cansa, no baja el ritmo, no protesta, no pide nada a cambio, salvo, de vez en cuando, reemplazarle las pilas. Cuando no lo estoy usando lo escondo dentro de una caja bajo mi cama para que descanse. No quiero que se funda ni se harte de mí, tengo miedo de perderlo. Sé que establezco una relación desigual, me he vuelto dependiente del vibrador, mientras que el vibrador podría vivir sin mí. Me parece injusto y me tiene sin cuidado, estoy dispuesta a vivir con semejante falta de reciprocidad, jamás me había importado menos ser la parte prescindible de la relación. Temo que, de ahora en adelante, todo acto sexual en el cual el vibrador no participe sea insatisfactorio y entonces me prometo no llevarlo al próximo hotel para demostrarme lo contrario, pero al final siempre me arrepiento y termino metiéndolo en mi mochila, justo al lado de la cabeza del inglés. Si algún hombre me pusiera a elegir entre el vibrador y él, con certeza, elegiría el vibrador. «*I've created a monster*», dice el inglés cuando se lo cuento sin el más mínimo atisbo de vergüenza en mi cara. Y eso que él es un dios en la cama, me pregunto si es por falta de referentes con los cuales compararlo. El problema de no poder comparar es que una tiende a conformarse —o resignarse— con lo que tiene a mano. Y si lo que se tiene a mano es una pareja sexualmente mediocre es imposible darse cuenta de las cosas buenas que se está perdiendo. Antonio ha dejado la vara tan baja que cualquiera, sin mucho esfuerzo, habría podido superarla. Por ahora es el inglés, pero habría podido ser cualquier otro. No era tan difícil deslumbrame. Visto de esa forma no me extraña que Antonio siga insistiendo en casarnos. Él no quiere una vida matrimonial, lo que quiere es impedir que lo compare con otro. Para su desgracia ya es demasiado tarde, la comparación está hecha y él sale perdiendo de todas las formas posibles.

Lo que pasa cuando las rutinas se asientan es que una llega a pensar que ha agarrado, por fin, las riendas de su destino, que puede comandarlo. La gran paradoja de la existencia es que cuando las cosas empiezan a ir bien es justo cuando empiezan a ir mal. Tal y como especulábamos llegó la esposa del odontólogo y, nada más verme, se convenció de que estoy enrollada con su marido. Veo sobre su cabeza saltar ranas amarillas, justo las más venenosas. Me espía, escudriña mis cosas, sigue todos mis movimientos de cerca. No demora en encontrar el vibrador escondido bajo mi cama. Dice que una mujer decente no usa esas cosas. Digo que no sabe lo que se está perdiendo. Las gemelas están de mi parte, claro, porque cuando yo no estoy, los ataques de celos van dirigidos contra ellas. Por culpa de la recién llegada, la casa se ha convertido en un campo de batalla dividido en dos bandos, menos mal salgo temprano por la mañana, llego tarde por la noche y me ausento todos los fines de semana. Yo creo que lo que más la frustra no son ni siquiera las supuestas infidelidades de su marido, sino las maquinitas para limar los callos. La razón es que trajo un montón de Barranquilla con la idea de sacarles plata y no ha conseguido vender ni una sola. A quién va a importarle tener callos en un país en donde hay que usar zapatos cerrados diez meses del año. Debería ponerse a vender vibradores.

Luego ocurre la llamada, la maldita llamada. Es una señora del departamento de servicios sociales que insiste en que necesita hablar conmigo en persona. Dice que es urgente, no obstante, se niega a adelantarme la razón por teléfono. Hago un repaso mental de los meses que llevo viviendo aquí y, claro, como soy colombiana se me ocurren muchas razones para ser juzgada. Quizá están judicializando al dueño del periódico para el que trabajé y, como mi nombre está en los últimos cuatro ejemplares, me necesitan para que testifique. ¿O acaso me habrá implicado? Otra hipótesis que se me ocurre es que tengan a Milton en la mira y me estén relacionando con él. Siempre he sospechado que es un ladronzuelo, eso explicaría de dónde saca relojes tan costosos. No recuerdo quién me contó que en esta ciudad hay una cámara por cada tres habitantes, por lo tanto, debe existir una amplia cantidad de imágenes en las cuales aparecemos juntos. A lo mejor ocurrió algo grave en El Bajo Mundo, yo no pregunto mucho, pero me doy cuenta de que allá va gente de dudosa reputación y como, últimamente, voy tanto a comprar arepas, nada raro que estén buscando testigos. Quizá la señora del hotel en Newcastle alertó a los servicios sociales y ahora creen que necesito ayuda para librarme del hombre que, según ella, me somete. ¿O serán las gemelas? Ellas no son propiamente unas santas y, al margen de lo que hayan podido hacer, vivimos bajo el mismo techo y podrían relacionarme con sus asuntos. Puede ser que la señora de Notting Hill me esté acusando de algo, no se me ocurre nada, no hemos tenido ningún problema, pero una nunca sabe, basta con que no encuentre alguna de sus joyas y yo seré, instantáneamente, la ladrona. ¿Será que del instituto de idiomas están reportando mis múltiples ausencias? Mi visa es de estudiante, por lo tanto, mi compromiso era venir a estudiar y no lo estoy cumpliendo. Por otro lado, excedo las horas permitidas de trabajo para una estudiante de otro país. Por donde sea que escudriñe encuentro hipótesis nuevas. Lo más curioso es lo culpable que me siento pese a no haber hecho nada, al menos nada de manera consciente. Es como cuando en el aeropuerto te detienen y abren tu maleta y te pones nerviosa aun sabiendo que lo único que van a encontrar es tu ropa, alguien debería estudiar este fenómeno de la culpa autoinfligida. Estoy segura de que si un inglés viviera en Colombia y lo citaran del departamento de servicios sociales se moriría de la risa, incluso, aunque haya tenido un comportamiento reprochable, o acaso ¿a qué va un inglés a Colombia si no es a hacer todo lo que aquí está prohibido? Se creen más civilizados pero, en el fondo, lo que pasa es que en sus países viven bajo una mayor vigilancia y los rige una autoridad que sí hace cumplir la leyes, en los países tercermundistas, en cambio, tienen vía libre para hacer todo lo que quieran sin gastar mucho dinero y sin afrontar las consecuencias. La gente no se comporta bien o mal, la gente está bien o mal vigilada. Yo, en cambio, estoy aquí temblando del miedo, pensando si acaso necesitaré a un abogado. Desde ya me declaro culpable de todas las hipótesis que yo misma he elaborado dentro de mi cabeza. Merezco todos los castigos, todas las multas, la cárcel y la deportación.

El lugar en el que fui citada queda por Bethnal Green. Es una oficina vieja y destartalada, habitada por funcionarios viejos y destartalados. Pensé en pedirle a alguien que me acompañara pero, una vez más, tuve que resignarme a no contar con nadie de confianza. Tras descartar a todos los de mi lista de conocidos, solo me quedaba el inglés y no me pareció prudente meterlo en este lío, aunque yo misma no tenga claro aún en qué consiste. Igual ya estoy aquí y es demasiado tarde para arrepentimientos.

Me siento en la sala de espera y analizo con desconcierto la atmósfera que me rodea. Creía que las oficinas de servicios sociales del primer mundo eran de primera, pero no, dan más pena que las de mi país. Las ventanas redondas son como las de un barco abandonado. El mobiliario, sin duda, es el mismo desde los años setenta, se ve obsoleto y deteriorado, los usuarios han dejado rastro de su presencia marcando las sillas, las mesas y las paredes con lapiceros y objetos cortopunzantes. Ignoro a qué se debe la compulsión de ciertas personas de dejar su nombre inscrito sobre cualquier superficie, desde el tronco de un árbol y la puerta de un baño público hasta la franja de arena de una playa. Hay dispensadores de agua que no funcionan o no tienen agua. El *heater* debió jubilarse hace como veinte años o, al menos, recibir algo de mantenimiento, pero como ni lo uno ni lo otro ha ocurrido ni va a ocurrir, hace un ruido espantoso, como si en su interior viviera atrapado un animal salvaje. Un palo de Brasil arrinconado me pide auxilio, está ahogado y tiene un montón de colillas de cigarrillo aplastadas sobre la tierra que lo sustenta. Da pena verlo y, más pena aún, no poder hacer nada por él.

Una señora con unas gafas gordas que le hacen ver los ojos como un par de puntos diminutos asoma media humanidad desde la puerta de su oficina y con una voz nasal y aflautada pronuncia algo parecido a mi nombre y apellido. Sobre su cabeza danzan canarios amarillos. Al principio no estoy segura de que me esté llamando, mi apellido en su boca suena muy raro para ambas, lo sé por la inseguridad con la que lo pronuncia. Cuando me pongo de pie y me dirijo hacia su puerta es ella la que duda de que yo sí sea yo. Me mira el pelo y la cara y luego otra vez el pelo. Al final no le queda más opción que preguntar: «*Are you the Colombian?*».

La funcionaria parece fría y seria, sin embargo, se esmera en hacerse entender, habla despacio, sus labios delgados se estiran y contraen como un caucho demasiado usado. Termina cada frase con la palabra *understand*. Pienso que, tal vez, no es ni fría ni seria, tan solo demasiado inglesa. Me pregunta si viví en Stratford, *understand?* Si conozco a Alister, *understand?* Si vivimos juntos, *understand?* Si éramos pareja, *understand?* Yo sigo sin entender bien de qué va todo esto. Tras unos segundos silenciosos me pregunta si reconozco este papel y esta letra y, acto seguido, me extiende la nota de despedida que le escribí a Alister cuando me fui. «*Until never, eternal sleeper*». Sabe que yo la escribí porque firmé la nota con mi nombre y en la lista de contactos del teléfono de Alister solo figura un nombre latino que coincide con el mío, por eso me llamaron. La señora pregunta por qué usé las palabras *until*, *never*, *eternal* y *sleeper*. Demoro la respuesta y los canarios giran con mayor rapidez, me entretengo mirándolos hasta que ella repara en la dirección de mi mirada y sacude la cabeza vigorosamente como si tuviera un nido enredado entre el pelo. Respondo que Alister dormía todo el día y toda la noche, lo cual resuelve lo concerniente a las palabras eterno y durmiente, pero no lo concerniente a las palabras hasta y nunca. Pregunta por qué sabía con tanta certeza que no íbamos a volver a vernos, *understand?* Le digo que la razón es que yo me iba a mudar a otro piso y, de verdad, deseaba no volver a verlo nunca. Le explico que era un *flatmate* muy complicado, que se ponía de mal humor con cualquier ruido que lo despertara y no hablo de ruidos grandes, bastaba un simple estornudo o un sanitario vaciándose para que se enfureciera. Tampoco soportaba las hormigas, los pelos, las palomas y los aparatos eléctricos conectados. Frente a esta última frase la señora abre los ojos como un lemur y me recuerda que está muy mal dejar los aparatos eléctricos conectados, asegura que podría causar un incendio como el de 1666, *understand?* Y dele con el incendio.

Tras unos minutos de incómodo silencio, pregunta si, en mi concepto, Alister era una persona depresiva. Digo que en mi entorno jamás he tenido cerca a una persona depresiva y, por lo tanto, no sabría identificar una, pero que sí me parecía raro que durmiera tanto y se mantuviera tan irritable. La veo escribir todo lo que digo en su computador y luego quedarse otra vez en silencio. Finalmente pone cara de congoja, se acomoda las gafas, toma aire y suelta la razón que nos convoca: Alister tuvo un intento de suicidio, *understand?* Se tomó una sobredosis de somníferos antes de colgarse de una de las vigas del techo, por fortuna, el nudo se deshizo, *understand?* Lleva semanas en un psiquiátrico al sur de la ciudad, tal vez me interese visitarlo, dice extendiéndome un papelito con la dirección, según ella, nadie ha ido en todo este tiempo y le haría bien ver a alguien conocido.

No digo ni media palabra porque estoy conmocionada, aun así recibo el papelito y lo meto en mi mochila con cuidado de que no se asome la cabeza del inglés. Al percatarse de mis ojos inundados de lágrimas se apresura a brindarme un pañuelo de papel. Imagino de cuál viga se colgó. Imagino el crujido de la madera. Imagino al fantasma de su padre observando una escena tan perturbadora y, al mismo tiempo, tan familiar, mientras deshace el nudo con sus dedos fantasmagóricos para evitar la fatalidad. Imagino el cuerpo adormilado e inmóvil sobre el suelo y los gusanos de su cabeza revolviéndose. Pregunto quién lo encontró, allá no iba nadie a visitarlo, el teléfono nunca sonaba, jamás le conocí amigos o familia. Me cuenta que Alister tenía todo arreglado, que esa tarde entró una mujer que él había contratado para que hiciera el aseo, hasta dejó la puerta sin llave sabiendo que, para cuando ella llegara, él ya no podría abrirle. La mujer dio aviso a la policía, la cual a su vez dio aviso a los servicios sociales por tratarse de un intento de suicidio y aquí estamos, *understand?*

Tras despedirnos me levanto de la silla, pido otro pañuelo de papel y me entran unas ganas irreprimibles de abrazarla. A veces, cuando el suelo tiembla, cuando el cielo amenaza tempestades uno necesita aferrarse a la persona que esté más cerca. Yo me aferro a ella como un náufrago en altamar se aferraría a un trozo de madera. Luego recuerdo que aquí nadie abraza a nadie y menos a un desconocido y entonces la suelto, digo «*sorry*» y doy un paso hacia la puerta. El mundo se me impone de repente como un gran abismo, doy otro paso y me hundo. Lo último que oigo antes de salir de su oficina es el canto triste de los canarios que aletean sobre ese gran nido que es su pelo enredado.

El palo de Brasil suspira cuando paso por su lado. Me detengo, lo toco y, ante la mirada atónita de quienes esperan en la sala, salgo con él entre mis manos. Nadie sale a reclamarlo. Es más pesado de lo que había calculado, aunque quisiera, no podría avanzar mucho con él. Opto por dejarlo en la acera para que pueda, al menos, disfrutar el sol que durante toda su vida le ha sido negado, luego saco mi cámara y lo fotografío. Camino hacia la estación del metro y, antes de voltear en la esquina, giro por última vez la cabeza y lo veo agitando sus ramas como si se estuviera despidiendo.

Mi noche estuvo plagada de pesadillas con gusanos. Apenas amaneció decidí ir a visitar a Alister. La culpa es un animal nocturno que salta de cama en cama metiéndose en el sueño de los durmientes. Cuando escribí en la nota *«Until never»*, de verdad pensé que no iba a volver a verlo y aquí estoy comiéndome, una a una, mis propias palabras. Deambulo un rato por las calles buscando un regalo para llevarle sin que acuda a mi mente ninguna idea original. Jamás lo vi disfrutar con nada: una comida, un libro, una película, una prenda de ropa, una planta, una obra de arte. ¡Nada! Le sorprendía que yo fuera a tantos museos —él nunca había entrado a ninguno—, aseguraba que algún día haría lo mismo. Ambos sabíamos que ese día no iba a llegar, es lo que ocurre cuando tienes los lugares al alcance de la mano, por lo general no los aprovechas, te dices que después lo harás. La trampa de la vida —y de los lugares— está en hacerte creer que tienes tiempo, que habrá un mañana para vivir lo que no has vivido y para visitar lo que no has visitado.

Después de buscar posibles regalos me dirijo a la estación frustrada y con las manos vacías, convencida de que Alister es una persona absolutamente incapaz de gozar. Es una pared desnuda, un muro de piedras, un sótano oscuro, un patio vacío, un bosque sin árboles. Debería haberme alertado, pero fue más fácil juzgarlo. A menudo es así, lanzamos juicios sin conocer las tormentas de los demás, sin tener la más mínima idea de las dificultades que les impiden atravesarlas para llegar a salvo al otro lado, aunque sea empapados. Podría haberle ayudado, haberle prestado mis oídos para que depositara sus tristezas. O ni siquiera eso, a lo mejor tan solo necesitaba una compañía silenciosa, pero tampoco se la ofrecí, no le ofrecí nada más que las cincuenta libras semanales que le pagaba por el arriendo, el reguero de pelos que dejé desperdigados por toda la casa y la invasión de hormigas. Pensé nada más en mí y en mis problemas que resultaron ser insignificantes comparados con los suyos.

El hospital psiquiátrico está al sur de Londres, en una zona a la que nunca había ido. Me bajo en la estación Denmark Hill. Deambulo perdida, esta vez no a causa de mi absoluta carencia de sentido de orientación, sino a las ganas de no llegar. Pienso en cómo nos definen ciertos rasgos de nuestra personalidad. No distingo la derecha de la izquierda ni el norte del sur. Cuando estoy bajo el agua me aterra la idea de no diferenciar arriba de abajo y no poder salir a respirar. No sé ni dónde estoy parada, es una de mis frases de cabecera y ahora me doy cuenta de que funciona en sentido literal y en sentido figurado. Mi desorientación espacial es un reflejo de mi desorientación interna. Desconozco la dirección a la que debo dirigir mis pasos —y mis brazadas— de la misma manera como desconozco la dirección a la que debo dirigir mi vida. Con razón vivo perdida todo el tiempo.

Un psiquiátrico jamás pasa desapercibido, lo notas incluso antes de que puedas verlo. La energía circundante es pesada, empiezas a respirarla a metros de distancia. Un silencio extraño y envolvente emana de la fachada, aunque no luzca diferente a la de cualquier otro edificio victoriano de ladrillos rojos atiborrados de detalles ornamentales. La planta central tiene cuatro pisos y está rematada por una torre con un reloj que anuncia con desgana la llegada de las horas. La entrada principal tiene un gran arco que separa el afuera del adentro y la cordura de la locura. Durante todo el camino he estado ensayando mentalmente lo que voy a decirle a Alister. No tengo las palabras adecuadas en español, mucho menos en inglés, además no llevo regalo y no he anunciado mi visita. ¿Y si no quiere verme? Sería entendible por la forma como terminaron las cosas entre nosotros. Fui yo la que escribió «hasta nunca», fui yo la que cerró las puertas. Por un momento considero seriamente dar media vuelta y regresar al tren a pasear mis miedos de vagón en vagón.

Al llegar a la esquina me siento en una banca de madera y cierro los ojos, es algo que hago cuando necesito pensar con claridad. Al cabo de un rato, un lengüetazo en la mano me trae de vuelta, entonces abro los ojos y veo un lobo con las orejas erigidas, el hocico largo y la cola oscilante como un péndulo anunciando premoniciones. Extiendo mi mano y lo acaricio sin dejar de mirar para todas partes, sin dejar de añorar que el resto de la manada se acerque, podría unime a ella y desaparecer para siempre en un bosque lejano donde nadie nos encuentre jamás. Al igual que mi madre yo también fantaseo con agarrar para el monte, yo también albergo la esperanza de retornar a mi estado natural. Al instante me percato de que viene un señor corriendo hacia mí. Me pide disculpas por la intromisión del animal, explica que se le soltó la correa, que el perro se llama Wolf porque parece un lobo. Sonrío. Comento que sí, que es igualito, que hace mucho no veía uno. Wolf sale caminando por la acera atrapado entre un arnés y una correa que su amo sujeta con fuerza. Tan acostumbrado está a su domesticación que hasta menea la cola y lame con cariño la mano del hombre que lo domina. Los observo caminar hasta perderlos de vista y entonces decido que es momento de atravesar el arco de la entrada principal, no sin antes sacudirme las hormigas y quitarme las hebras de pelo que cuelgan de mi ropa.

El cuarto de Alister es blanco y aséptico, igual que su mirada. La enfermera me advierte que el paciente va a ajustar veinticuatro días allá y jamás ha hablado. No me saluda cuando me ve entrar y tampoco dice nada cuando le cuento que vi un lobo. En el cuarto hay una cama pequeña, una silla y cuatro paredes; a falta de algún otro elemento en el cual fugar la vista, se pone a mirar por la ventana. Igual me siento y espero, tal y como debí sentarme y esperar muchas veces cuando vivimos juntos. Veinte minutos después abre la boca y comienza a emitir sonidos extraños que no logran configurarse en palabras. Es como si llevara tanto tiempo callado que sus cuerdas vocales hubieran olvidado la forma correcta de funcionar. Varios intentos después, con una voz tan débil que cuesta escucharla, dice que la cuerda estaba nueva, que apretó el nudo varias veces y no entiende cómo diablos pudo deshacerse. Las palabras son una justificación del fracaso de sus planes suicidas y realmente ignoro cómo reaccionar ante ellas. Nos quedamos callados una eternidad, al término de la cual balbucea: «*My father…, do you think my father…*», y suena como una especie de conclusión que ha rumiado durante sus días silenciosos o quizá una pregunta que no termina de formular. Estoy casi segura de que aquella pregunta que tiene atrancada es si yo también creo que su padre fue quien deshizo el nudo para salvarlo. Se aclara la garganta como un indicador de que quiere soltar todas esas palabras que llevan años dando vueltas dentro de su cabeza. Apenas suelta la primera, salen las demás como un torrente imparable.

Me cuenta que cuando era niño su padre lo montaba al carro y emprendían viajes inciertos con destino a ninguna parte. A veces duraban días al término de los cuales, simplemente daban media vuelta y deshacían el camino. Al parecer no buscaban llegar a un lugar específico, tan solo encerrarse en un espacio pequeño, silencioso e íntimo como el carro. Al principio, le gustaba la compañía callada de su padre. Ninguno ponía música, tampoco hablaban, de manera que solo se oía el rugido del motor. Supongo que de ahí viene su obsesión por el encierro y el silencio, que es una forma de evocar esos días juntos y felices. No hubo ninguna razón específica para dejar de acompañarlo, tal vez simplemente llegó a la edad en que los padres dejan de ser dioses y se convierten en simples seres humanos, el caso es que, un día cualquiera, no quiso volver a salir con él, no le veía sentido a andar sin rumbo, le parecía que eran días perdidos, pero su padre siguió teniendo arrebatos viajeros, a veces incluso desaparecía meses enteros en los que ni siquiera llamaba para avisar que estaba vivo.

You should get out of here and drive far away, pienso. Una vez más ha ocurrido lo que a menudo me ocurre y es que, sin darme cuenta, termino diciendo mis pensamientos en voz alta. Se queda en silencio con la mirada perdida en algún lugar al otro lado de la ventana, quizá masticando lo que le sugerí. Al rato, creo que va a comentar algo al respecto pues gira la cabeza hacia mí y veo un esbozo de sonrisa y un destello refulgiendo en sus ojos. Luego toma aire, abre la boca y dice: «*Did you really see a wolf?*». Omito su pregunta porque estoy cada vez más interesada en la sugerencia que acabo de darle, de verdad, debería hacer un viaje en carro parecido a los que hacía con su padre, de la misma manera como yo debería ponerme a elevar globos tal y como hacía con el mío. Quizá así se exorcizan los fantasmas.

Visitar a Alister me dejó un mal sabor en el cuerpo que me duró varios días. Intenté de todo para embolatar mis pensamientos, desde rezar y caminar compulsivamente hasta dejar de comer otra vez. Ni siquiera me permití abrir los mensajes del inglés siempre cargados con tentadoras promesas que no creía merecer. Quién iba a pensar que la redención vendría de la mano de un objeto tan anodino como el horno de la cafetería donde trabajaba haciendo sánduches. Me gustaba verlo como un dragón viejo y curtido de mil batallas aunque, en realidad, no fuera más que un horno a vapor más alto que yo. Las bandejas de acero inoxidable encajaban dentro de su panza con las verduras que habían de cocerse, unas sobre otras, hasta formar una torre. Al encenderlo se evaporaba el agua y se cocinaban los alimentos. No sé por qué uso el genérico verduras para indicar variedad, cuando las únicas verduras que ha conocido este horno son habichuelas, espárragos y zanahorias, en fin, me estoy desviando, esto no va de verduras sino de redimir la culpa a través de un horno que escupe fuego como si fuera un dragón.

A menudo los errores ocurren porque alguien olvida algo importante, pues bien, yo fui ese alguien, olvidé ponerle agua al horno y, como consecuencia de ello, asomaron lenguas de fuego por todas sus ranuras y se dispararon las alarmas contra incendios.

Los bomberos no demoraron en llegar, evacuar la cafetería y despachar al personal para la casa: «*Go home, go home*», gritaron con voces autoritarias. O así me lo pareció, igual aquí todas las voces me suenan autoritarias. Yo no me fui a casa sino que me quedé afuera merodeando, no es que hubiera querido desobedecerles a los bomberos, lo que ocurrió es que el *manager* de la cafetería me pidió que me quedara. En el aire quedó flotando la amenaza de un regaño. Cuando los bomberos se marcharon llegó el momento de poner mi mejor cara, la de pedir perdón, que incluye los ojos achinados y los labios estirados en una sonrisa que no llega a mostrar los dientes sino los hoyitos de los cachetes. Contrario a lo que había pensado, el *manager* se mostró comprensivo y se limitó a pronunciar las palabras mágicas: «*Clean up*». Pensé que era un castigo justo, así que tomé el jabón y me puse de rodillas, al cabo de unos minutos comprendí dónde se ocultaba la trampa: el interior del horno estaba completamente negro y pegotudo y, por más que pasaba la esponjilla, no lograba quitar ni una partícula de las que ennegrecían la superficie interna. Estaban adheridas por completo a las paredes metálicas, además el interior del horno todavía emanaba un vaho caliente que me hacía arder la cara.

Dos horas después estaba deshecha en sudor, tenía las rodillas y los nudillos destrozados y mi cara se había transfigurado por completo; el horno, en cambio, lucía exactamente igual de quemado que al principio. En un rincón, el *manager* se sentó a mirar mis infructuosos intentos de limpiar sin hacer ningún esfuerzo por contener su risita burletera. Comprendí que no iba a lograrlo, al menos no con esa esponjilla, confirmé mi mayor temor: debía usar una esponjilla de las metálicas, de las que me ponen la piel de gallina, como cuando alguien rasga un tablero con las uñas. Armada de valor fui al cuarto de aseo a buscarla. Muchas horas después seguía empapada en sudor, con las manos en carne viva y un escalofrío erizándome desde los dedos de los pies hasta el último pelo de la cabeza. El horno, por su parte, seguía más o menos igual. Mi espalda emitía corrientazos que me dejaban paralizada de tanto en tanto. Me sentía furiosa conmigo misma y mi infinita torpeza, ya estaba oscureciendo y no llevaba ni la mitad del trabajo hecho. Me metí a la boca un par de pastillas de codeína para el dolor y entonces, además del dragón vi un cielo constelado de estrellas. El *manager* finalmente se cansó de burlarse y se fue para su casa, no sin antes decirme que no olvidara apagar las luces, poner el candado y activar la alarma contra incendios, esto último no sé si lo dijo en broma.

Hablé con Dios para no sentirme tan sola, pero solo me salían palabras de reclamo: ¿Por qué me castigas así, Dios mío? He recibido trece años de educación religiosa, he ido a misa todos los jueves, los primeros viernes de cada mes y los domingos. He sido buena, al menos lo fui, hasta que conocí al inglés, es decir que, en contraste, llevo más tiempo siendo buena que mala. Es verdad que no ayudé a Alister cuando más lo necesitaba, pero es que no me di cuenta de nada. Este castigo es exagerado, es injusto, le grité sin parar de llorar, como si por gritar y llorar más duro fuera a descender una mano gigante del cielo para ayudarme con la limpieza. Por supuesto no ocurrió nada de lo anterior, aunque sí capté algo extraño: sobre mi cabeza percibí el eco de una voz celestial y autoritaria que articulaba lo que parecía un discurso. Digo parecía porque la voz hablaba muy rápido y, como no podía verle los labios, no entendía lo que decía. ¿Cuántas pastillas me habré tomado? A la par con la voz comencé a oír una especie de cánticos celestiales. ¿Eres tú, Dios mío? Háblame mejor en español, dije alzando la mirada como si diera por hecho que la voz poseía un cuerpo y yo estaba a punto de verlo. Lo que vi, en cambio, fue el ducto del aire por donde viajaba el eco de una emisora religiosa que alguien tenía sintonizada en el local del lado. Dios mío —exclamé decepcionada— ya ni siquiera me hablas.

Seguí limpiando. Me salía sangre de los nudillos y de las rodillas, el dolor me empezaba en el alma, se encajaba en la parte baja de mi espalda y se irradiaba hasta la punta de mis dedos. Hacia las nueve de la noche terminé de limpiar, hice cuentas y me sorprendí de mi hazaña. Llevaba once horas arrodillada frente a un dragón viejo, ni ante Dios me había postrado tanto tiempo seguido. Estaba empapada en sudor. No había almorzado. No había comido. No me había hidratado. Pasé por mi casillero a recoger la mochila y, cuando la abrí para sacar la tarjeta del metro, me pareció que hasta la cabeza del inglés me miraba con lástima. Me dio tanta rabia que le introduje mi dedo índice en su ojo derecho y lo hundí hasta el fondo. Apenas me colgué la mochila al hombro se deslizó la carta de despedida que el *manager* había sido incapaz de entregarme en persona. Decía que la mala noticia era que no iba pagarme el día de hoy y la buena era que no iba a cobrarme las pérdidas ocasionadas por no haber podido operar la cafetería, ni tampoco el *fee* por el servicio de los bomberos. Tan considerado, pensé, ahora resulta que debo agradecerle. Antes de apagar la luz me giré por última vez y vi al dragón reluciente, como si no llevara un siglo vivo, sino que recién hubiera salido del huevo. Le tomé una foto, levanté la mano magullada y le hice un gesto de despedida que él devolvió con un resoplido. Mi redención iba a ocurrir pronto, pero yo no lo sabía.

Me arrastré hasta la estación del metro y allí me di cuenta de otra tragedia: había perdido mi tarjeta de viajes, lo que más me dolía era que estaba recién cargada. Deshice cojeando el camino del metro hacia la cafetería tras deducir que la *Oyster* debió haberse caído en algún lugar del trayecto. Al pasar junto a un *homeless* vi mi tarjeta en sus manos. Le dije que era mía, que me la devolviera y se rio estrepitosamente, mientras la zarandeaba justo frente a mi cara. Estaba tan furiosa que exploté de una manera que me hizo desconocerme. La gente disminuyó el paso y se detuvo a esperar el desenlace de mi explosión, ansiosos por ver dónde caían los pedazos. Aullé, mostré los dientes, mis uñas se convirtieron en garras que enterré en su brazo, forcejeamos, me fui al suelo y seguimos forcejeando hasta que logré arrebatarle la tarjeta, luego lo pateé y corrí con las fuerzas que me quedaban, pero eran tan pocas que a duras penas avanzaba, tuve la aplastante sensación de que el mundo se me había venido encima y yo sola debía cargarlo. A lo lejos oí que me insultaba a gritos, menos mal no entendí ni una palabra, los insultos debían ser terribles porque la gente les tapaba los oídos a los niños y apresuraba el paso.

Apenas llegué a casa la adrenalina de la pelea había cedido y regresaron de golpe todos los dolores. Revisé el celular y leí varios mensajes de la señora de Notting Hill, estaba furiosa porque no me presenté a trabajar ni me excusé por mi ausencia. «*This is unforgivable*», escribió. Aquí algo imperdonable es imperdonable de verdad. Se necesita talento para perder en un mismo día dos trabajos. Los mensajes del inglés no me provocó leerlos, no me sentía merecedora de ningún tipo de placer. Me embutí tres pastillas juntas, quizá fueron cuatro o cinco, en todo caso una barbaridad de la cual me arrepentí inmediatamente después de haberlas tragado. Empecé a ver estrellitas por todas partes y me puse a recolectarlas, pero por más estrellas que recogía, mis manos seguían vacías.

Lloré un rato largo en la compañía silenciosa de los cocodrilos de la sala, mis lágrimas se derramaban sin saber cuál de todas las causas era la responsable del desborde, entonces pensé en mi madre y sentí una necesidad apremiante de llamarla para que me consolara. Temblaba tanto que erré como cinco veces al intentar marcar los infinitos códigos de la tarjeta de llamada. El que se inventó estas malditas tarjetas se nota que jamás tuvo que usarlas y desestimó por competo la posibilidad de llamar a alguien en medio de una emergencia o un ataque de nervios. No hay manera de oprimir tantos números de forma correcta al primer intento, ni al segundo ni al tercero ni al séptimo. Cuando al fin agarré línea y oí su voz sollocé largos minutos incapaz de articular una descripción coherente de todo lo que me había pasado. Ella me dejó llorar, ella siempre sabe qué hacer. Rememoré los últimos sucesos y me parecieron tan extraordinarios como si le hubieran ocurrido a otra persona. Gimoteando le conté sobre las once horas de rodillas que me demoré limpiando el horno con una esponjilla metálica, luego sobre la pérdida de la *Oyster* y la pelea con el *homeless* y la forma como fui despedida de mis dos trabajos. Gimoteando le conté sobre los nudillos y las rodillas en sangre viva y sobre la gran frustración que me generaba estar rodeada de estrellas y no lograr atrapar ninguna.

—A cómo es que le pagan la hora —preguntó muy seria.

—Ocho libras, solamente ocho libras —me quejé.

—Pues a usted siquiera le pagan. Yo he lavado platos, baños y hornos toda mi vida y nadie me ha dado ni un peso por ello. Tampoco me he puesto a llorar.

Imposible encontrar a alguien más práctico en el mundo. Y lo peor es que tenía toda la razón. Yo sé que la practicidad es necesaria, pero una hija a veces lo único que necesita de su madre es un poco de atención y cariño. Nada más. Si quería que me mimaran tendría que haber llamado al inglés.

Tras colgar agarré la bola de cristal y la sacudí. Me quedé hipnotizada observando los visos iridiscentes de la nieve y la lentitud con la que iba asentándose. No era mala idea llamar al inglés para que me ofreciera el consuelo que mi madre me había negado. Recuperé mi sollozo, lo perfeccioné y luego marqué su número. Se extrañó, yo nunca lo llamo, solo le mando mensajes porque me sale más barato y me da tiempo de buscar en el diccionario las palabras que desconozco. Poseída por una locuacidad inesperada le relaté en inglés los últimos sucesos, asegurándome de llorar lo suficiente entre uno y otro. Finalicé con una escena dramática que hasta a mí me sorprendió. Se quedó unos instantes en tanto silencio que llegué a pensar que se me había ido la mano en el drama. Al rato preguntó si me había hecho ver la lesión de las manos y las rodillas por un médico, si fui a la policía a denunciar la agresión del *homeless*, si fui a la oficina de trabajo a denunciar al empleador, no debió forzarme a limpiar el horno a mí sola y fuera del horario laboral, tendría que haberme dado guantes, cepillos, mascarillas y demás implementos necesarios. Ciertos detergentes emanan vapores que uno termina inhalando. Además debió cortar el suministro de gas. Pudo haber ocurrido una catástrofe. «¿Cuántas pastillas se tomó? A primera hora iré a cuidarla», prometió antes de colgar. Su voz sonaba preocupada. No es para tanto, pensé, solo quería desahogarme y que me compadecieras. Y no, no insistas, no voy a ir al hospital, ni a la policía ni a la oficina de trabajo por una sencilla razón que pareces olvidar: soy inmigrante, no tengo dinero, no tengo un buen seguro, nada de lo que me pase le importa a nadie.

Tras reflexionar sobre lo anterior me sorprendo llorando de verdad, llorando con ganas sinceras, sin ningún tipo de actuación de por medio. Este es el momento al que necesitaba llegar. Miro hacia atrás y, de repente, comprendo la razón de ser de los últimos sucesos. Un destello. Un sacudón. Una claridad mental como nunca la he tenido. Por primera vez soy capaz de entender y verbalizar lo que me ocurre: esa angustia que me invade constantemente, esa sensación de tener el mundo encima no es por el horno, ni por el *homeless*, ni por Alister, ni por brillar copas, ni por los sánduches, ni por los niños. Mi angustia es la misma angustia de todos los que vivimos lejos de la familia, lejos de la tierra y la lengua conocida. Es la angustia de los que no tenemos a quién llamar en caso de una emergencia, de los que estamos lejos del hogar, lejos de la comida de la mamá, de una cama decente, de un techo decente, de una vajilla decente, de un clima benévolo. La angustia de los que mercan no lo que quieren sino lo que pueden, aquello que tiene etiqueta roja porque está a punto de podrirse. La angustia de los que cuentan la plata que les queda todos los días y calculan hasta cuándo les va a durar y hacen tanta fuerza que se parten los dientes. Es la angustia de los que se sienten inferiores y menospreciados, de los que empiezan a entender que la discriminación ocurre por muchos otros factores diferentes al color de piel, de los que se sienten culpables de todo, aunque no sean culpables de nada. Es la angustia de los que saben que si se van al suelo nadie va a darles una mano para ayudarlos a parar sino que, por el contrario, obtendrán algunos pisotones. La angustia de los que sienten que hasta Dios los ha abandonado, de los que se han matado estudiando para ser alguien en la vida y aun así tienen que limpiar un montón de mierda que no les corresponde. Apenas ahora lo veo, apenas despierto y, precisamente porque estoy despierta para verlo es que lloro con tantas ganas.

Al rato paro de llorar, no porque me sienta mejor, sino porque ya no me sale ni una sola lágrima. Es duro hacerse consciente de un puñado de verdades incómodas. No te sientes más fuerte ni más aliviada ni más a salvo, tan solo más despierta. ¿Preferiría seguir dormida? Por supuesto que no. No quiero vivir con los ojos cerrados para evitar el dolor, para huir de la angustia inherente a la existencia. Estoy deshidratada y como quiero seguir llorando entonces voy a la cocina y me tomo un litro de agua helada. Me echo en la cama a esperar a que haga efecto, no sé de dónde he sacado la absurda idea de que beber agua alimentará mi producción de lágrimas. Miro la orquídea sin flores, miro la pantalla del computador sin una sola línea escrita, miro la bola de nieve sin nieve, miro al cielo vacío a través de la ventana y me doy cuenta del sinsentido de mi vida, siento que el único propósito con el que puedo llenarla es con la escritura y entonces, como si estuviera poseída, como si yo no fuera yo, abro el computador y comienzo a teclear. La historia ha cambiado otra vez. Ahora va de una mujer que tiene que limpiar un horno y tras inhalar los vapores de la lejía y el gas comienza a tener una serie de alucinaciones en las cuales el horno le revela verdades siniestras que la hacen despertar mientras que Dios, desde la rendija del techo, intenta calmarla y convencerla de que no crea nada de lo que oye, porque Él es la única verdad. La mujer duda: ¿es mejor vivir tranquilamente dormida o vivir dolorosamente despierta? No lo sabe, pero el solo hecho de preguntárselo ha instalado en ella un sentimiento desconocido, como si tuviera que cargar sobre sus hombros el peso del mundo y ese peso la hiciera encallar.

Escribo toda la noche como vomitando sobre el teclado, descubro que escribir me alivia, me quita los dolores y las ganas de llorar. Me acuesto a dormir casi al amanecer dominada por la euforia que me produce haber escrito algo de lo que me siento orgullosa. Abro los ojos hacia el mediodía, recuerdo que he perdido mis dos trabajos fijos y lo agradezco, sigo con ganas de seguir escribiendo. Voy a la cocina con cuidado de no tropezar con los cocodrilos que aún están roncando. Me preparo un café cargado y dejo un aviso en la puerta de la nevera que dice: «Prohibido poner vallenatos, estoy escribiendo, hagan silencio». Luego regreso a mi cuarto entusiasmada a releer lo de anoche. Conforme lo hago, mi cara se va desencajando en una mueca descendente. Es una mierda. Tantas horas invertidas en un texto que no vale ni los pocos minutos que toma leerlo. Basta oprimir una sola tecla para que desaparezca. *Delete.* Ni Dios tiene tanto poder, al menos en eso le gano. Observo un rato el cursor titilando sobre la pantalla blanca. Estoy igual que el primer día. No tengo ni una sola palabra escrita pero, si lo analizo bien tampoco tengo ganas de llorar y eso tiene que significar algo.

Me tumbo en la cama a mirar para el techo, extrañamente no me importan los dolores, ni las costras que se me formaron en las heridas, ni haber perdido dos trabajos, ni la frialdad de mi madre, ni haber escrito una mierda. Soy como los miembros de ciertas tribus indígenas que al llegar a determinada edad deben pasar la prueba de sobrevivir un día y una noche en la selva y cuando regresan a casa están sedientos y llenos de ronchas, de picaduras, de heridas. Regresan con la retina cargada de imágenes aterradoras, pero nada de lo anterior les importa porque han experimentado en carne propia sus mayores miedos, los han vencido haciendo acopio de una valentía que ignoraban que tenían. Han despertado. Al parecer, el suceso del horno fue mi rito de iniciación indígena, estoy extremadamente orgullosa de haberlo superado, me siento valiente, me siento fuerte, como si en un solo día hubiera vivido treinta años y ahora tuviera la misma edad del inglés. Aunque mis heridas están abiertas, las veo desde ya como cicatrices futuras que recordarán esta guerra.

Al rato entra un mensaje del inglés diciendo que acaba de llegar a Londres para cuidarme. Luego entra otro preguntando si estoy en condiciones de tomar el metro y llegar al hotel o si quiero que pase por mí en un taxi. Por supuesto elijo la opción del taxi, a fin de cuentas, lo valiente y lo despierta no me quita lo cómoda y lo perezosa.

En el hotel de turno el inglés me desviste, pero a diferencia de las veces anteriores, lo hace para analizar mis heridas valiéndose únicamente de su ojo izquierdo. El derecho lo tiene irritado debido a una lesión de origen desconocido. «Estaré bien», asegura, tras cuestionarlo varias veces con cierta sensación de culpa. Las gotas que le formularon lo están curando. Se escandaliza con mis heridas, su espíritu protector ha desatado una furia que no le conocía, asegura que me va a obligar a demandar al *manager* de la cafetería, que va a buscar al *homeless* y le va a hacer pagar por sus actos. «Si supieras cómo quedó él —digo— la demandada terminaría siendo yo». Se ríe porque piensa que estoy charlando cuando, en realidad, estoy hablando en serio. Donde supiera qué le ocasionó la lesión en el ojo seguro no reiría tanto.

Me doy cuenta de que nuestra definición de grave aplicada a una herida es diferente. No me vengas a decir que un simple pinchazo en el ojo y las heridas en las rodillas y los nudillos son graves porque cuando vives en un bosque la cuota de heridas diarias se distribuye entre picaduras de hormigas, abejas, alacranes y pringamoza. Caídas de árbol, resbaladuras de piedras y barrancos. Arrastramiento por la corriente de la quebrada, sobre todo, en la temporada de invierno cuando el caudal baja crecido. Intoxicaciones menores con frutillas, hojas y setas venenosas. Torceduras de extremidades, cortadas, contusiones, rasguños y mordeduras de otros lobos, por mencionar lo más básico. Por supuesto me quedo callada, un hombre como él jamás podría entenderlo, es más fácil fingir que me duele lo que él cree que me duele y dejarme llevar en sus brazos hasta la bañera que ha dispuesto con agua caliente y sales relajantes. Dentro de ella doblo mis rodillas y las abrazo, me vuelvo una bola compacta, una ostra cerrada. Comienza por lavarme el pelo, siento el agua caliente resbalando por mi espalda y sus dedos masajeando mi cuero cabelludo hasta formar montañas de espuma. No deja sin repasar ni un centímetro de mi cuerpo con una esponja. Al final me envuelve en una toalla tibia y me lleva en brazos hasta la cama. Yo le aplico gotas en el ojo. Él me embadurna las heridas con cremas cicatrizantes que compró en la farmacia de la estación. Mi cuerpo comienza a reaccionar y él lo nota, pero no se atreve a nada, aunque el suyo también lo delata. Esta vez soy yo soy la que empieza, la que lo desnuda. No demora en ponerse encima de mí con un cuidado excepcional para no lastimarme. Descubro que también es capaz de amarme con ternura, de moverse despacio como si temiera hacerme daño. Su ojo herido me distrae, así que cierro los míos y la cabeza me chispea con cada acometida. De tanto en tanto pregunta si voy bien o si quiero que se detenga. ¿Detenerse? No sé quién me inoculó la idea que un hombre no podía detenerse, que eso era imposible, que una vez entraba, terminaría, fuera como fuera y gustara a quien le gustara. Al final nos quedamos en silencio, hombro con hombro, hasta que me desvanezco en un sueño profundo dentro del cual percibo su vigilancia la noche entera. Al más mínimo movimiento pregunta si estoy bien, si necesito algo, si tengo algún dolor. La sola atención del otro es sanadora. Intento recordar la última vez que alguien me cuidó con tanto esmero, la última vez que dormí sintiéndome tan protegida y tan tranquila. Podría acostumbrarme a esto y justo por eso debería usar mis cuatro patas para salir corriendo, pero no lo hago porque tengo sueño y la cama es demasiado cómoda.

Al día siguiente, encima de la bandeja del desayuno descubro dos tiquetes para ir a avistar halcones peregrinos. Me emociono mucho, aunque no entiendo la razón por la cual hay que comprar tiquetes para avistar aves, en fin, aquí hay muchas cosas que no entiendo ni entenderé nunca. Provengo del país con mayor variedad de aves del mundo, las veo volar todos los días, por todas partes. Pienso en la palabra libertad. ¿Son más libres las aves que vuelan o aquellos que pueden darse el lujo de observarlas cuando quieran?

El santuario de aves rapaces de Somerset está lejos de parecerse a mi bosque. Es verdad que es un territorio inmenso, verde y lleno de árboles, sin embargo, tiene un halo de artificialidad. Da la sensación de que hasta la piedras han sido acomodadas siguiendo un orden estricto y premeditado. Comprendo que también es posible conocer un país por sus jardines, sus parques y sus territorios protegidos. Comprendo que hasta la naturaleza puede ser domesticada, la sola idea me sacude por dentro y me engarrota la espalda.

El verano está a la vuelta de la esquina y el santuario empieza a llenarse de visitantes, sin embargo, es tal la vastedad del lugar que rara vez nos topamos con alguna persona. Me hace mucho bien el contacto con la naturaleza. Saludo a los olmos y los castaños de indias, reverencio a un tejo milenario, analizo su enorme tronco, en sus vetas está escrito todo su pasado. Hace meses no me sentía tan liviana, como si en vez de caminar estuviera flotando. Además, el clima ha cambiado, los fríos paralizantes quedaron atrás, el verde del follaje, sumado a la humedad del ambiente me resultan familiares. Todas la flores están abiertas. Hay lirios del valle, cerezos en flor y tulipanes. El aire fresco invade mis pulmones y oxigena mi cerebro. Me siento lúcida y contenta, parezco otra persona, una a quien la primavera también ha renovado.

Más que estar en la naturaleza añoraba convertirme en ella. Ser árbol y flor y pájaro. Ser yo misma un santuario.

Por uno de los senderos nos topamos de frente con una chica que, ante la imposibilidad de salirse del camino, no le queda más opción que poner su mejor cara y esbozar una sonrisa forzada. Es llamativa por su tamaño, en especial, por lo anormalmente largas que tiene las piernas. Deduzco que es una de sus alumnas. Ni ella repara en mi presencia, ni al inglés se le ocurre presentarme. Me mantengo al margen observando con detalle la interacción entre ellos. No se dicen nada particularmente llamativo, lo llamativo está en lo que no se dicen. Soy experta en leer los silencios. La incomodidad se percibe en el aire. El tamaño de ella va reduciéndose durante la conversación. Dudo si la forma como lo mira es de extremo respeto o de extremo terror. Él, en cambio, parece disfrutar generándole esa sensación tan aplastante. Lo que sí noto es que la voz que usa para hablarle a ella es muy diferente de la que usa para hablarme a mí. La posición corporal del inglés también sufre modificaciones, por un momento, me parece verlo el doble de grande, el doble de imponente. Me recuerda la vez que nos conocimos y llegué a sentirme como un insecto dentro de un frasco. Tras la despedida, ella queda del tamaño de un grillo que se esfuma saltando entre la hierba para evitar ser aplastado. Yo me quedo pensando si acaso estoy con el ogro al que todos los estudiantes odian o con el genio ante el cual se minimizan. Podría también ser una combinación de ambos. Tras el encuentro, él no menciona nada y yo tampoco pregunto, así que seguimos paseando callados hasta llegar al sector de los nidos.

La zona está repleta de avisos que demandan silencio absoluto, avisos a los cuales todo el mundo obedece, no voy a ser yo la que rompe las reglas y confirma el estereotipo latino de no seguir instrucciones, de no hacerle caso a nadie, mucho menos a un aviso.

La fila es larguísima. Estamos todos tan callados que oigo hasta el zumbido de las abejas. Tras más de una hora a paso de tortuga llega nuestro turno. Nos meten a un cubículo pequeño en donde hay instalados un par de telescopios dirigidos a los nidos activos que están ubicados a más de un kilómetro de distancia. Dentro del cubículo hay un hombre que da las indicaciones y luego activa el temporizador con el cual pretende contabilizar nuestros cinco minutos de avistamiento. Me siento muy frustrada. ¿Semejante montaje es para observar las aves a través de un lente? Para esa gracia habría buscado un video en internet y me habría ahorrado el viaje y la fila. Yo estoy acostumbrada a trepar los árboles para observar los polluelos de cerca. También estoy acostumbrada a recoger los pichones que encuentro en el suelo y a criarlos si acaso no consigo encontrar el nido de donde cayeron. En casa hemos tenido turpiales, sinsontes, toches, tucancitos esmeraldas y búhos. Apenas aprenden a volar se marchan y regresan a saludar de vez en cuando. Cuando terminan nuestros cinco minutos de avistamiento nos entregan un papelito con una dirección web en la cual podremos seguir en tiempo real el desarrollo de los pichones. Al salir de la zona vetada el inglés se muestra emocionado con la experiencia, yo, en cambio, hago un gran esfuerzo para que no se note mi decepción.

Al almuerzo elegimos la opción de pícnic. Nos entregan un mantel de cuadros azules y una canasta llena de sánduches, galletitas y manzanas. Los sánduches me recuerdan el trabajo en la cafetería, el incendio y la limpieza del horno, razón por la cual, soy incapaz de probarlos. Que me perdonen las manzanas pero, cuando creces en un país en donde puedes comer una fruta diferente cada día del año sin repetir, terminas por desterrar las manzanas de tu vida por sosas y aburridas. Tendidos en la manta no puedo dejar de pensar en el encuentro con la estudiante, pero sigo sin ser capaz de preguntar. A lo mejor me estoy montando una película que solo tiene lugar en mi cabeza. Me niego a creer en la versión del ogro. Los ogros no llevan canastitas de pícnic ni tienden una manta de cuadros antes de echarse sobre la hierba a mirar el firmamento y oír cantar los pájaros. Es la primera vez en todos estos meses que veo el cielo despejado y el sol con intención de quedarse. Me sorprende sentir tanto placer por algo que era extremadamente cotidiano para mí. Tomar el sol hacía parte de mi rutina diaria. Por lo general no valoramos aquello que damos por sentado. Los dientes de león se agitan sobre la cabeza del inglés, los contemplo con una sonrisa estúpida mientras pienso que no necesito soplarlos, que tengo todo lo que deseo, lo tengo a él.

Estamos largo rato en silencio, esa es otra cosa que me gusta de nosotros, nuestros silencios son cómodos, creo que de tanto ejercerlos nos acostumbramos a ellos. Si me preguntaran cuál ha sido nuestro mejor momento juntos, diría que este. No quiero que se me olvide nunca. Me guardaría este cielo en el bolsillo, este cantar de pájaros, me guardaría los colores y los aromas de las flores, me guardaría esta calma, esta tranquilidad. Mi cabeza reposa sobre uno de sus muslos, su mano aprieta la mía con fuerza, con la otra mano cosquillea entre mi pelo. Para mi sorpresa, descubro que no queda ni un solo murciélago. Los ogros no agarran a nadie de la mano, ni hacen cosquillas en el pelo.

Justo en ese instante aterriza una pluma de halcón sobre mi pecho. Es ligera y fuerte, con un raquis rígido que le da estructura y barbas plumosas que se ramifican finamente para atrapar el aire. Se nota que proviene de la cola porque es de un blanco cremoso con barras finas de color marrón. Cuando abro mi mochila para guardarla, el inglés me pregunta si puede quedarse con ella como *souvenir* del día de hoy. Digo que sí aunque me habría encantado conservarla. La toma entre los dedos índice y pulgar y se pone a mirarla con interés, como si nunca antes hubiera visto algo parecido, luego me acaricia la cara con ella y yo me relajo y cierro los ojos hasta casi quedarme dormida, entonces lo oigo tatarear una canción e ignoro si es parte del sueño o si la melodía sale de su boca. Quiero convencerme de la segunda opción y, tal vez por eso, mantengo los ojos cerrados mientras pienso que ningún ogro encontraría belleza en algo tan simple como una pluma, ni la usaría para acariciar a nadie, un ogro jamás se pondría a cantar. Sonrío levemente y puedo verlo a él sonreír también, aunque mis ojos estén cerrados. Son muchas las cosas que puedes ver sin verlas. Sonreír no es algo que él haga a menudo, sus gestos parecen programados para expresar solo un par de emociones muy concretas, las demás toca adivinarlas. El cuerpo le sirve para acciones netamente funcionales como vestirse, alimentarse, dictar clases, tener sexo o caminar. Jamás lo usa para expresar sus sentimientos, es incapaz de hablar con las manos, de saltar cuando se emociona, de expresar la dicha a través de algo tan humano como bailar, de hacer carantoñas mientras cuenta una anécdota como la que está a punto de contarme.

«La chica del sendero fue novia de mi hijo, pero la relación se terminó porque ella decidió apuntarse a mis clases. Curioso, ¿no? El hijo celoso del padre. Como si me gustaran jóvenes y patilargas».

«Yo soy joven y patilarga», digo.

«Por eso», dice.

«Por eso», digo.

Y ambos nos reímos, pero en el fondo me quedo intentando descifrar la razón por la cual la historia me suscita más empatía hacia el hijo que hacia el padre.

De regreso a Londres voy más callada que de costumbre y decido aplicar la estrategia de hacerme la dormida para que no me pregunte qué me pasa. Ni yo misma me entiendo. Acabo de pasar una tarde preciosa, pero imaginarlo robándole la novia a su propio hijo, sumado al hecho de no haber visto los halcones, intenta opacarla. En vez de enfocarme en las cosas buenas, pienso en lo decepcionantes que han sido los planes junto a él. Cuando quise ver nevar no cayó ni un copo de nieve, cuando quise ver halcones no los vi realmente. Parece que tengo que conformarme con sustitutos artificiales: la bola de cristal con nieve que no es nieve y el telescopio cuyo lente acerca a un halcón que no es un halcón verdadero sino tan solo la representación magnificada de su imagen. En mi bolsillo llevo la dirección de la página web en donde podré ver el crecimiento de los pichones. A veces pienso que ese empeño en ver lo negativo es una estrategia de mi subconsciente para evitar encariñarme. Me estoy acostumbrando a su compañía y sus cuidados y eso es una señal de alerta que ninguna loba debería pasar por alto.

Verano

Terminé viviendo en la casa del inglés porque era lo que más me convenía. Jugué mis cartas de manera que fuera él y no yo quien lo sugiriera. Así ambos tendríamos la falsa ilusión de ser ganadores. Él ganaba un trofeo y yo ganaba una casa con un hombre que me servía de papá y amante al mismo tiempo. Pague uno y lleve dos. Todo comenzó la noche que el odontólogo entró borracho a mi cuarto y se metió en mi cama. Debí haber hecho un escándalo para que todos se enteraran, en cambio, me puse a forcejear para expulsarlo. Su esposa entró justo en el momento del forcejeo y asumió que yo había propiciado la situación. Ignoro por qué diablos me quedé callada, sumida en la vergüenza, si alguien tenía que sentir vergüenza ese alguien era él. A la mañana siguiente la esposa me expulsó del apartamento, su marido ni siquiera estuvo ahí para dar la cara, convenientemente, salió más temprano de la cuenta. Tan valiente para meterse en mi cama y tan cobarde para aceptarlo.

Mi primera reacción fue llamar al inglés, sin embargo, me dio pena contarle lo ocurrido. En realidad tenía miedo de que malpensara de mí. Para ahorrarme explicaciones le inventé que nos habían pedido el *flat*. Se desgastó convenciéndome de que un *landlord* no puede expulsar a sus inquilinos sin un preaviso, cuando se cansó de que no entendiera su punto —o no me conviniera entenderlo— dijo que vendría a recogerme en un par de horas. Y vino. Y me recogió. Para mi suerte, los profesores acababan de terminar el año escolar y ya estaban en vacaciones. Agarré mi maleta, mi computador, mi orquídea y me dispuse a salir ostentando la mayor dignidad posible. Pasé por un costado de la sala y me despedí de los cocodrilos, pero antes les tomé una foto sabiendo que sería la última. «Sentimos que te marches —dijeron en coro las gemelas—, estaremos pendientes de tu novela». Esta vez no dejé notas de despedida. Quise tirar la puerta y hacer temblar el edificio entero, sin embargo a último momento, cuando tenía el pomo en la mano, decidí no hacerlo. La chica que se marchó furiosa del *flat* de Alister es muy distinta de la que se estaba marchando del *flat* del odontólogo. Además no creía que la estructura aguantara un sacudón y no quise cargar con el lastre de haber propiciado el derrumbamiento de un edificio. Habría salido en *The Sun*. Existen maneras menos primarias y más elegantes de demostrar el descontento.

Esa noche en el hotel de turno me vi pálida, luminosa, casi transparente. Apenas nos desnudamos parecíamos un par de antorchas. Juntos habríamos podido iluminar la oscuridad del mundo. «Hasta las pecas se me borraron», dije mirándome al espejo de aumento del baño. Fue entonces cuando mencioné que quería ir al mar, en lo que a mí respecta, vacaciones sin playa no son vacaciones. El verano acababa de entrar. Me preguntó qué países quería conocer y dije Grecia o Italia o Francia. Aquella noche pedimos las citas para la visa y llenamos los formularios por internet; los días siguientes los pasé haciendo fila en las tres embajadas para tener más chances de obtenerla. Cada destino se fue desinflando, resulta que en las tres embajadas me la negaron. Menos mal él sanó los costos del papeleo, el sentimiento de la injusticia y la frustración que me invadió por dentro nadie puede sanármelos.

Al final fuimos a Brighton. El agua del mar estaba helada y la playa, en vez de arena, tenía piedras. Piedras y agua helada. Agua helada y piedras. Nada más. Dios mío, en qué estabas pensando cuando creaste una playa con piedras y agua helada, a quién querías castigar. Ni siquiera era capaz de andar descalza sin lastimarme las plantas de los pies. ¿Para qué va una al mar si no es a caminar descalza por la orilla, tumbarse en la arena, tomar el sol y refrescarse en el agua? El mar estaba tan frío que pasar más de cinco minutos adentro acarreaba riesgo de congelación. El verano apenas se estaba asentando y, justo ese fin de semana, entraron unos vientos fríos provenientes de no sé dónde. Me la pasé sentada todos los días en una silla playera alquilada, con un gorro de lana, una manta encima y unas medias sucias, sintiéndome miserable. Lo único que llamó mi atención fue el sonido del mar, todo un coro de piedras yendo y viniendo al vaivén de las olas sin dejar de cantar. Saqué mi cámara lamentándome de que las fotos no tuvieran sonido. La playa estaba a reventar de gente aparentemente feliz, lo cual aumentaba mi miserabilidad y mis dudas. ¿Era yo incapaz de ser feliz o acaso esa gente no conocía mejores playas? Las que yo suelo frecuentar son solitarias, de arena suave y blanca, el mar es cálido como un vientre en el que te sientes arrullado y tranquilo. El sol calienta parejo el día entero, incluso en la noche el ambiente conserva una calidez que te acuna y te adormece.

A la decepción de la nieve y los halcones se sumó la del mar. De nuevo tres señales juntas a las cuales hice caso omiso. Para ese momento debí haber caído en cuenta de que ningún plan con el inglés funciona según lo esperado. Y no es su culpa, me consta que él pone toda la voluntad para darme gusto, es simplemente que una cosa son sus planes y otra muy distinta son los planes de la vida. Rara vez coinciden. Me pregunto si la adultez es resignarse a que nada salga según lo esperado, a que los sueños no se cumplan, a que los deseos se desvanezcan como la espuma encallada en la orilla de la playa. Pese a la hostilidad del ambiente, admito que pasamos unos días preciosos. Su presencia logra generarme la tranquilidad que perdí desde que murió mi padre. No tengo que preocuparme por dinero ni por comida ni por transporte ni por ningún tipo de logística. Me hago la desprotegida para darle el gusto de protegerme. Y los dos felices asumiendo el rol y perpetuando el bucle.

Lo anterior no explica del todo cómo terminamos viviendo juntos. Esa noche en el hotel de Brighton el inglés pronunció las siguientes palabras: «*I love you*». Yo no dije nada, en primer lugar porque no tengo corazón y en segundo lugar porque lo atribuí a esos arranques de amor que lo agarran a uno después del sexo y que, normalmente, no significan nada por la sencilla razón de que están relacionados con el placer pasajero y no con el amor. Además, estaba pensando si *I love you* significa *I love you* o si hay otra frase intermedia entre *I like you* y *I love you*. Si no existe, no entiendo por qué nadie la ha inventado. En español hay tres fases: me gustas, te quiero y te amo y cada una significa cosas muy diferentes. No se puede pasar del me gusta al te amo saltándose el te quiero. Cómo vas a usar la misma frase para decir te quiero y para decir te amo si entre querer y amar hay un abismo inmenso. ¿Su *I love you* será del tipo querer o del tipo amar? Necesitaba preguntarle a alguien de confianza que dominara el idioma, pero no tuve a quién, resulta que mi única persona de confianza en toda Inglaterra seguía siendo él. Estaba en sus manos y todo parecía indicar que lo seguiría estando, ni siquiera tenía un *flat* al cual llegar después del paseo. Justo antes de quedarse dormido me acunó por la espalda entre sus brazos y con voz temblorosa me susurró al oído: «*Stay at my place*». Tuve que decirle que sí, no tenía ningún otro lugar adonde ir.

A pesar de haber solucionado mi problema de vivienda, pasé gran parte de la noche en vela sopesando las consecuencias de su propuesta. Era justo lo que estaba esperando, aun así tenía mis dudas. Vivir con él era lo mejor que me podía pasar. Vivir con él era lo peor que me podía pasar. Me sentía feliz por lo obtenido y, al mismo tiempo, triste por traicionar mi idea de libertad.

«¿No puede dormir?», me preguntó al cabo de un rato. Antes de poder responderle añadió tras un largo suspiro: «Yo tampoco, debe ser por la emoción». Como en otras ocasiones, reaccionábamos de forma similar ante situaciones que nos generaban sentimientos contradictorios. Él no dormía por la emoción y yo no dormía por la inquietud. La diferencia es que él suele dar por hecho que su forma particular de ver una situación determinada es la correcta, jamás se cuestiona que pueda estar equivocado y, como yo nunca lo contradigo, se aferra a sus puntos de vista como si fueran verdades absolutas.

Al amanecer, exhausta de tanto pensar en las consecuencias de vivir juntos, logré por fin quedarme dormida. Una loba se presentó en mis sueños e intentó sacarme con sus propias fauces de un nido confortable y tibio que estaba suspendido en el borde de un precipicio sin fondo. Nunca supe si la loba logró su propósito, supongo que no, porque cuando abrí los ojos, aún seguía cómodamente instalada entre los brazos del inglés.

La casa del inglés, comparada con las ratoneras en las que viví en Londres, es un sueño para mí. Tiene paredes de verdad y puertas y jardín y dos cuartos vacíos y una biblioteca cuyas paredes están atiborradas de estantes repletos de libros. En un rinconcito hay un portarretrato con una foto de su hijo. Es impresionante, no solo se llama como él, sino que es idéntico a él, una versión joven de sí mismo. De la que alguna vez fue su esposa no hay ni foto ni rastro. En realidad, de ninguna mujer. La casa está atravesada por un corredor largo habitado por un fauno que se esconde cada vez que paso por ahí. No lo culpo, los faunos protegen a las ovejas de los dientes afilados. No sé cómo decirle que nunca he mordido a nadie, que solo quiero tomarle unas buenas fotos. Me gustan sus cuernos enroscados, el largo de su pelo y de su barba, también la cola alborotada que se parece tanto a la mía. Los cascos de sus patas me recuerdan a Alister. En las noches me arrulla el sonido de su flauta, los faunos interpretan canciones que adormecen a los lobos con el fin de que no se acerquen a molestar al rebaño. Será por eso que duermo tan bien. Aunque es una casa vieja y encerrada, se mantiene limpia, casi aséptica, las cosas están donde tienen que estar y todas sin excepción son útiles y prácticas. El mobiliario y los electrodomésticos son de marca y muchos de ellos dan la sensación de no haber sido nunca usados. Hay obras de arte por todas partes exquisitamente ubicadas e iluminadas. Me pregunto qué diría Antonio si viera la casa en donde estoy viviendo. Sus mails no paran de llegar, es como si se negara a darse cuenta de que está hablando solo. Ya ni siquiera menciona la propuesta de casarnos, creo que lo da por hecho y ahora su interés y su dinero están puestos en buscar y decorar una casa en la que, según él, podamos vivir cómodos y tranquilos. Sinceramente ignoro quién está peor, si una persona que dialoga sin tener interlocutor o una que se niega a dialogar teniéndolo. Y todo por la incapacidad de ambas de conversar y asumir que las relaciones se acaban, las cosas cambian y la vida sigue girando sin esperar a nadie.

A menudo, el inglés trae flores, pero nunca las veo, ignoro qué hace con ellas, supongo que alimenta al fauno, alguna vez leí que a los faunos les gusta comer flores. Cuando estamos acostados y suena la flauta, el inglés siempre me pide que le hable de mis novios. Comencé inventado historias cada noche, hasta que yo misma empecé a confundirlas. Olvidaba los nombres, los lugares y lo que había hecho con el uno, con el otro y con el de más allá. Sherezada se decepcionaría de mí. «¿Cierto que usted no tiene a nadie más?», me preguntó una noche. Yo le respondí: «¿Cierto que usted tampoco?».

Vivir en su territorio me ha hecho caer en cuenta de que los espacios comunes que antes ocupábamos eran efímeros e impersonales. Hemos estado juntos en muchos hoteles, pero es como si hubiéramos estado en el mismo. La misma cama grande, las mismas sábanas blancas, el mismo nochero con la misma lámpara. Al final, todos los hoteles comparten una estética parecida, todos quieren mostrar una imagen lo más neutra posible. Ahora, en cambio, no hay neutralidad, al menos para él. Es lo que pasa cuando estás en tu propio territorio. Te reflejas en cada uno de los objetos que posees, en cada rincón de la casa, en todas aquellas cosas que juntas componen tu cotidianidad. Te desplazas sin máscaras por caminos conocidos, no necesitas burladeros porque tu territorio es seguro y no hay nada que debas esquivar y, si lo hubiera, podrías eliminarlo fácilmente, arrojándolo por la ventana, regalándolo o tirándolo a la basura. Mientras tanto, yo sigo en mi escondite, preguntándome si algún día podré quitarme la máscara, si podré desplazarme por este territorio con la falsa ilusión de que al menos una pequeña parte me pertenece, si podré ser la que soy y no la que él quiere —o espera— que sea. En un rincón reposa Barney en su camita junto con sus varias mantas, juguetes, correas y bozales. Ver las pertenencias del perro me hace pensar en lo mucho que se puede saber de una persona por la forma como se relaciona con sus mascotas.

Recién llegada a su territorio se apresuró a mostrarme el rincón de la biblioteca que había destinado para mí. Dijo que llevaba tiempo pensando en qué lugar iba a sentirme más cómoda intentando escribir. De inmediato supe que jamás iba a ocuparlo. La razón es que él había decidido invertir las vacaciones de verano en la escritura de un ensayo —el título es tan complicado que ni buscando las palabras en el diccionario he logrado dilucidar de qué se trata— y no quería distraerlo, ni mucho menos, distraerme distrayéndolo. Opté por tomarme el pequeño jardín enmalezado ubicado en la parte trasera de la casa. Lo primero que hice fue domarlo, es decir, arrancar las malas hierbas y abonar, lo segundo fue sembrar algunas flores, cuando crezcan trasladaré una mesita y me sentaré a escribir allá. He descubierto que soy incapaz de trabajar encerrada entre cuatro paredes, aunque tal vez se trate de una excusa más para posponer la escritura de la novela. Lo de iniciar un jardín es fácil, lo he hecho tantas veces antes que he perdido la cuenta, lo difícil es escribir. Empiezo creando jardines y termino creando bosques en los que pueda evadirme. Lo mío es desaparecer justo cuando llega el momento adecuado. ¿Adecuado para qué? Al fondo suenan las campanas. Sonarán constantemente cada hora, cada media hora y cada cuarto de hora. Sin falta, a las nueve de la noche, sonarán ciento una veces en memoria de los eruditos de la universidad, sonarán tanto, que algún día dejaré de oírlas.

En las noches aún es de día y no puedo dejar de admirar el cielo desde el ventanuco de la cocina. Por fin entiendo el significado de la palabra *evening*, ese extraño interludio en el cual hay demasiada luz como para aceptar que ya es de noche, pero el reloj marca suficientes horas como para aceptar que aún es de día. A mi lado el inglés cocina mientras yo le tomo algunas fotos. Ningún hombre se había tomado jamás el trabajo de cocinarme. En las reuniones familiares los hombres solían sentarse a esperar a que sus mujeres los atendieran, incluso cuando la reunión orbitaba en torno a homenajear a alguna de ellas.

Cenamos juntos, acodados en la barra, silenciosos, siempre a la misma hora, como la pareja estable que no somos pero que pretendemos ser. De cuando en cuando, nos tocamos los tobillos con las puntas de los pies. Sonreímos cuando nuestras miradas se encuentran, en realidad sonrío yo, mostrando ampliamente los dientes —mi madre pagó cara la ortodoncia—, él hace una mueca que intenta ser una sonrisa, parece insuficiente, sin embargo, sé que es su máxima expresión de felicidad. Tras la cena, por lo general vemos unas películas rarísimas, su principal criterio para elegirlas es que no sean de Hollywood. Además, dice que es ideal ver algo en un idioma que ninguno domine de tal manera que ambos tengamos que leer los subtítulos, así estaremos en igualdad de condiciones. Igualdad lo que se dice igualdad no es porque los subtítulos están en inglés, pero valoro que haga el esfuerzo de pensar en algo más que en sí mismo. Debe llevar años sin hacerlo.

La orquídea reposa junto a la ventana del cuarto principal, iba a decir nuestro cuarto pero me faltan muchas dormidas en él para sentir que también es mío. Aunque sigue sin flores es mi orquídea y solo por eso la quiero. Me sorprende lo apegada que estoy a ella, sin proponérselo me ha hecho comprender mejor a mi madre. Antes de dormir necesito asomarme a la ventana con el fin de comprobar si la oscuridad se ha derramado sobre todas las cosas y antes de levantarme necesito exactamente lo contrario, la luz. De hecho, diría que nuestra mayor discrepancia son las cortinas, seguida de cerca por el uso que cada uno le da a la superficie del mesón del baño. Yo no soporto ver las cortinas cerradas y el inglés no soporta verlas abiertas, razón por la cual, nos pasamos el día y la noche entera abriéndolas y cerrándolas cuando el otro no está mirando. En el mesón del baño mantiene exactamente lo mismo en el mismo lugar: crema, cepillo de dientes y una loción de marca. Nada más. Yo, en cambio, poco a poco lo he ido colonizando con mis frasquitos llenos de productos baratos cuyas tapas, sin excepción, están todas mal cerradas. He aquí una cuestión trascendental de mi personalidad: poseo una incapacidad crónica para cerrar de manera adecuada cualquier tapa. Aplica para productos de aseo, comestibles, detergentes, en fin, frascos y frasquitos, bolsas y bolsitas de cualquier índole. Si equiparara dicho comportamiento a mi vida, me daría cuenta de que soy igualmente incapaz de cerrar ciclos, relaciones amorosas, trabajos, conversaciones, proyectos, en general, tiendo a no cerrar nada que sea susceptible de cerrarse.

Todos los días me digo que mañana desempacaré la ropa de la maleta, pero cada mañana trae la promesa de otro mañana en el cual podría desempacarla y así como estoy, sumida en un infinito bucle de mañanas, nunca lo hago. Su ropa, en cambio, está organizada por colores y estaciones y la va rotando en la medida en que la luce con el fin de no repetir. El método es de su autoría, pero la ejecución es de la vietnamita que viene a hacer el aseo cada semana. Sé que es una mujer porque él me lo ha asegurado, una mujer que, como cualquier otra dedicada a los trabajos de limpieza, ha adquirido el don de la invisibilidad. Si está en la cocina y me dirijo hacia allá desaparece un segundo antes de mi llegada, de tal manera que nunca nos topamos.

En la sección de invierno de su ropero tiene más abrigos de los que alguna vez llegará a ponerse, ahora que los veo juntos lamento haber sufrido tanto por devolverle los que me iba prestando. Si no los hubiera devuelto no estaría aquí, quién sabe dónde y haciendo qué pero, como dice mi madre, los hubiera no existen. Es increíble que los grandes giros de la vida sean impulsados por detalles tan anodinos como la devolución o no de un abrigo. Mal contadas tiene unas cincuenta corbatas y pajaritas, también varias de esas togas absurdas que los profesores de la universidad suelen ponerse para dejar en claro que ellos están separados de los demás mortales del planeta por un insalvable abismo de erudición. Lo de absurdas me lo callo, pero mientras más las miro, más absurdas me parecen y más distancia monárquica me imponen.

En general la casa del inglés no es más que un espejo de esta ciudad absurda, revestida por la pátina de la artificialidad. Una burbuja. Casi el único recordatorio de que estamos en el mundo real sea la cantidad de vagabundos barbilargos que hay en las calles. Lo más curioso es que merodean sin llegar a pedir dinero de manera explícita. La gente les da alcohol, suponen que si les dieran dinero igual lo gastarían en una botella y quieren ahorrarles hasta el trabajo de comprarlas. Los vagabundos vienen cada verano con la esperanza de que los oxonienses adinerados revisen su conciencia y les regalen algo para expurgarla, es decir, vienen a darles la oportunidad de sentirse bien consigo mismos. Desde la ventana los observo con curiosidad mientras pienso en que cada país tiene formas muy distintas de vagabundear. Pero, sobre todo, los observo con temor, no porque piense que vayan a hacerme daño, sino porque cada vez que los veo me convenzo de que no soy muy diferente de ellos. Yo también espero mi ración sin tener que mendigarla.

Un día encontré en mi bolsillo el papelito con la dirección web para ver los halcones peregrinos en tiempo real. Encendí el computador y la tecleé, pero solo vi el interior de un nido vacío. Me quedé una hora entera frente a la pantalla preguntándome cómo harán las aves para darse cuenta de que están listas para volar. Esta casa es mi nido, los brazos del inglés son mi nido y yo no he sido lo suficiente halcón para saltar hacia un pedacito de cielo donde pueda tomar aire. Todo aquí ha sido organizado al margen de mi presencia. No elegí el nombre del perro ni el color de los muebles ni el grosor de las cortinas. No soy yo la que elige los productos en el mercado ni las películas que vemos ni el menú del día. Ni siquiera le he contado a mi madre que estamos viviendo juntos, aunque conociéndola como la conozco, ya lo debe haber intuido y seguro está pensando que la defraudé como loba, que me dejé poner muy fácil un collar atado a una cuerda que me obligará a moveme siguiendo unos pasos que no son los míos, a una velocidad que no es la mía. Y sin embargo sigo aquí haciéndome la de la vista gorda, disfrutando de este territorio exudante de masculinidad. Me gusta vivir con un hombre que sea a la vez mi padre y mi amante, que ofrezca lo mejor de cada uno de los personajes. Un hombre que me regale la experiencia de ver lo que la ausencia de mi padre me privó de ver, aquellas pequeñas rutinas que componen el día a día de un hombre maduro. Adoro presenciar el ritual mañanero de la afeitada, ver cómo esparce la espuma densa y blanca sobre su cara, antes de ingeniarse teatrales formas de estirar la boca, los cachetes y el mentón para tensar la piel y facilitar el deslizamiento de la hoja afilada. Puede ser el único momento del día en el cual, sin darse cuenta, exhibe una pequeña dosis de histrionismo. Me pregunto qué diría si alguna vez llegara a ver las fotos que le he tomado afeitándose.

Espío con fascinación sus desplazamientos, a pie limpio, por toda la casa, cubierto nada más que por un albornoz de satín verde oscuro. Cuando duerme analizo con curiosidad las ojeras y el aplastante peso que los párpados le imponen a sus ojos. El hecho de orinar hasta tres veces en una misma noche me hace recordar que me fue negado algo tan íntimo y cotidiano como ver de cerca a mi padre haciéndose mayor. He intentado mil veces imaginarlo y fallo en absolutamente todas ellas. Mi padre nunca tendrá una cana más, ni una arruga más, ni una habilidad menos, jamás necesitará bastón ni sufrirá de la próstata. Mi padre será eternamente joven, tanto como el día en que murió, incluso en unos años, llegará a ser más joven que yo.

Vivir dentro de este nido me ha convertido en la especie de parásito de sofá que mi madre odiaría. Una buena para nada. Una aprovechada. Una vagabunda sin barba y sin ambiciones diferentes a echarme en un sofá a leer, una indigente de la mirada del inglés. Mi olfato ha dejado de funcionar. Ya no puedo ver en la oscuridad. ¿A dónde se habrá ido mi cola? Gasto horas frente al espejo buscando al pececito dentro de mi boca. Mis visiones premonitorias han desaparecido por completo. Yo, que ni dormida era capaz de quedarme quieta al punto de amanecer al revés, es decir, con los pies donde debería estar la cabeza y la cabeza donde deberían estar los pies, ahora amanezco en la misma posición en la que me he acostado porque el inglés todas las noches se aferra con fuerza a mi espalda y me envuelve con ambos brazos, impidiéndome cualquier movimiento. Me levanto contrariada y con las mismas preguntas atoradas en mi garganta: ¿acaso la forma como una persona duerme refleja la forma como vive?, ¿así será mi vida con él?

Para escapar un poco de casa me apunté a unas clases de inglés en las que me paso una hora y media maquinando estrategias para escapar por la ventana del salón. Por primera vez pienso en mi incapacidad para entablar amistades. El otro día me puse a hacer una lista de amigos a los que debería llamar a Colombia con el fin de saludarlos. Tres personas después, la lista había culminado. No llamé a ninguna de ellas. Tan solo a mi madre y eso porque llevaba mucho tiempo sin reportarme.

—Tu realidad actual es el estancamiento —dijo—. Arcano 13. La muerte invertida. Aléjate de lo que ya está muerto para que puedan renacer cosas nuevas.

No sé a qué realidad se refiere, dado que no le he contado dónde estoy viviendo. Si lo adivinó y tuvo algún reparo me ahorró la incomodidad de oírlo. Tendemos a creer que los vientos de cambio nos harán mejorar pero no siempre es así, a veces llegan para hundirnos más de lo que estamos. Me puso al tanto de las loras y los lobos. Recibí reporte de cuál árbol del bosque floreció, cuál dio fruto y cuál se desplomó a causa de un rayo. Al final se despidió con una frase inquietante:

—Esta siempre será tu casa.

Y no soy tan tonta como para ignorar que una madre que se despide así sabe que regresarás con la vida revuelta y el corazón fragmentado. Debí haberme quedado pensando en el significado de la carta del tarot, pero en cambio me quedé pensando en el extraño hecho de que no haya mencionado a Antonio. Jamás ha ahorrado palabras para convencerme de que es un buen partido y la verdad es que lo es, justo por eso me niego a terminarle oficialmente, me da tranquilidad saber que lo tengo a una llamada y que basta un sí para organizar mi vida, el punto es…, ¿quiero organizarla? Mas bien me parece que quiero lo contrario: desorganizarla. Si Antonio se cansara de esperar mi respuesta y desapareciera para siempre me parece que pierdo y si siguiera pensando en casarse conmigo, también. Comienzo a comprender que la falla en mi lógica es creer que puedo tener todo al mismo tiempo. Y la vida no funciona así, por lo general, decidirse por una cosa implica renunciar a las múltiples posibilidades que ofrecen las demás. Es exactamente lo mismo que me está ocurriendo ahora que vivo con el inglés: obtengo comodidad, pero renuncio a algo que para una loba es imprescindible: su libertad.

El corazón mío descansa dentro de una urna dorada y brillante que reposa sobre la mesa de noche del inglés. No sé si sentirme honrada o asustada. Lo observo latir al otro lado del vidrio con curiosidad, con distancia, con extrañamiento, me cuesta aceptar que alguna vez palpitó dentro de mi pecho, que me hizo sentir viva. No me recuerdo teniendo corazón y creo que no me conviene recordarlo. La cabeza de él, por su parte, sigue metida dentro de una mochila a la que reviso el cierre constantemente para asegurarme de no perderla. Nunca la ha reclamado y no sé si es porque ya olvidó que alguna vez tuvo cabeza o porque descubrió que es más cómodo vivir sin ella. Si lo pienso bien son nuestras ausencias —de corazón y de cabeza— una de las razones por las cuales funcionamos como pareja. La otra razón son sus dedos, especialmente al amanecer. Conocen todos mis recovecos y no se saltan ni uno solo, me recorren y me inventan en la medida en que me van recorriendo, saben hacerme estremecer, saben dónde meterse, luego se mete él. Mi cuerpo no termina en mi piel sino que comienza en la suya. Mi respiración dictamina la velocidad de su vaivén. Así es. Despierto muriendo y muero despertando sin terminar de morir o de despertar enteramente. Pero incluso algo tan sublime como lo anterior tiene sus inconvenientes. A los hombres sin cabeza deberían prohibirles hablar después del sexo pues su capacidad de razonar no es en absoluto la misma. Para la muestra, el comentario ingenuo y entusiasta que dejó caer una mañana así como si nada, como si lo que estuviera dejando caer fuera nada más que su albornoz verde. «Tengamos un hijo». Yo me quedé de piedra, mis óvulos se quedaron de piedra, el fauno se paralizó y volvió a ser la piedra esculpida que siempre había sido. ¿Hijo? Yo no quiero un hijo. Yo quiero trabajar en un periódico, quiero tener un programa de televisión, quiero recorrer la India en tren, quiero levantarme tarde todos los días, quiero derrochar mi plata en ropa, quiero tener una cabaña frente al mar, quiero vivir una temporada en Madrid, quiero estudiar ornitología, quiero ser panadera, quiero ir a Japón a tomar fotos, quiero meditar un año entero al pie de los Himalayas, quiero leerme todos los libros del mundo, quiero envejecer rodeada de loros y gatos. Y sobre todo, quiero escribir novelas y un hijo, aunque sea uno solo, riñe con absolutamente todos mis planes.

Tras aquella desafortunada petición, la cama dejaría de ser un lugar de placer para convertirse en el espacio en donde la peor de mis pesadillas podría materializarse; el escenario donde latería la posibilidad de engendrar una vida que, desde antes de nacer, ya estaba devorándome. Yo no quiero compartirme con nadie. No lo quise antes. No lo quiero ahora. No lo voy a querer a los treinta y dos cuando supuestamente se despierte mi instinto maternal. Ahora me parece que el inglés intenta dilatar la postura del preservativo, e incluso entrar directamente en mí sin ponérselo, debo estar más alerta, podría estar a una eyaculación de quedarme aquí sepultada para siempre. Puede que sean mi imaginación y mi paranoia, pero también puede que no lo sean. De aquel hombre que solía lavarlos inspirado por Boris Becker no queda nada. Este es mi problema. Hay hombres que cargan un bebé en el vientre de la pareja y hay otros —como él— que lo cargan en el pensamiento. Creo que el inglés no quiere un hijo —ya tuvo uno y ha sido incapaz de ganarse su amor—, lo que quiere es justo lo que mi madre ha insinuado un millón de veces, lo que la loba ha tratado de advertirme a través de los sueños, lo que quiere es atarme a él, sea como sea, atarme de una vez y para siempre.

Soy la Madremonte. Camino por las calles forrada en flores y follaje. Los niños me señalan, los vagabundos me miran con curiosidad, los perros huelen mi rastro entapetado de hojas verdes. Las abejas me sobrevuelan. Parece que llevara años viviendo en el monte y en vez de piel, extremidades y pelo, tuviera musgo, líquenes y flores. Hace poco descubrí un vivero al cual voy a comprar plantas, sin caer jamás en cuenta de que no tengo más que mis dos brazos y mi cabeza para transportarlas y entonces me las llevo puestas. Últimamente paso tanto tiempo en el jardín reviviendo las flores que el verano ha estropeado que, a veces, sucumbo a la idea de sembrarme. Cada noche el inglés tiene que acudir a arrancarme como si fuera una zanahoria. Casi nunca salimos, pero cuando lo hacemos le gusta tomarme de gancho, restregarle mi juventud en la cara a todas aquellas personas que se quedan mirándonos como si algo no les cuadrara. Lo que no les cuadra es nuestra diferencia de edad. O que yo sea la Madremonte. O una zanahoria cubierta de tierra.

Jamás me ha presentado a nadie, sigo sin conocer a su familia, a sus colegas, a sus vecinos, a la gente que compone su vida. En esta casa no recibe visitas y, cuando sale a encontrarse con sus amigos, jamás me convida. Dice que son unos viejos aburridos, unos amargados que solo toman *gin tonics* y hablan de tres únicos temas: la política, la próstata y la pensión. Imagino que han puesto sobre mi cabeza varias banderas rojas, deben creer que lo único que busca una mujer joven con un hombre mayor es aprovecharse. Conjeturarán que estoy con él por agarrar papeles y por sacarle plata, que es cuestión de meses para que le meta un hijo que me asegure una renta en libras durante los próximos dieciocho años. Las esposas de los amigos, por su parte, me mirarán de reojo y comentarán si acaso no tengo edad para ser la hija y no la mujer que el inglés se lleva a la cama, luego se dividirán en dos bandos: las que creen que el inglés se está aprovechando de mí y las que creen que yo me estoy aprovechando del inglés. No tengo forma de salir bien parada de las miradas ajenas, quizá por eso insisto en sembrarme cada vez más hondo en la tierra. Sin embargo, sigo viviendo con él y no pasa ni un solo día en que no me haga la pregunta que mentalmente todos se hacen y nadie se atreve a formular en voz alta. ¿Por qué estoy viviendo con él?

Vivo con él porque me gustan sus dedos, me gusta su boca, me gusta su sexo. Vivo con él porque la casa es cómoda y no me vale ni una libra. Vivo con él porque cada semana viene una empleada a arreglar la casa y yo no tengo que mover ni un dedo. Vivo con él porque tengo un jardín en el cual me gusta sembrarme de vez en cuando. Vivo con él porque adoro su perro y los espejos de su casa me devuelven el reflejo que había perdido. Vivo con él porque su comida y sus cuidados me recuerdan que soy de carne y hueso, que existo. Vivo con él porque a su lado me duele menos la espalda y pasé de ser una inmigrante invisible a ser la Madremonte. Vivo con él porque me peina el pelo todas las noches. Vivo con él porque quiero ser su hija, quiero ser su mujer, quiero ser él, hasta uso su albornoz verde de vez en cuando y me pongo sus camisas viejas como pijama. Vivo con él porque es mi amante, mi protector, mi cocinero, mi proveedor y me gusta la idea de que la persona con la que vivo cumpla todos esos roles a la vez. ¿A quién estás engañando? Vives con él porque eres cómoda, te sientes sola, se te acabó el dinero y no te queda ningún otro lugar adonde ir. Y todavía sigues preguntándote si el amor es esto.

Son las flores las que me han hecho pensar en la posibilidad de marcharme. En realidad son las flores y la imagen del bebé que el inglés ha sembrado en mi mente. Todo lo demás —la pérdida de la magia, del jardín, de mi corazón, de Dios— solo encendió alertas que preferí ignorar. La imagen del bebé acude cada noche y se me roba el sueño. Es más real que un bebé real. Amanezco con los ojos llenos de caminitos rojos que van a todas partes y a ninguna. Increíble que una simple idea sea capaz de consumirme, lo primero que devoró fue mi cabeza. ¿Cómo es posible que alguien que ni siquiera existe pueda consumir todos tus pensamientos? Las flores, por su parte, se deslizan de las páginas de los libros del inglés. Los tomo al azar de la biblioteca, los abro y de todos caen flores, flores muertas que comienzan a cubrir el suelo como si fuera un cementerio sin lápidas y sin muertos. Para eso las compra, para disecarlas entre las páginas. Él dice preservar. Yo digo aprisionar. Su método las priva de la lozanía, el aroma y el color. Yo soy una flor. Sus manos son un libro.

Llevé a Stevenson a la biblioteca y comencé a leerlo en voz alta para reemplazar la idea del cementerio. No me gusta que un lugar tan sagrado quede asociado a la muerte. Ahora, convertida en los mares del sur, la biblioteca del inglés comienza a llenarse de olas y de peces que se deslizan de las páginas que voy leyendo. He sorteado ataques de piratas y caníbales, también varios temporales que, por suerte, me dejan siempre en una orilla segura y suave como un tapete. Aunque la traducción al español no es muy buena, la novela se deja bucear, se deja navegar desafiando, incluso, las más terribles tormentas. Había olvidado la dicha de entender lo leído, la familiaridad escondida tras cada historia, la musicalidad de las palabras, los códigos ocultos del lenguaje, códigos que solo pueden ser desentrañados por aquel que lo domina. Me doy cuenta de algo: lo que llamamos hogar no es propiamente un lugar construido con ladrillos y cemento; el hogar es el lenguaje con el que creciste, el mismo que habla tu gente y oculta los libros que lees. El lenguaje te arropa, te abraza, te hace sentir parte de algo importante, de un mundo conocido en el que sabes desenvolverte. Y en mi mundo se habla español, hay dos mares repletos de peces y crecen flores hasta en los techos de las casas y las grietas de las calles. No quiero vivir más dentro de una jaula de oro que está dentro de una casa, que está dentro de una ciudad, que está dentro de una isla en la que se han extinguido los lobos. De repente comencé a entenderlo, ¿qué es un lobo sin su bosque y sin su manada? Lo mismo que un mar sin peces y un jardín sin flores. Nada. Absolutamente nada.

Comienzas a marcharte de los lugares antes, incluso, de que llegues a darte cuenta. En lo que a mí respecta me estoy marchando de la casa del inglés antes de haberme instalado. Nunca desempaqué mi maleta ni me apropié del lugar de la biblioteca que dispuso para mí. La mayor parte del tiempo la pasé en el jardín untándome las manos de tierra, intentando sembrarme en ella. Nunca me interesé en aprender en cuál gabinete de la cocina se guardaba cuál trasto y si la basura había que sacarla los lunes o los jueves. Las partidas parecen tan obvias al mirar atrás y conectar los puntos que las desencadenaron que te parece absurdo que no hayas sabido —o no hayas querido— conectarlos en el instante mismo en que los estabas viviendo.

En clase de inglés nos pusieron de tarea escribir una carta de amor. La redacté primero en español y solo hasta que comencé a traducirla me di cuenta de que mi carta no era de amor sino de desamor. Ni sé por qué la escribí, ni mucho menos por qué la traduje. Siempre supe que no habría una próxima clase para llevarla.

No te enseñaré a reír a carcajadas. No llenaré tu casa de adornos ni de colores ni de plantas. No verás mis fantasmas. No leeremos los mismos libros. No mercaremos juntos. No elegirás mi ropa ni yo la tuya. No entenderé tus chistes ni tú entenderás los míos. No te preocuparás cuando me demore en llegar. No me preocuparé cuando tú te demores. No te llevaré al hospital si estás enfermo, no te recordaré las horas en las que debes tomar tus medicinas. No te aplicaré antisolar. No volveré a descorrer las cortinas ni a abrir las ventanas para que entre la luz. No te morderé en las noches de luna llena. No tendremos una iguana de mascota ni un loro que cada mañana nos despierte gritando *Good morning*. No veremos más películas raras subtituladas en inglés. No acariciaré a tu perro ni pegaré mi hocico con el suyo mientras le digo cuánto lo quiero. No volveré a convertir tu biblioteca en un mar lleno de aventuras y peces. No usaré tus abrigos ni volveré a ocupar tu lado de la cama. No me aprenderé los nombres de las calles de esta ciudad. No conoceré a tus amigos ni a las esposas de tus amigos. No soplaré tus dientes de león ni pediré deseos. No veré florecer de nuevo la orquídea que me diste. No me marchitaré en esta casa. No me casaré contigo. No tendremos un hijo. No conocerás mi bosque ni mi manada. Si nunca tuviéramos nada más habríamos tenido este año y habría sido suficiente.

Dejé la tarea cuidadosamente descuidada sobre el escritorio de la biblioteca. Al encontrarla, el inglés puso su cara dramática y preguntó si estábamos rompiendo. Me pareció extraña la pregunta pues nunca sentí que hubiéramos comenzado algo formal. Solo se puede terminar aquello que se ha prolongado el tiempo suficiente como para ponerle un nombre o una etiqueta. Si he de ponérsela me quedo con la de amantes y eso es algo que podríamos seguir siendo. Tengo un problema con las etiquetas definitivas: esposa, madre, hija, loba. Le respondí que no estábamos rompiendo, que tan solo me estaba yendo, lo cual ocurriría apenas consiguiera un trabajo. Dicen que la vida nos pone a repetir una y otra vez las lecciones que reprobamos. No sé qué me faltó aprender durante estos meses de anidar cómodamente entre los brazos de un hombre mayor, lo cierto es que el primer trabajo que me ofrecieron fue cuidando a un anciano. A cincuenta libras el día, por supuesto, acepté sin siquiera pensarlo.

Otoño

El anciano se llama Mr Barnato y tiene ochenta y cuatro años. Enviudó a una edad en la que los hombres ya no aprenden a ser funcionales, por lo tanto, necesitan pagar a una mujer joven para que les haga los oficios que ellos nunca se esmeraron en aprender. Tilín, tilín, tilín, siempre me invoca con el tilín de una campana. A veces me llama Estela, a veces Jane, a veces Beatriz, a veces Ofelia, me gusta pensar que es por Dickens, por Austen, por Dante y por Shakespeare, aunque en realidad, sé que es porque jamás recuerda mi nombre. Soy tan olvidable. Barro, trapeo, merco, cocino, lavo el pato en donde orina por las noches. Cada vez le cuesta más pararse de la cama. El pato amanece a rebosar de orina de la cual se desprende un olor reconcentrado. A veces parece un anciano, a veces un tronco pesado e inmóvil. No es que esté gordo, lo que pasa es que, con los años, el cuerpo se pone más rígido que la madera. Ocurre lo mismo con los pensamientos. Hay un olor en esta casa que me enloquece, pero no consigo detectar su procedencia, mi olfato no volvió a ser el mismo de antes.

Mr Barnato adelantó el desayuno veintitrés minutos, lo cual quiere decir que tengo que madrugar más. Basta demorarme tres minutos o dos o uno para que empiece a tocar la campana. Tilín, tilín, tilín. Virginia, Mary, Emma, me llama. Y no propiamente por Woolf ni por Shelley ni por Bovary. Le he explicado mil veces que no pasa nada si desayuna a las ocho y cuarto como antes, en vez de a las siete y cincuenta y dos, pero nadie le saca de la cabezota esos veintitrés minutos. Son veintitrés minutos que a mí me quedan faltando de sueño. He aquí dos cosas que he aprendido: la primera es que los años sumados no son años sumados, sino años perdidos, años que jamás podrás recuperar. La segunda es que si uno se queda quieto termina, de verdad, convirtiéndose en un árbol.

Mr Barnato celebra pequeños grandes logros, como amarrarse los zapatos o peinarse los tres pelos que le quedan, tomando el sol en el balcón. En eso nos parecemos, somos plantas de exterior. Necesitamos hacer la fotosíntesis. Extendemos las manos, levantamos la cara para que la penetren los rayos, cerramos los ojos y comentamos al unísono: *«Ohhh, it's so warm»*. Lo más lejos que llegaremos juntos es al balcón, él no puede salir a la calle ni yo tampoco porque, claro, debo cuidarlo. Un viejo corre tantos peligros como un niño, la diferencia estriba en que es más frustrante de cuidar. El niño, al menos, te gratifica con sus avances, diciendo una palabra nueva o aprendiéndose a amarrar el zapato, en cambio, el viejo no hace sino retroceder y jalarte para que retrocedas con él. Estoy atada a un árbol antiguo cuya única función en el mundo es robar oxígeno. Tiene dinero, sí, es lo único que tiene, además de un problema en el corazón que lo podría dejar tieso antes de que yo llegara a darme cuenta, sin embargo, no pierde la esperanza de que pueda salvarlo y todos los días a las once en punto de la mañana me hace marcar el 999 y simular que reporto una emergencia. *«Hi, I need an ambulance, right now»*. Siempre me corrige lo mismo. Dice que la expresión *right now* debo pronunciarla con más convicción, en un tono imperativo que denote urgencia. Casi como un grito desesperado. *«Repeat after me: right now, right now, right now. Again: right now, right now, right now*». Me parece curioso que personas como él no quieran morirse, el día en que me vea así de impedida juro que meto la cabeza en el horno y enciendo el gas, bueno, en caso de que pueda agacharme lo suficiente para poder encajar la cabeza hasta el fondo. Aún no he resuelto cómo voy a hacer para que la gente no se demore meses en notar mi desaparición. Es lo que te preguntas cuando tienes tan claro que no vas a casarte ni a tener hijos. O cuando te niegas a pagar a una veinteañera para que haga todas esas cosas que ya no puedes hacer. Terminas siendo un fantasma cuya desaparición no asusta a nadie.

Si acepté el trabajo es porque la casa de Mr Barnato está ubicada en Chelsea, porque pagan cincuenta libras al día y porque estoy obligada a vivir con él en la misma casa. «*At the same flat?*», preguntó el inglés escandalizado cuando le conté, seguro elucubrando las razones por las cuales pasé de vivir con un viejo que me cuidaba a mí a incomodarme cuidando a otro viejo —uno desconocido, para colmo de males— las veinticuatro horas de cada uno de los siete días de la semana. Debe pensar que hice un pésimo negocio. Aunque conociéndolo, su preocupación es cómo voy a escaparme para estar con él en algún cuarto de hotel. Un día me preguntó por mis *days off*. No tengo días de descanso, la vejez no descansa. Solo podremos vernos durante las tres horas del permiso de mis clases de inglés. Otro día me preguntó: «*Why are you there?*». Es una buena pregunta. ¿Por qué estoy aquí? Una razón podría ser el dinero, pero no es el dinero. Podría ser la libertad, pero cuál libertad si solo puedo alejarme a tres tilines de campana. Es otra cosa que se parece a la independencia pero que no es exactamente independencia. No lo sé. Quizá tan solo se trata de que necesito recuperar mi cola y mis fauces y mis garras. Necesito tejer telarañas, que regrese la magia. Darme un tiempo para volver a ser la que solía ser. Ni siquiera he vuelto a tomar fotos.

Intento no saltarme las clases de inglés, pero sigo saltándomelas más de lo que debería, es que me aburren infinitamente. Además, debo tomar la Circle Line y siempre está retrasada y llena de pasajeros malhumorados. Prefiero ir a Hyde Park a llevarle pan a los cisnes del lago. De tanto visitarlos creo que pronto comenzaré a hablar cisne. No recuerdo quién me contó que todos los cisnes de Inglaterra son propiedad de la reina. Querida Isabel: ¿Cuántas veces has venido a alimentarlos? Las cosas pertenecen a aquel que las cuida, por lo tanto, los cisnes de Hyde Park me pertenecen a mí. A veces voy a visitar a la señora de Notting Hill. Pasó todo el verano con su madre en Cardiff y vino más animada. Qué será lo que el mar y las madres no pueden curar. Una vez me pidió disculpas por la forma tan ruda como me despidió. Aseguró que ella no era ella. Yo le dije que tranquila, que yo tampoco era yo. A fin de cuentas, ¿qué significa ser uno mismo? Este año en particular he descubierto que soy muchos personajes simultáneamente. Otra vez me pidió que volviera a trabajar en su casa. Me ofreció *full time* y casi cincuenta libras al día. Aunque el dinero es el mismo que estoy ganando con Mr Barnato, decliné la oferta solo porque tendría que buscar otra vez un *flat* donde quedarme, pagar un arriendo y convivir con nuevos *flatmates*, lo cual quiere decir resolver problemas inéditos, porque la convivencia con desconocidos es eso, una resolvedera permanente de problemas que te quitan dinero, tiempo y energía. Además, noté que los nenes no me determinaron. La única vez que Candelaria me dirigió la palabra fue para preguntarme si aún hablaba el lenguaje de los animales, abrumada por mi silencio preguntó después dónde había dejado la araña y la cola. No le respondí para no ponerme a llorar. Soy consciente de que he perdido la magia y la maldición es no saber si podré recuperarla.

Mi cuarto es chiquitito e improvisado. Queda escondido en la parte de atrás de la zona de ropas. Cualquiera pensaría que elegí este trabajo porque no tenía a dónde más llegar y tendría toda la razón. Soy lo más parecido a una empleada doméstica interna. No sé cómo voy a explicarle esto a mi madre. En Colombia una empleada doméstica interna es considerada un ser inferior al cual se le asigna el cuarto más recóndito de la casa, un ser que se come a escondidas las mejores cosas del mercado y casi siempre se queda las vueltas. Cumplo con el estereotipo al pie de la letra. Antes de mercar, le leo a Mr Barnato la lista de los faltantes, lo cual es una pura formalidad porque él no puede contrastar si, en efecto, el queso feta, el jabón o las galletitas suizas para el té se han acabado. Mucho menos puede hacer la cuenta entre el costo del mercado y las vueltas. Si fuera mala persona me aprovecharía más. Pese a todo sigo siendo una chica buena, aunque ya no hable con Dios ni con el fantasma de mi padre, aunque no vaya a misa, aunque no teja.

La diferencia es que aquí gano en libras más de lo que gana en Colombia el dueño de la casa que contrata a la empleada que esconderá en el cuartito de atrás. Las reglas son las mismas. Uno: la empleada solo puede hablar lo estrictamente necesario. Dos: la empleada debe atender siempre al sonido de la campana. Tres:

la empleada no puede expresar sus opiniones. Cuatro: la empleada no puede tener antojos ni rabietas ni novios. Cinco: la empleada no puede embarazarse, ni enfermarse ni usar ropa llamativa. Seis: la empleada no puede tener vida propia. Siete: la empleada no debe usar maquillaje ni perfume. En resumen, el grado de invisibilidad de las empleadas es mayor que el de los meseros, quién iba a pensarlo. Para evitar un escándalo por parte de mi madre diré que estoy en la industria del cuidado gerontológico, aunque conociendo sus dotes premonitorias le tomará menos de un segundo desentrañar mi nuevo oficio. ¿Gerontológico?, comentará con una risa burletera, si usted nunca ha convivido con un anciano. Tiene razón. Mis cuatro abuelos murieron relativamente jóvenes. Si lo pienso bien, el hombre viejo más cercano con el que he convivido es el inglés.

Es verdad que la bruja es ella, pero también es verdad que algo se me ha pegado. Hago conjuros por la noches para recuperar la magia perdida. Espero a que Mr Barnato se duerma para encender inciensos y velas por toda la casa, no vaya a ser que me gane otro sermón alertándome acerca del peligro del fuego y recordándome el incendio del 666. Invoco a los espíritus de la noche, del agua, del fuego y del aire. Camino en cuatro patas, sigilosa, por toda la casa buscando el origen de ese aroma enloquecedor que percibí desde el primer día. Mis pasos me llevan al único lugar inexplorado, un ático atiborrado de baúles cerrados y repisas repletas de chécheres y polvo. Sobre una de ellas reposa un reloj de arena antiguo, lo giro varias veces y en todas ellas asisto hipnotizada al desplazamiento de sus partículas de arena desde un compartimento hacia el otro. Una pieza tan exquisita y olvidada me parece un desperdicio. De inmediato pienso en lo mucho que le gustaría a Milton. Estoy segura de que cuando Mr Barnato muera su familia contratará a una empresa para que desocupe la casa, tire todos los chécheres y haga una limpieza a fondo antes de ponerla en venta. No deben ver la hora, hasta yo sé que un apartamento en Chelsea vale una fortuna. La mayoría de las cosas que conservamos solo tienen valor personal para nosotros mismos, para los demás, en cambio, no son más que basura. Pienso en lo que haría mi familia, si algún día yo no regresara, con todas aquellas cosas que he atesorado a lo largo de mi vida. No es que tenga muchas, salvo, quizá, algunos libros y algunas plumas. Me gusta creer que se las repartirán como una especie de recordatorio, que se pelearán la de quetzal y la de águila arpía que, con sus flamantes sesenta centímetros, son las más largas. Todavía me arrepiento de haberle cedido al inglés la pluma de halcón peregrino, igual siempre he pensado que aquello que de verdad nos pertenece encontrará la manera de volver a nuestras manos.

Sigo buscando y lo que encuentro me deja paralizada un instante mientras determino si, de verdad, es lo que estoy pensando. Sustraigo el paquete con cuidado, lo abro, lo huelo, lo palpo. Comienzo a temblar. Me llevo la mano al pecho —justo a la altura del corazón— y caigo en cuenta de que lo he dejado olvidado dentro de la urna que reposa sobre la mesa de noche del inglés. Menos mal me traje su cabeza, así podremos hacer el trueque. Solamente a mí se me ocurre andar sin corazón por el mundo. ¿Qué clase de persona soy? Lo que contiene el paquete es un tapete de piel de lobo que me apuro a extender sobre el suelo para analizar su tamaño. Es tan suave que provoca acariciarlo, tenderse sobre él y cerrar los ojos para recibir las visiones de la duermevela. Conozco chamanes que se reúnen en torno al fuego después de preparar las pieles de los animales que quieren invocar. Un tambor simula los latidos del corazón. Pum, pum, pum. El chamán que se pone una piel de oso se convierte en oso. El chamán que se pone una piel de jaguar se convierte en jaguar y ruge. El de la capa de plumas se vuelve un águila que sale volando y el de la piel de anaconda se transforma en anaconda y desaparece silenciosa entre la hojarasca. Frente al espejo de cuerpo entero de la sala me echo encima la piel de lobo. Veo de nuevo mis dientes alargados y mis orejas erigidas, la cola no para de agitarse, quizás se deba a la luz de las velas o la de luna. Quizás no. Hago las cuentas de las fases lunares. Aúllo porque está llena. Imagino que mis aullidos retumban por todo el vecindario con tanta fuerza que los vecinos comienzan a asomarse por las ventanas. Imagino que alertan a las autoridades y no demoran en patrullar el barrio. Ese es el problema de vivir en la ciudad. La gente se desconecta tanto de la naturaleza que deja de fabular y prefiere oír una sirena de policía en vez del aullido genuino de la única loba que queda en toda Inglaterra.

Mi relación con el dinero es bastante extraña. Trabajo muy duro para conseguirlo pero nunca sé cuánto tengo ni cuánto gasto. A veces me da por contarlo, pero olvido la cifra apenas guardo la billetera. Mi objetivo no es que me sobre dinero, sino que no me falte. Hay una gran diferencia. Siempre he creído que es importante identificar el punto en que crees poseer suficiente. Es una tarea que solo tú puedes llevar a cabo pues lo que es suficiente para una persona puede ser insuficiente para otra. Hay gente insaciable que se gasta media vida consiguiendo dinero y la otra media cuidándolo, lo cual significa una vida entera de sufrimiento. Mi padre solía decir que, de vez en cuando, había que mirar de frente el dinero ganado para que quedara claro quién pertenecía a quién. En estos días me disponía a seguir su consejo y me di cuenta de que tenía muchas más libras de las que debería tener. Ya sé que Mr Barnato me paga bien y que aquí encerrada no tengo forma de comprar nada. Ni siquiera gasto en arriendo ni mercado. Es verdad que a veces salgo —supuestamente a clases— pero, en realidad, lo que hago es entretenerme con planes alternos sencillos y gratuitos: caminar, sentarme en alguna banca a ver llover hojas, alimentar los cisnes del lago, clasificar los árboles antes de que vuelvan a perder el follaje y sea imposible distinguirlos. El único plan costoso es cuando el inglés viene a Londres, igual la cuenta la paga siempre él. Una vez me preguntó si andaba bien de dinero y, por la mueca con la que acompañó la pregunta, supe que él había escondido dentro de mi billetera las libras sobrantes. Recordé que eso mismo hacía mi padre y, hasta el día de su muerte, estuve convencida de que mi billetera multiplicaba el dinero por arte de magia. Qué lejos estaba de saber lo difícil que es conseguirlo.

Lo único realmente costoso que he comprado es el tiquete de regreso a Colombia. Fue en una de esas tardes infinitas de tedio en la que casi deseaba que Mr Barnato se despertara de su siesta y se antojara de algo que no hubiera en casa dándome una razón para salir de mi encierro. Muchas veces invento que falta tal o cual producto para poder pisar la calle y recordar que hay un mundo afuera. Lo único bueno de la aburrición es que te obliga a pensar estrategias para evadirla, lo cual es curioso porque la aburrición —que casi siempre surge de la espera pasiva, de la quietud insoportable— es la que te pone en movimiento. Yo esa tarde alargada caí en cuenta de que no estaba dispuesta a pasar otro invierno aquí, ni siquiera me sedujo la idea de ver la nieve, entonces moví mis dedos y, tras un par de clics, compré el tiquete. La certeza de un regreso me hizo pensar que aún no le había tomado unas buenas fotografías a la ciudad. Como mi estancia en Londres iba a ser larga me dije que lo haría después pero, después del después siempre hay otro después que lo sucede y ahora me ha agarrado el otoño —y el afán por las fotos—, lo cual no me molesta del todo porque la luz otoñal es más cálida, más difuminada y las imágenes quedan con un halo nostálgico que me encanta. El plan me animó a buscar la cámara fotográfica dentro de mi maleta, pero resulta que allí no estaba. Dentro de la mochila tampoco. Ni en el cajón de la mesa de noche ni en ningún lugar de mi cuarto. Parece que el corazón no fue lo único que olvidé en la casa del inglés. Lo llamé de inmediato para pedirle que la buscara y me la trajera, de paso, aproveché para anunciarle que yo pagaría la cuenta del próximo restaurante. Espero que el mensaje le quede claro: ya no lo necesito. Yo misma elegí el restaurante —uno de gama media, la idea es mandarle un mensaje, no arruinarme de nuevo al punto de volver a depender de él—, lo más cerca posible de la casa donde estoy trabajando. Le advertí que solo devolvería su cabeza a cambio de mi corazón. No parece haber entendido el trueque que le estaba proponiendo, lo sospeché, tantos meses después y el inglés no se ha enterado de que le falta una parte del cuerpo.

Entre tanto, avanza el otoño y los días se van acortando, a mí, en cambio, se me hacen cada vez más largos. Ahora tengo ochenta y cuatro años, dinero de sobra y un tedio infumable. Para hacerle el quite a la aburrición se me ocurrió aplicar la misma fórmula que usé en la casa del inglés y que resultó tan efectiva: crear un jardín. Le sugerí a Mr Barnato que llenáramos la casa de plantas, por la cara que puso supe que le pareció mala idea. Dijo que las plantas expulsan dióxido de carbono por las noches y que podríamos intoxicarnos. Ese es tan solo otro de los problemas de los citadinos en los países desarrollados: se preocupan más por la emisión de dióxido de carbono de las plantas de interior que por la de los combustibles fósiles. Ni siquiera se dan cuenta de que el planeta se está calentando y han disminuido las especies de pájaros. Ya los quiero ver desplazándose en masa hacia Colombia cuando los veranos aquí se tornen insoportables y se les acabe el agua. Ojalá viva para presenciar las filas de las visas y para verles la misma cara que he puesto yo tantas veces cuando me han sido negadas. Menos mal la orquídea permanece oculta en mi pequeño cuarto. No tiene flores, ni siquiera botones ni follaje nuevo y, con el invierno a la vuelta de la esquina, no guardo ninguna esperanza de asistir a su renacimiento, sin embargo, la sigo cuidando porque uno tiene que cuidar las cosas que ama.

La cena con el inglés transcurre más o menos en silencio, mirándonos de reojo cuando creemos que el otro no está pendiente, preguntándonos calladamente si esta es la antesala del final. Repetimos gestos que, a fuerza de usarlos, empiezan a parecer cansados. Nos tomamos de la mano, nos rozamos con la punta del pie por debajo de la mesa, compartimos bocados de comida, me acomoda las hebras de pelo detrás de las orejas. Me cuenta sobre los avances de su ensayo intraducible y sigo más perdida que la primera vez. Yo le cuento sobre lo mucho que he envejecido al lado de Mr Barnato y él sigue sin entender por qué prefiero vivir allá, creo que la falta de cabeza se le empieza a notar. Se la devolvería ahora mismo si me hubiera traído la cámara fotográfica y el corazón.

Después del postre, anuncia el nombre del hotel que ha reservado, uno de lujo, claro, tiene que demostrarme que yo no podría pagarlo, pero él sí. Se muestra decepcionado cuando le digo que no puedo ir. Mi permiso de tres horas me lo he gastado en la cena y Mr Barnato debe estar esperándome para que lo ayude a meterse a la cama. Me ruega, asegura que el hotel está cerca, que no nos demoraremos. Lo que el inglés ignora es que yo soy más responsable que vagabunda. Visiblemente molesto se toma de un solo trago todo el contenido de la botella que tiene sobre la mesa. Unos minutos después, no solo está molesto, sino también borracho y con ganas de pelear. Me sorprende su comportamiento, nunca antes lo había visto así. Como no me gustan ni los borrachos ni las peleas agarro mis cosas y le digo que me tengo que ir. «¿A cuidar al viejo por cincuenta *pounds*?, pensé que usted valía más, dígame cuánto, seguro que puedo pagarlo», dice metiéndose la mano entre el bolsillo y sacando un fajo de billetes que arroja sobre la mesa. No me gusta para nada esta escena y, mucho menos, el tono con el cual está siendo dramatizada. Ahora sí parece más joven que yo, un adolescente rabioso a quien ni el dinero ni la potencia sexual le sirven para retener a la mujer con la que se ha encaprichado. «Por supuesto que valgo más —contesto—, tanto que ni usted, ni Mr Barnato, ni el árabe, ni nadie podría pagarme». Dicho lo anterior, me pongo de pie y salgo del restaurante con decenas de ojos clavados en mi espalda. Ya he mencionado que aprendo rápido, quién lo mandó a enseñarme respuestas como esa.

Llego a casa temblando a causa de la escena del inglés y lo primero que veo es a Mr Barnato furioso porque me he retrasado diecisiete minutos que, según él, van a descuadrarle la digestión. Se niega a recibirme el té y la tostada que come invariablemente cada noche antes de acostarse, también se niega a que lo ayude a meter a la cama y a que le suministre las medicinas. Eso me pasa por andar con viejos, confirmo que es verdad aquello de que se vuelven niños con el paso de los años. Con el cuidador pasa lo contrario, termina tan frustrado que iguala en edad al anciano, por eso, ahora tengo ochenta y cuatro años. Al rato entro a apagarle la luz y me quedo observándolo unos minutos con un sentimiento a medio camino entre la fascinación y el horror. Tiene la boca abierta y el cuerpo sumido en una posición extraña. Sobre su cabeza revolotea una mariposa negra con el ala rota. Por un momento me asalta la idea siniestra de que quizá haya muerto y, justo cuando estoy a punto de comprobarlo poniendo mi dedo bajo sus fosas nasales, abre los ojos opacos y vidriosos y con un gruñido me pregunta qué estoy haciendo. ¿Qué contestarle? ¿Que pensé que estaba muerto? Le muestro la mariposa pero, enfurecido, me grita que él no ve nada. Entonces apago la luz y el cuarto queda sumido en un silencio y una oscuridad sepulcral. Me voy a la cama pensando en aquella mariposa de ala rota revoloteando infinitamente con movimientos en espiral que no la llevan a ninguna parte. Me pregunto si yo estaré igual. Aleteando y aleteando sin saber dónde aterrizar, sin llegar a encontrar mi lugar.

Las palabras del inglés martillearon la noche entera en mi cabeza y, como consecuencia de ello, no dormí ni un segundo. Cada vez que intentaba cerrar los ojos veía la imagen de su mano arrojando el dinero sobre la mesa. Desde que lo conozco ha consumido alcohol con frecuencia, sin embargo, jamás lo había visto borracho y, sinceramente, no creí que alguna vez fuera a asistir a una escena de ese calibre protagonizada por él. Además, ¿no dicen por ahí que los niños, los borrachos y los locos nunca mienten? Por algo dijo lo que dijo, en algún rincón de su interior debió configurarse la idea de ponerme un precio, otra cosa es que el alcohol lo haya empujado a expresarla. Uno no es culpable por lo que piensa, sino por lo que dice.

A la madrugada no me despierta la campana de Mr Barnato, sino la ráfaga de mensajes del inglés. Al menos me queda la certeza de que durmió peor que yo, por la forma descuidada con la que escribió los últimos mensajes diría incluso que ni siquiera llegó a acostarse. Lo que más me sorprende es que todos apunten a la idea puntual y obsesiva de pedirme disculpas. El inglés pertenece a la generación de hombres criados para tener la razón aunque no la tengan y a mostrarse fuertes aunque estén hechos pedazos. Equivocarse es algo que les ocurre a otras personas, no a ellos. Pues bien, el inglés acaba de descubrir de golpe dos lecciones importantes: todos nos equivocamos y, cuando lo hacemos, todos tenemos que pedir disculpas. Al leer los mensajes noto que, en la mayoría de ellos, le echa la culpa de su desafortunada actuación al alcohol, lo cual me lleva a pensar en una tercera lección: busca un culpable que haga ver tus errores menos graves de lo que son y luego victimízate. Las víctimas generan lástima y la lástima genera el anhelado perdón. Así como él ha descubierto unas cuantas cosas, yo he descubierto otra —además de mis ochenta y cuatro años, mi dinero y mi tedio— y es que tengo poder sobre él y no me refiero al poder sexual —ese ya lo había descubierto y explotado—, me refiero a un poder superior, al poder de redimirlo o no.

Los mensajes continúan llegando durante todo el día y el siguiente y el siguiente del siguiente. Yo me doy el lujo de ignorarlos. Tres semanas después caigo en cuenta de que si no lo perdono no volveremos a vernos y si no volvemos a vernos no tendré ni la cámara fotográfica ni el corazón de vuelta. Además, su cabeza ocupa mi mochila y necesito liberar espacio para empacar mis cosas y regresar a Colombia. La mecánica es simple. Elijo alguno de los cientos de mensajes que dicen «*forgive me*» y respondo con un escueto «*ok*». Luego ponemos una fecha, una hora y un lugar que resulta ser el restaurante en Soho donde tuvimos la primera cita oficial. Nuestra historia es una rueda que, tras muchas vueltas, está condenada a cerrarse en el mismo lugar donde comenzó.

Jamás voy a acostumbrarme a que el clima cambie de forma tan repentina y abrupta. Creía que faltaban un par de semanas para el invierno y aquí estoy, recibiendo el aire gélido que se cuela por la ventana, avizorando la catástrofe contenida en el cielo, catástrofe que deberé enfrentar de nuevo sin un abrigo adecuado ni un paraguas. Mr Barnato a duras penas se mueve, a duras penas come y eso cuando yo calculo su hambre, pues ya no tiene fuerzas ni para agitar la campana. Quemaría gustosa mis últimos días en esta casa vacía como el interior de una calavera, ahogándome en mi propio tedio, sumida en la atronadora indiferencia del mundo, pero todavía me quedan un par de ciclos por cerrar y personas por despedir.

El reloj de arena se lo regalé a Milton. Nos encontramos en El Bajo Mundo en un día impar para no coincidir con el odontólogo. La mejor forma de lidiar con las personas indeseables no es enfrentándolas, sino ignorándolas. Enfrentar a alguien requiere una inversión de energía que no querrás dedicarle a quien no la merece. Lo mejor es el olvido. Verlo después de tantos meses me produce una gran alegría. Es el mismo personaje de siempre con el pelo desordenado, los ojos redondos y fijos de búho, los jeans dos tallas más grandes a punto de derramarse cintura abajo y los múltiples relojes brillando en cada mano y bolsillo del pantalón.

Apenas le entrego el reloj de arena se le agrandan aún más los ojos y se le ponen a brillar como si fueran dos planetas lejanos. La boca se le tuerce en una risita jubilosa. Me pregunta de dónde lo saqué y le digo que de una anticuaria por Camden Town. Una cosa es ser ladrona y otra es admitirlo, incluso ante alguien como él. Le cuento que pronto me devolveré para Colombia y entonces, como despedida oficial, me invita a café con buñuelo. Yo a este granuja lo voy a recordar siempre, me digo, mientras lo miro comer con la boca abierta, tatareando el vallenato de turno y consultando de manera constante sus múltiples relojes. Jamás comprenderé su compulsión por medir el tiempo, en especial porque él no es una persona puntual. Quizá sea su forma de expresar rebeldía, quizá su forma de hacerle el quite a la eternidad, quizá su forma de llamar la atención, quizá no sea nada.

Tras despedirme de Milton tomo el metro con una plena conciencia de que jamás repetiré esta misma ruta: Elephant and Castle, Borough, London Bridge, Bank, Liverpool Street, Bethnal Green, Mile End, Stratford. Tomé cientos de veces el mismo trayecto, sin embargo, me siento tan ilusionada como la primera vez, cuando esperaba encontrarme con Shakespeare en un apacible lugar lleno de ovejas y casas estilo Tudor. Al llegar toco con insistencia la puerta de Alister, pero no obtengo respuesta. Puede que no esté, puede que no quiera abrir, sería muy propio de él no hacerlo. *«It's me, it's me»*, grito mientras golpeo, hasta que me doy cuenta de lo absurdo de mi llamado, a fin de cuentas, ¿quién soy yo? La mujer que vivió con Alister es muy distinta de la que ahora toca la puerta y, sin embargo, aquí estoy tratando de buscar mi identidad en las aguas oscuras de mi memoria. La vecina de enfrente se asoma y, al verme, dice con voz nasal y aflautada: *«Oh, it's you, darling»*. Nos quedamos mirándonos, sabiendo que ambas hemos envejecido varios años y, sobre todo, sabiendo lo mucho que se nos nota. A veces un terremoto sacude el suelo que estás pisando, a veces tan solo basta que te veas en la mirada de otra persona. Me cuenta que Alister hace un mes regresó del sanatorio, agarró el carro y se fue de viaje. «*Far away*», dice, como si fuera el nombre de un país por descubrir o una promesa lejana. «*Far away* —dice—, *just like his father used to do*».

De regreso a Chelsea se me ocurre comprar papel de globo, alambre y Colbón. De vez en cuando hay que darles gusto a los fantasmas.

Despedirme del inglés supone un operativo de alto riesgo. Sabiendo que las tres horas de mi permiso serán insuficientes opto por salir hacia las diez de la noche apostándole a la poca probabilidad estadística de que a Mr Barnato se le ocurra llamarme después de esa hora. Nunca ha pasado que me necesite en el interludio comprendido entre su dormir y su despertar, pero podría ocurrir perfectamente. Para mi mala suerte —acaso la antesala de un presagio— se larga un aguacero justo a la hora de salir y llego a la cena retrasada y mojada. Luzco el jean, la camisa, la chaqueta fucsia y el labial rojo de siempre. La escena parece una copia de la ocurrida hace once meses, hasta lo veo a él sentado en la misma mesa, mirando distraídamente por la misma ventana. Yo a simple vista también parezco igual, pero ahora soy muy distinta. La botella de vino va por la mitad. La expresión apagada, los ojos suspendidos sobre la medialuna de un par de ojeras. Los dientes de león se le han desprendido de la cabeza. Ignoro si la silla que ocupa se ha agrandado o él se ha vuelto pequeño. Me siento más grande, más alta, más fuerte, más vieja y de mi pelo gotean diamantes en vez de agua. Descorro la silla en la que voy a sentarme y lo primero que hago antes de saludarlo, antes de besarlo, antes de preguntarle cómo está, bien y usted, es pedirle la cámara fotográfica. Hurga entre un paquete que reposa sobre el suelo mientras me pregunta si quiero usar su abrigo. No, no tengo frío, tengo ganas de que sea una cámara lo que sale de ese paquete. Y sí, es una cámara. Una cámara nueva que ha comprado de regalo porque, según él, no pudo encontrar la otra, lo más seguro es que me la hayan robado en el tren, dice. Me echo a llorar mientras las imágenes contenidas en el rollo desfilan dentro de mi cabeza haciéndome llorar con más intensidad porque ahora tengo la certeza de que jamás volveré a verlas. Los demás comensales se giran y ven la escena conmovedora de un padre dándole un regalo costoso a su hija que, seguramente, acaba de conseguir su primer logro importante —quizá graduarse u obtener un trabajo en Canary Wharf—, imaginan logros donde solo hay pérdidas. El inglés intenta consolarme haciéndome ver que la cámara nueva es mejor que la antigua porque es digital y lo digital es el futuro de la fotografía. Además, estamos estrenando siglo y no hay ninguna excusa para que alguien tan joven como yo no tenga una cámara con la última tecnología.

Yo no estoy llorando por la cámara, digo, estoy llorando por las fotos que ya no podré revelar, por todas esas escenas que no volveré a ver y que comienzo a listar en voz alta. Los árboles desnudos y el cielo cuadriculado por las marcas de humo blanco que dejan los aviones, el *homeless* leyendo a Proust, los charcos congelados, la Bakerloo Line llena de globos por su centenario, el caballo blanco pastando al pie del río. No volveré a ver la orquídea con tres flores abiertas, ni a la princesa gorda y satinada con manchas de Kit Kat en el vestido. Tampoco a los niños de Notting Hill andando a cuatro patas como si fueran animales de la selva, ni los bucles *effortless* que se deshicieron apenas nos metimos en la cama. Ni los arbustos con forma de lobo, ni las colchonetas de cocodrilo, ni el horno reluciente y sabio como un maestro ascendido, ni los picos lejanos de las montañas cubiertos de nieve, ni la taberna donde tocaban los Beatles y luego a ti cantando *Yellow Submarine* mientras conducías. No veré la casa de Shakespeare, ni a Puck, ni al palo de Brasil tomando el sol en plena calle, ni al ángel de Piccadilly dándome consejos. Tampoco los olmos, fresnos y los robles cuando empezaron a llenarse de hojas. Ni al mesero de bigotito ridículo que no nos quiso servir el té porque ya había pasado la hora, ni las viejas casas de piedra de Bibury, ni el mar de Brighton donde cantaban las piedras. No veré las fotos tuyas cocinando y afeitándote y andando descalzo por la casa con un albornoz verde que brillaba como las escamas de un reptil, tampoco veré tu perro ni la escultura del fauno tocando eternamente la flauta para proteger al rebaño de los lobos.

Al terminar el listado sigo sollozando mientras me limpio las lágrimas y los mocos con el dorso de la mano. Los demás comensales se quedan callados sabiendo que erraron en todas sus suposiciones. El inglés comenta exactamente lo mismo que hubiera comentado mi madre: «¿Se da cuenta? No necesita las fotos, tiene todo en su cabeza, en veinte años, cuando escriba la novela, se acordará de mí y me dará las gracias». Estos son los consejos que una no entiende en el momento en que los recibe, así que sigo llorando, pensando que no hay nada en el mundo que pueda consolarme. Es entonces cuando revela que ha separado un cuarto en el Dorchester. Necesito procesar semejante información. Mi cabeza repite mentalmente un cuarto en el Dorchester. Mi boca dice en voz alta un cuarto en el Dorchester. Mi garganta grita un cuarto en el Dorchester. Mis lágrimas se congelan y mi aliento y mi lengua y cada una de las facciones de mi cara. Cuatro meses atrás me habían enviado de la empresa Silver Service a atender un evento en ese hotel y fue la peor experiencia de mi vida. Los meseros más cancheros se apresuraron a elegir los uniformes y los novatos nos tuvimos que arreglar con las prendas sobrantes. La falda era negra y sosa como la de una monja y me quedaba por lo menos dos tallas más grande. Cada mesera era responsable de llevar sus propias medias veladas, las cuales obviamente no llevé porque desde niña me había hecho la promesa de que nunca usaría una prenda tan horrenda como esa. El manager nos hizo poner en fila y con una vara iba dando golpecitos en la parte del uniforme o del aspecto físico que había que corregir. A la chica que estaba a mi lado le golpeó la coronilla porque no tenía el pelo bien recogido. O otra le golpeó los labios porque los tenía pintados con un color muy llamativo. A mí me golpeó la oreja —nadie me había advertido que no podía usar aretas—, me golpeó en los zapatos —pensé que mis tenis negros pasarían de agache—, me golpeó en la espinilla para señalar la ausencia de medias y luego se puso rojo como una langosta y gritó a todo pulmón: «*Go home*». Desde ese día me propuse que cuando fuera grande y millonaria me daría el lujo de volver al hotel como huésped. Al parecer no tendría que esperar tanto.

El Dorchester es aún más lujoso de lo que recordaba, obviamente no había conocido sino la puerta de entrada trasera, la cocina y los probadores. Ante mí se despliega un jacuzzi burbujeante, una cama mullida y una vista panorámica de la ciudad a través de un ventanal inmenso. Hay orquídeas florecidas por todas partes y chocolates de menta sobre la almohada. De pie, frente al ventanal, me quedo sin aliento por todo el vértigo y la belleza de esta ciudad que me ha dado y me ha quitado tanto. No recuerdo quién me dijo que los extranjeros jamás llegan a conocer Inglaterra, si acaso aprenden a soportarla. Yo no estoy segura ni siquiera de soportarla, solo me queda el consuelo de haber hecho el intento. El inglés se queda un rato detrás de mí sin atreverse a interrumpir mi vista y mis pensamientos. Al cabo de un rato percibo sus manos alrededor de mis hombros y su aliento en mi nuca y su estómago contra mi espalda como si quisiera sostenerme —o sostenerse él— por lo que está a punto de decir: «*Last night together*». Es entonces cuando mete su mano dentro del hueco ubicado en el lado izquierdo de mi pecho y encaja allí mi corazón de vuelta.

No creo que haya palabras que describan lo que es acostarse con alguien sabiendo que es la última vez. La última vez es una expresión corta y, al mismo tiempo, inmensa y definitiva. De una última vez no hay regreso porque si lo hubiera no sería una última vez. A pesar de que nos quedan años por delante, no tengo ni un solo motivo para creer que nos volveremos a encontrar de nuevo. Y eso duele, independientemente del vínculo endeble que construimos. Jamás en mi vida había llorado durante el sexo y, cuando él pregunta la razón de mis lágrimas, me doy cuenta de que soy incapaz de admitirla en voz alta. «Lloro por las fotografías perdidas», digo, mientras busco una respuesta mejor para darle. Solo yo sé que lloro por la certeza de que este momento jamás se volverá a repetir, no en este hotel ni en esta cama, ni con este hombre, ni en esta ciudad. Lloro por la novela que no escribí, por los amigos que no hice, por haber permitido que la magia y la loba se me escaparan. Lloro de pesar por la mujer que se dejó poner un collar y de orgullo por la que fue capaz de desatarlo. Lloro porque estoy perdiendo a un hombre, a un amante, a un papá, a un Dios y me doy cuenta de que no todo es ganar, de que no hay nada eterno, nada seguro y nada concluyente. Lloro porque, sin padre y sin Dios, el cielo está vacío. Lloro por la certeza de que en unos años agradeceré todo lo que hoy me está haciendo llorar. Al cabo de un rato me detallo su cara de animal embalsamado. La pregunta no debería ser por mis lágrimas sino por la ausencia de las suyas. «Soy demasiado inglés para llorar», responde.

Hacia las cuatro de la mañana me levanto con un sigilo casi reptiliano —herencia de Alister— para irme a casa antes de que Mr Barnato se despierte. Busco a tientas la ropa y me la pongo sin hacer ni el más mínimo ruido, luego me quedo observando al inglés dormir plácidamente como si algo no estuviera a punto de romperse entre nosotros de forma definitiva. Dudo si despertarlo o no para despedirme, si dejarle o no una nota. No quiero desaparecer sin dar razones así como hice con Antonio. Si estuviéramos en una película tendría que hacerlo y la nota tendría que decir «*I love you*» o alguna otra cursilería como esa. Al final me decido a escribirla con letra temblorosa —como si hubiera una ruptura entre mi cerebro y mi mano, entre el mensaje y la herramienta para comunicarlo—. La nota dice justo lo contrario a lo esperado: «*I don't love you*». La dejo sobre mi lado de la cama junto con el anillo de piedra azul y su voluminosa cabeza.

Aún está oscuro cuando salgo a la calle, recibo el frío como un castigo que merezco, mi pelo ondea alborotado por tanta noche. Aunque siento temor —en Colombia jamás andaría sola a esta hora—, decido caminar hasta Chelsea con la idea de purgar mis penas. Cada uno de mis pasos resuena en medio del silencio como si fuera la voz del miedo. No llevo ni tres cuadras y ya estoy revisando el celular con el fin de comprobar si el inglés ha escrito. Imagino que me pregunta dónde estoy y que le tomará un minuto llegar corriendo a darme un beso de despedida. Imagino que propondrá formas de que me quede, que me ofrecerá una vida fácil y desahogada bajo su manto protector. Imagino que dirá que no me va a faltar nada, que seremos felices por siempre, que podríamos casarnos para cambiar mi apellido y mi nacionalidad y convertirme en otra que no necesita visas, ni papeles para ser bien recibida en el mundo. Si llegara a aceptar propuestas tan tentadoras enterraría mis mejores años, moriría sin siquiera vivir. Y yo quiero vivir, incluso con todos los desafíos y dificultades que la existencia plantea. Al costado del Támesis veo un caballo blanco, blanquísimo como una pintura de Foujita, camino hacia él convencida de que es una premonición —los caballos siempre anuncian la llegada de alguien—, pero cuando intento tocarlo se diluye con el resto de la neblina espesa. Reviso el celular una vez más. No sé si por curiosidad o por ansias de recibir las propuestas que he imaginado. La pantalla sigue vacía. Noto mi decepción al comprobarlo y, precisamente porque la noto, decido lanzarlo al agua. Es verdad que algunas arañas devoran al macho después de la cópula, otras tan solo lo abandonan.

Al regresar a casa lo primero que hago es revisar a Mr Barnato. Tiene los ojos entreabiertos y una quietud extraña de absoluta perplejidad. Igual que la vez pasada pongo mis dedos sobre sus fosas nasales para asegurarme de que esté respirando. No hay mariposas negras sobre su cabeza. No abre los ojos. No me lanza un gruñido preguntándome qué estoy haciendo. No está respirando. Mi visión de un hombre muerto se ha hecho realidad. Su cuerpo sigue aquí, pero él está en otra parte. Enciendo una vela, ahora que nadie puede recordarme el peligro del fuego, como si no lo hubiera experimentado, como si yo no fuera las cenizas que quedaron después de que ardiera la pérdida. Acerco una silla al pie de la cama y me siento un rato a mirarlo. Debería sujetar su mano helada entre la mía, debería desearle un buen viaje a su alma, debería rezar una oración, pero no hago nada diferente a regocijarme por el hecho de no ser yo la muerta. Cada vez que lo miro pienso: ¡Estoy viva! Y como no paro de mirarlo termino embriagada de vida, embriagada de juventud, con ganas de asomarme a la ventana y gritarle al mundo todos los años y la vitalidad que tengo por delante. Para no gritar salgo al balcón, extiendo un globo pequeño que había ensamblado, improviso la mecha con un trozo de camisa vieja impregnada de aceite de cocina, la enciendo y espero a que se infle. Pronto, como si fuera un ser vivo, el globo adquiere volumen, está tibio y luminoso, respira. Lo miro bien antes de entregárselo al cielo, me tomo el tiempo necesario para despedirme de él, para mí representa mucho más que un globo, representa todo lo que he perdido, representa mi forma de arder, es mi último acto de rebeldía. Minutos después oigo cantar las sirenas y veo dos carros de bomberos persiguiéndolo, pero el globo se eleva cada vez más y más hasta un punto en donde nadie puede alcanzarlo. Lanzo un suspiro de alivio cuando dejo de verlo, por algo así podrían meterme a la cárcel. Odio este lugar porque pone demasiado empeño en apagar los fuegos —los reales, los imaginados, los simbólicos—, sofoca todos los fuegos, incluso aquellos que no se han producido, aquellos que no se han ni siquiera configurado en pensamientos, los apaga sin importar de dónde vienen, ni para dónde van, ni qué significan. Odio este lugar porque no deja que la gente arda y, por eso, la mayoría de sus habitantes son témpanos de hielo que ni el sol ni la muerte consiguen derretir.

Cuando aclara el día sé que debo comunicarle a alguien el deceso de Mr Barnato. Ni por asomo se me ocurre marcarle a la hija que me contrató. Ella nunca lo ha llamado ni mucho menos venido a visitar. Desde el teléfono de la cocina marco despacio el 999 y me doy cuenta de que me tiemblan las manos. Sé que ya no es una emergencia, sé que no necesitas una ambulancia y mucho menos *right now*, pero, donde sea que estés, Mr Barnato, quiero que veas que sí fui capaz de llamar, que dije las palabras correctas, que los del servicio de emergencias entendieron mi pronunciación y que ya vienen para acá. En efecto, no demoran en llegar, ocuparse del cuerpo y darme instrucciones que luego debo transmitirle telefónicamente a su hija. Cuando lo hago, recibe la noticia con naturalidad, no derrama ni una lágrima, no se le quiebra la voz, no pregunta si sufrió, si estaba solo, si tenía miedo, si yo estuve ahí para acompañarlo. Lo único que me pregunta es cuándo puedo desalojar la casa para que de la inmobiliaria vengan a evaluarla.

Apenas cuelgo con semejante témpano de hielo me quedo sola y asustada en esta casa silenciosa que ahora amplifica el vuelo de los fantasmas y los ecos de la madera atormentada. Por un instante me arrepiento de haber tirado el celular al río, quisiera llamar al inglés y contarle lo ocurrido, que me venga a consolar y me diga que yo nunca voy a morirme y que él tampoco y que mi mamá tampoco. Busco una tarjeta y marco todos los números que me separan de ella. Contesta aún somnolienta, siempre olvido que vive en el día anterior:

—Mr Barnato murió —le digo.

—Todos nos vamos a morir —responde. Y ese «todos» se me queda clavado en el pecho.

—Yo no quiero que tú te mueras —digo llorando.

—No piense en eso, mejor póngase a limpiar la casa y a empacar la maleta.

No sé qué tiene la mamá pero siempre me hace aterrizar de golpe contra el suelo duro y luego desaparece para que yo sola me cure los raspones. Le hago caso y me pongo a empacar. No es difícil, la ropa que traje he decidido tirarla, llevo un año poniéndomela y estoy cansada de ella, sobre todo de la chaqueta fucsia que, sin embargo, es la única que no puedo tirar porque es prestada y he de devolverla. Al final, me doy cuenta de que solo me quedan los regalos del inglés: el computador, los audífonos, el secador de pelo, el traductor electrónico, la cámara fotográfica digital, la bola de nieve, el vibrador, algunos de sus libros favoritos —principalmente de Wilde y de Lord Byron— y otros escritos por él —sobre Wilde y Lord Byron—. En la dedicatoria de *El retrato de Dorian Gray* escribió con tinta verde: *«Youth is the one gift worth having»*.

Lavo las sábanas, barro, trapeo, sacudo, limpio los baños y la cocina, abro todas las ventanas para airear el lugar. Arreglo la casa como si me estuviera arreglando yo por dentro y, mientras lo hago, no puedo parar de llorar. La madera cruje como si llorara conmigo. Yo a Mr Barnato le tenía cariño, pero tampoco es para tanto. Creo que, en realidad, lloro por todo lo que estoy dejando atrás. A media tarde agarro la orquídea y me pongo a merodear por el barrio buscando la casa que tenga el jardín más bonito y mejor cuidado. Una vez elegida dejo la orquídea frente a la puerta de la entrada, toco el timbre y salgo corriendo. De nuevo tengo veintitrés años. Continúo deambulando sin rumbo hasta casi la medianoche con una idea fija revoloteando dentro de mi cabeza: mañana me voy a marchar.

Acuérdate de la campana con la que Mr Barnato te llamaba. Acuérdate del reloj de arena que robaste. Acuérdate de que hablabas cisne. Acuérdate de que un horno puede ser un dragón y un tapete de piel puede ser un lobo, todo depende de los ojos con los que mires. Acuérdate de que nadie podrá comprarte ni por todas las libras del mundo. Acuérdate del anillo y de la nota de despedida tan horrorosa que dejaste. Acuérdate del celular hundiéndose en el agua y llevándose consigo los secretos pasados y las posibilidades futuras. Acuérdate de cada una de las fotos que tomaste. Acuérdate de que ahora tienes un fantasma más con el cual lidiar. Acuérdate del globo ardiendo en el punto más alto del cielo. Acuérdate de que los bomberos no lograron sofocarlo. Acuérdate de que en este lado del mundo no llueven ranas, no sobreviven manadas de lobos y no florecen las orquídeas. Acuérdate de que es posible vivir sin corazón, pero no vale la pena hacerlo.

Mi último sueño en Inglaterra es que estoy en un lugar lleno de arañas y me pongo a recolectarlas y a tejer una red para ellas. Amanezco con dolor en los dedos, con la boca seca y la cabeza llena de enredos. Me dirijo hacia el aeropuerto con la maleta medio vacía y la mochila medio llena de nieve. Un oficial alertado por la imagen del escáner me hace sacar la bola de vidrio y la sopesa entre sus manos. Luego la agita con vigor. Es evidente que el objetivo no es admirar la nieve sino mostrarme su fuerza. Dirige la mirada hacia mí, luego hacia la esfera y después otra vez hacia mí y, con una voz ronca y autoritaria, comenta: *«This is dangerous»*. Objeto contundente es el motivo de la confiscación. Hasta el recuerdo de la nieve que no vi me ha sido arrebatado. Adiós, Inglaterra.

Durante el vuelo siento que cada minuto que transcurre envejezco. Cuando abordé tenía veintitrés años, luego veintiocho, ahora tengo treinta, al aterrizar tendré cuarenta y dos y no volveré a aullar, ni andar en cuatro patas, ni a agitar la cola porque, para mi decepción, estaré casada y perfectamente bien domesticada, viviendo en una casa propia, esperando con ansiedad un mensaje que todavía no llega.

Epílogo

Podo las plantas mientras sigo esperando el mail. Trabajar en el jardín siempre ha sido la mejor terapia para embolatar los pensamientos. Nunca pude con las orquídeas, si la sala está llena de ellas es solamente porque me las presta mi madre. A mí nunca me florecen, dice que es porque no les hablo, entonces me las presta florecidas y, apenas pierden las flores, se las lleva y las reemplaza por otras nuevas. Estoy en una edad en la que no me gusta complicarme la vida. Después de los cuarenta una se cansa de las personas difíciles, de la ropa que se arruga, de los tacones altos, de hablar por teléfono, de los malos amantes y, por supuesto, de las plantas que no florecen.

Mi marido llamó hace unos segundos a decir que se demora un par de días más. No tengo claro si disponer de unos días adicionales me alivia o, por el contrario, acentúa mi ansiedad. En dos días podrían pasar muchas cosas. O ninguna. Tras lavar toda mi ropa, incluso la que no está sucia, vuelvo a revisar el mail en busca de una respuesta del inglés. Luego me pongo a regar y abonar los frutales del jardín. Me como varias mandarinas y escupo lo más lejos que puedo las semillas con la esperanza de que se siembren solas. Ya dije que me gustan las cosas fáciles. Un caminito anaranjado y fluorescente se queda tatuado a lo largo de mis dedos y de mi brazo. Baja por las comisuras de mi boca y se estanca en los pliegues del cuello. Mi marido odia este olor y esa es la razón por la cual siempre que como mandarinas tengo que correr a lavarme. Pero mi marido no está y puedo hacer lo que me venga en gana. Me siento un rato frente al computador a lamerme los dedos antes de tocar el teclado, no quiero empegotarlo para que no se llene de hormigas. Reviso el mail sin esperanza, diría que casi por costumbre, al fin y al cabo, es lo que he hecho durante todo el día.

Entonces lo veo. Hay un mensaje titilando en la pantalla. Me quedo un instante mirando ese nombre que me resulta tan familiar y tan extraño al mismo tiempo. Al abrirlo leo una línea, una sola línea con una fecha, una hora y el nombre de un hotel. Citarme en un hotel me parece un descaro, me parece un exceso de seguridad de su parte, me parece algo muy típico de él. Después de tanto tiempo, creo que merezco más de una línea. Lo mismo debió pensar él con mi odiosa nota de despedida y con los mensajes que nunca pude responderle porque mi celular andaba en el fondo del Támesis. Decido posponer mi confirmación hasta el día siguiente, que sepa que yo también soy capaz de hacerlo esperar.

Sigo revoloteando como un pájaro herido mientras pienso qué contestarle. Me lavo el pelo y me lo seco, me pinto las uñas, me mido el ropero entero. Si voy de falda corta pensará que estoy obsesionada por verme joven. Si voy de falda larga pensará que me volví aburrida. Si voy de vestido pensará que estoy desesperada por gustar. Si voy de jean pensará que soy demasiado informal. Si voy de pantalón pensará que soy demasiado ejecutiva. Después de cambiarme mil veces me agarra la medianoche y entonces me acuesto sin haber decidido qué ropa voy a lucir. Obviamente no logro conciliar el sueño porque además de la ropa, me preocupa que, al no obtener una confirmación inmediata, esté pensando que no quiero verlo y haga otro plan en el que yo no esté incluida. Seguro vino a dictar una conferencia en alguna universidad y debe tener un montón de invitaciones. Tampoco sé cuánto se va a quedar aquí. Doy tantas vueltas en la cama —y a mi hipótesis— que termino levantándome, encendiendo el computador, abriendo su mail y dando clic en responder. Escribo: *«Ok. I'll be there»*. Tras pensarlo un instante quito el *«I'll be there»* y dejo solo el *«Ok»*. Tampoco soy tan regalada.

Me levanto con unas ojeras terribles debido al insomnio. No consigo que el desayuno me baje. Insisto con el café para que no me duela la cabeza. Mi adicción a la cafeína es cosa seria. Consumo calcio, magnesio y vitamina B12 todos los días. Todavía soy vegetariana, aunque menos estricta que cuando él me conoció. ¿Cuál es el caso? El mundo pronto va a colapsar y nadie sobrevivirá al colapso. Si la cita que tengo hoy no consumiera todos mis pensamientos estaría preocupándome por el calentamiento global, la deforestación, los incendios en el Amazonas, el tráfico de fauna y la novela que estoy escribiendo y que se parece tanto a mi vida. No logro leer, ni escribir, ni preparar las clases que tengo que dictar.

A las tres he decidido no verlo. A las cuatro he cambiado de opinión. A las cinco planeo ir y esconderme en un lugar estratégico del *lobby* que me permita verlo sin que él me vea a mí, de manera que pueda decidir, objetivamente, si entrar en acción o salir corriendo. A las seis decido actuar como la mujer adulta que soy y enfrentame al destino como sea que este se presente.

Entro por la puerta principal del hotel y camino con pasos firmes para que no se note que estoy muerta de los nervios. Deambulo por los sofás del *lobby* —en Londres solía esperarme ahí—, solo para descubrir que no está. Me asomo a la barra del bar, salgo hasta el área de la piscina. Busco su cara en la de todos los señores septuagenarios del lugar, algunos me sonríen y levantan su copa al confundir la intensidad de mi mirada con un interés particular hacia ellos, entonces expongo mi mano izquierda para que vean mi anillo de casada. Me refiero al anillo de verdad, el que me puso mi marido el día de la boda. No sé si irme o sentarme a esperar. El inglés es extremadamente puntual, de los que llega a todos los lugares antes de la hora pactada. La única excusa que encuentro para que no se haya presentado a la cita es que aquí en Colombia su tiempo no depende de él. Si vino a dictar alguna conferencia significa que su agenda y su forma de transportarse están en manos de otra persona que ahora mismo debe estar estancada en el tráfico infernal de la ciudad. También se me ocurre que esté en su cuarto y por alguna razón no haya bajado, lo mejor será preguntar en la recepción. La mujer que me atiende dice haberlo visto hace un rato cojeando por ahí, asegura recordarlo bien después de que ayer perdiera una de sus muletas.

—¿Por ahí por dónde? —pregunto.

—Por el bar, solo puede sentarse en sillas altas, le da mucha dificultad ponerse de pie desde un sofá.

Las palabras cojear, muleta y dificultad no me están gustando nada.

Debí pasar una decena de veces por el bar, pienso, mientras me dirijo de nuevo hacia allá. Al llegar, veo la muleta recostada contra un butaco alto y, de inmediato, supongo quién es el dueño. El corazón me late tan fuerte que temo pueda verse bajo mi camisa. Como está de espaldas me quedo un rato tras él, analizando su perfil e intentando descifrar por qué se ve tan igual a mi recuerdo y tan diferente a la proyección que había realizado. Tuvo que haber hecho un pacto con el demonio, reflexiono en medio de mi aterramiento, ni Dorian Gray se atrevió a tanto. No demora en sentirse observado y girar la cabeza hacia mí.

—Parece que hubiera visto un fantasma —dice sonriendo en perfecto español—. Me pondría de pie, pero me dañé el tobillo la semana pasada, nada serio, solo una torcedura. ¿Sabe? Ayer me robaron la muleta y ha sido todo un reto andar con una sola.

Mi perplejidad me impide hablar. Todo en él cuadra exactamente con el recuerdo que tengo del inglés: el color de los ojos, la forma de la cara, las hilachas de pelo que parecen dientes de león a punto de salir volando, sin embargo, nada cuadra. Es él, pero no es él.

—Menos mal aceptó verme —sigue diciendo—, para mi padre era muy importante que le entregara algo. De pronto lo entiendo todo. En efecto, él no es él. Él es su hijo. Recibo el paquete con ambas manos y me pongo a palparlo. Lo que sea que contenga viene dentro de una caja de cartón mediana. Supongo que son cartas, quizá hasta el anillo que le devolví, los hombres pueden llegar a ser bastante predecibles. En el reverso leo mi nombre y mi correo electrónico escritos de su puño y letra con la misma tinta verde que siempre usaba. Demoro la inspección del paquete para mirarlo por el rabito del ojo, compruebo que físicamente luce igual a como lucía su padre cuando yo lo conocí.

—¿Cómo está él? —pregunto sin terminar de sobreponerme del asombro.

—Muerto. Me hizo jurar que, algún día, iba a entregarle el paquete. Ya sabe cómo son los ancianos: tercos.

La noticia de su muerte me hace un hueco en el estómago, los ojos se me encharcan, cosa que, por supuesto, no tarda en notar.

—Lo siento. No sabía que no sabía. Mi padre, a veces, hablaba de usted, pensé que habían estado en contacto hasta el final de sus días.

Debí preguntar qué decía de mí, debí preguntar si le contó lo ocurrido entre nosotros, debí preguntar cómo fueron sus últimos años, debí preguntar de qué murió, debí preguntar hace cuánto, debí preguntar si conoce el contenido del sobre, pero no pregunto nada y él tampoco dice nada y los dos estamos una eternidad callados como si tuviéramos la boca llena de escorpiones. Al rato comenta:

—Tengo un hijo que también se llama como mi padre y como yo, ya ve, perpetúo la tradición de usar el mismo nombre. Acaba de cumplir ocho años. Eso explica mi lesión, el fútbol a mi edad es un deporte de alto riesgo.

Aunque mis ojos siguen encharcados, me obligo a sacar una sonrisa de donde no la tengo. Invento una excusa que me permita marcharme y me despido a la carrera. Mientras espero el transporte no puedo dejar de pensar que ese niño que persigue balones habría podido ser mi nieto.

En el taxi se me desbordan todas las lágrimas retenidas, el conductor me mira por el espejo y, tras dudar un rato si hablar o no, pregunta si puede hacer algo por mí.

—Apagar la radio —respondo.

Sacudo el paquete, lo palpo, lo huelo, me pregunto qué dirán las cartas que contiene. El trayecto se me hace el doble de largo. Al llegar a casa me bajo corriendo, entro corriendo y después de cerrar la puerta me quedo varios minutos recostada contra ella intentando regular los latidos de mi corazón. Luego busco unas tijeras abro la bolsa y saco la caja de cartón. Las manos me tiemblan. Las piernas me tiemblan. Los labios me tiemblan. Lo primero que veo es la pluma de halcón peregrino, luego todas las fotos reveladas de mi antigua cámara. Lo último que encuentro es una nota escrita por él que dice: «Me robé sus fotos para no robarme su vida».

Agradecimientos

Desde que publiqué *Cómo maté a mi padre* comencé a recibir, de manera recurrente, la sugerencia de que ampliara el capítulo del amante inglés. Gracias a los lectores por esa sugerencia, en especial a mi novio que fue el primero en dármela y el que más insistió en que la considerara. También a Carlos Castán por haber visto mucho antes que yo el vuelo que tendría esta historia. Esta novela la escribí en Medellín a lo largo de tres años de intenso trabajo en los cuales hubo varias etapas largas de aislamiento en lugares inolvidables. Gracias a Andrés por alquilarme la casita flotante en la cual viví un mes entero sobre la represa de Guatapé, en ella encarrilé la novela. Gracias a July por la cabañita de San Rafael en donde terminé el primer borrador. Aún extraño los monos tití, las bandadas de gulungos y el sonido de la quebrada. Como dijo Santiago Betancur (Q. E. P. D.) la vez que me fue a visitar: «Esto con hongos o sin hongos es alucinante». Gracias a Rodrigo y Clara por la casita de Fredonia en la cual terminé las correcciones mirando al río Cauca y al impresionante paisaje que lo circunda, siempre en la compañía silenciosa de Huesos Arturo y Luna Estela. Gracias a mis primeros lectores: Juan Roberto López, María Adelaida Tamayo y Juan Pablo Lema por darme sus opiniones siempre tan valiosas. Gracias a María Fasce por ser tan exigente y porque la agudeza de sus críticas me hizo hurgar a fondo hasta encontrar qué quería exactamente contar y cómo, sin renunciar a las particularidades de mi estilo. Gracias a Carolina Reoyo por ser la mejor lectora del mundo, por ver lo que nadie ve y hacerme sugerencias invaluables que, sin duda, mejoraron cada vez más el texto. Gracias a Natacha Rojas, mi asistente, por organizarme la vida para que yo pudiera aislarme a trabajar. A Juliana Arango y Olguita Bedoya, dos grandes amigas que me dejó aquel año en Londres, gracias por haberme acompañado y por seguir orbitando a mi alrededor casi veinte años después. Gracias a Miss Toro (Q. E. P. D.) por haberme cuidado en Londres como si fuera una mamá, cuánto siento que no hayas alcanzado a leer esta novela. Gracias a todos mis *flatmates*, al horno que quemé, al *homeless* con el que me fui a los puños, a las fotos que perdí, al anciano que cuidé, a mis dolores de espalda y a la visión práctica de mi madre al otro lado del teléfono, todo lo anterior me ayudó a entender de qué estaba hecha. A los que olvidé mencionar, pero saben que estuvieron ahí: gracias. Finalmente, gracias al inglés por inspirar al personaje y por hacerme creer que algún día iba a conseguir convertirme en escritora. Por cierto, tenías razón: «*Youth is the one gift worth having*».

Índice

Este libro
terminó de imprimirse
en Madrid
en agosto de 2025

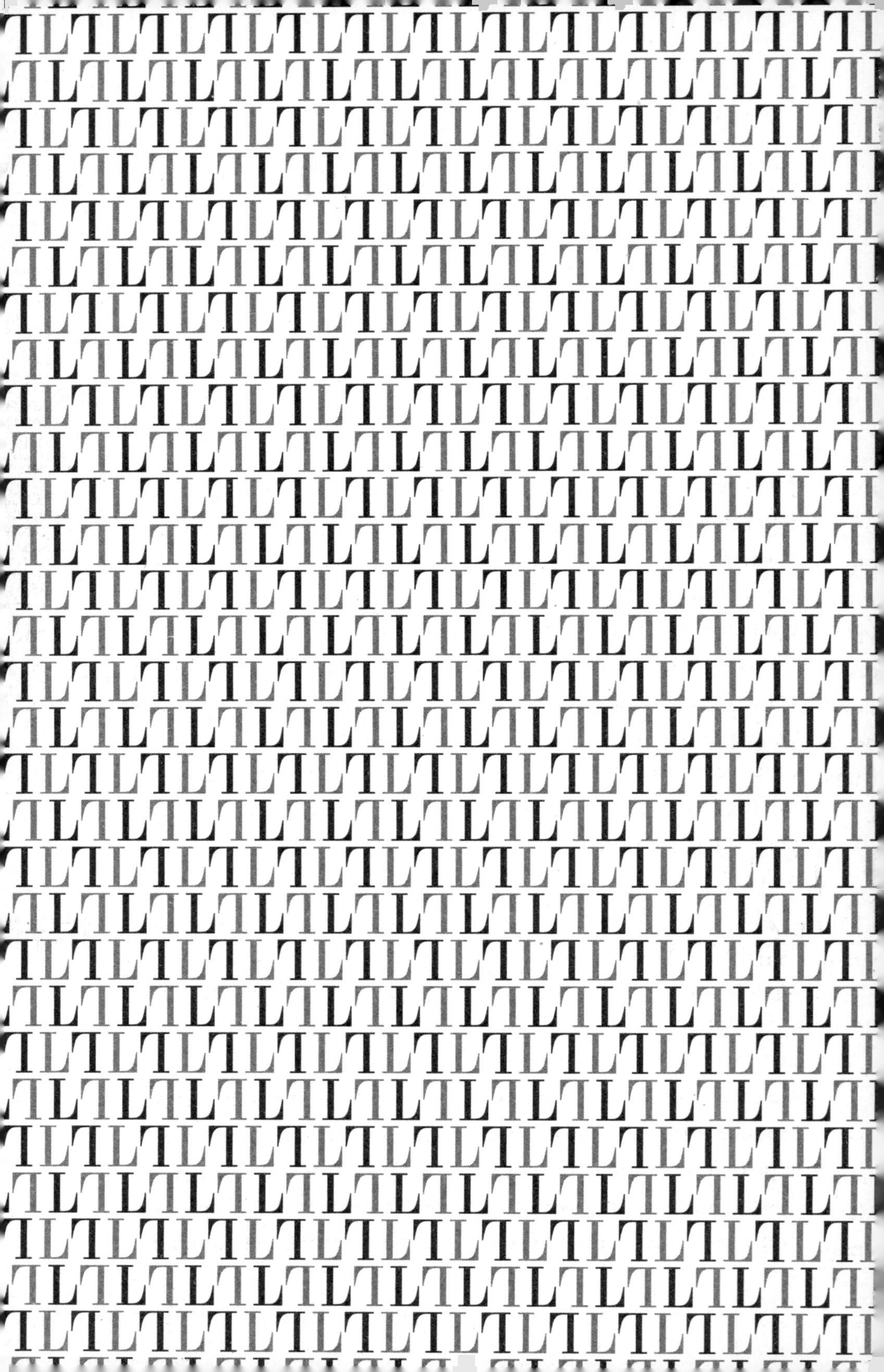